outro dia

Obras do autor lançadas pela Galera Record:

Nick & Norah: Uma noite de amor e música, com Rachel Cohn
Will & Will – Um nome, um destino, com John Green
Todo dia
Garoto encontra garoto
Invisível, com Andrea Cremer
Dois garotos se beijando
Me abrace mais forte
Naomi & Ely e a lista do não beijo, com Rachel Cohn
Outro dia

david levithan

outro dia

A história de Rhiannon

Tradução:
ANA RESENDE

1ª edição

— **Galera** —
RIO DE JANEIRO

2016

CIP-BRASIL. CATALOGAÇÃO NA PUBLICAÇÃO
SINDICATO NACIONAL DOS EDITORES DE LIVROS, RJ

L647o
Levithan, David
  Outro dia / David Levithan; tradução Ana Resende. – 1ª ed. – Rio de Janeiro: Galera Record, 2016.

  Tradução de: Another Day
  ISBN 978-85-01-10683-4

  1. Literatura americana. I. Resende, Ana. II. Título.

15-27476
CDD: 028.5
CDU: 087.5

Título original:
Another day

Copyright © 2015 David Levithan

Todos os direitos reservados. Proibida a reprodução, no todo ou em parte, através de quaisquer meios. Os direitos morais do autor foram assegurados.

Texto revisado segundo o novo Acordo Ortográfico da Língua Portuguesa.

Adaptação de capa: Renata Vidal

Direitos exclusivos de publicação em língua portuguesa somente para o Brasil adquiridos pela
EDITORA RECORD LTDA.
Rua Argentina 171 – Rio de Janeiro, RJ – 20921-380 – Tel.: 2585-2000, que se reserva a propriedade literária desta tradução.

Impresso no Brasil

ISBN 978-85-01-10683-4

Seja um leitor preferencial Record.
Cadastre-se e receba informações sobre nossos lançamentos e nossas promoções.

Atendimento e venda direta ao leitor:
mdireto@record.com.br ou (21) 2585-2002.

*Para Matthew, meu sobrinho
(Que você encontre a felicidade todo dia)*

Capítulo Um

Presto atenção no carro dele parando no estacionamento. Presto atenção enquanto ele sai do carro. Estou em sua visão periférica, rumo ao centro —, mas ele não está olhando para mim. Segue na direção da escola sem notar que estou bem aqui. Eu poderia chamar seu nome em voz alta, mas ele não gosta disso. Diz que é o tipo de coisa que garotas carentes fazem, sempre chamando os namorados em voz alta.

Me dói o fato de eu poder estar tão cheia dele enquanto ele está tão vazio de mim.

Fico me perguntando se é por causa da noite anterior que ele não me procura. E me pergunto se a briga ainda está acontecendo. Como a maioria das nossas brigas, foi sobre algo idiota, com outras coisas não idiotas por baixo de tudo. Tudo que fiz foi perguntar se ele queria ir à festa do Steve no sábado. Só isso. E ele me questionou por que, na noite de domingo, eu estava perguntando sobre o sábado seguinte. Falou que sempre ajo assim, tentando obrigá-lo a fazer alguma coisa, como se ele não fosse querer estar comigo se eu não perguntasse com meses de antecedência. Respondi que não era culpa minha o fato de ele sempre ter medo de fazer planos, medo de se perguntar o que vem depois.

Foi um erro. Dizer que ele tinha medo foi um grande erro. Essa foi provavelmente a única coisa que ele ouviu.

— Você não tem ideia do que está falando — afirmou ele.

— Eu estava falando de uma festa na casa do Steve, no sábado. — Eu disse a ele, e minha voz soou irritada demais para nós dois. — Só isso.

Mas não é só isso. Justin me ama e me odeia tanto quanto eu o amo e odeio. Sei disso. Nós dois temos pavios curtos, e nunca deveríamos tentar acendê-los. Mas, algumas vezes, não conseguimos evitar. Nós dois nos conhecemos bem demais, mas nunca é bem o bastante.

Estou apaixonada por alguém que tem medo do futuro. E, como uma boba, continuo trazendo esse assunto à tona.

Vou atrás dele. Claro que vou. Só uma garota carente ficaria com raiva do namorado porque ele não reparou nela num estacionamento.

Seguindo para o armário dele, me pergunto qual Justin vou encontrar lá. Provavelmente não vai ser o Justin Fofo porque é raro o Justin Fofo aparecer na escola. Com sorte, não vai ser o Justin Zangado porque não fiz nada *tão* errado assim, eu acho. Torço para que seja o Justin Tranquilo porque gosto do Justin Tranquilo. Quando ele está por perto, dá para acalmar as coisas.

Fico parada ali enquanto ele tira os livros do armário. Olho para a nuca de Justin porque estou apaixonada pela nuca de Justin. Tem alguma coisa tão atraente nessa nuca, uma coisa que me faz querer chegar bem perto e beijá-la.

Finalmente, ele olha para mim. Não consigo decifrar sua expressão, não de imediato. É como se ele estivesse tentando decidir qual é a minha no mesmo instante em que tento fazer a mesma coisa. Acho que isso talvez seja um bom sinal porque significa que ele está preocupado comigo. Ou é um mau sinal porque ele não compreende o motivo de eu estar aqui.

— Oi — diz ele.

— Oi — respondo.

Tem alguma coisa realmente intensa no modo como ele olha para mim. Tenho certeza de que ele está achando alguma coisa errada. Sempre tem algo errado para ele achar.

Mas ele não diz uma única palavra. O que é estranho. Depois, o que é mais estranho ainda, ele me pergunta:

— Você está bem?

Eu realmente devo parecer ridícula para ele me fazer essa pergunta.

— Claro — respondo. Porque não sei qual deveria ser a resposta. *Eu não estou bem* é a resposta, na verdade. Mas não a resposta correta para dizer a ele. Sei muito bem disso.

Se é algum tipo de armadilha, não gosto nem um pouco. Se é vingança pelo que eu disse ontem, quero acabar logo com isso.

— Você está bravo comigo? — pergunto, sem saber ao certo se quero ouvir a resposta.

E ele emenda:

— Não. Não estou nem um pouco bravo com você.

Mentiroso.

Quando eu e Justin temos problemas, normalmente sou eu quem identifica. De nós dois, sou eu quem fica preocupada. O problema é que nem sempre posso falar isso para ele, porque sempre fica parecendo que estou jogando na sua cara que entendo o que está acontecendo, e ele não.

Incerteza. Será que pergunto sobre a noite passada? Ou finjo que isso nunca aconteceu... que isso nunca acontece?

— Você ainda quer almoçar hoje? — pergunto. Mas, depois de perguntar, percebo que estou tentando fazer planos de novo.

Talvez eu seja mesmo uma garota carente.

— Com certeza — diz Justin. — Seria ótimo.

Merda. Ele está brincando comigo. Tem que estar.

— Nada de mais — emenda ele.

Eu o encaro, e ele realmente parece estar ok. Talvez eu esteja errada por pensar o pior. E talvez eu tenha conseguido fazer com que ele se sinta um idiota por ficar tão surpresa.

Seguro e aperto a mão dele. Se ele está querendo se distanciar da noite passada, também estou. É isso que nós fazemos. Quando as brigas idiotas acabam, ficamos bem.

— Fico feliz que você não esteja bravo comigo — digo a ele. — Só quero que fique tudo bem.

Ele sabe que eu o amo. Sei que ele me ama. Essa nunca é a questão. A questão é sempre como vamos lidar com isso.

Toca o sinal. Está na hora. Tenho que me lembrar que a escola não existe apenas para nos oferecer um local para ficarmos juntos.

— Vejo você mais tarde — avisa ele.

Me agarro a isso. É a única coisa que vai me fazer passar pelo período de tempo vago que se segue.

Eu estava assistindo a uma das minhas séries e uma das donas de casa desesperadas dizia: "Ele é um problema, mas é *meu* problema", e eu fico pensando, *Que merda, eu não devia estar me identificando com isso, mas estou, e daí?* O amor tem que ser isso: ver o tamanho do problema que o cara é e amá-lo assim mesmo, porque você sabe que você também é um problema, talvez, até pior.

No primeiro encontro, não tinha passado nem uma hora e Justin já estava disparando os alarmes.

— Estou avisando... eu sou encrenca — disse ele enquanto jantávamos no TGI Friday's. — Uma encrenca bem grande.

— E você avisa a todas as outras garotas? — retruquei, dando em cima dele.

Mas o que ouvi em resposta não foi um flerte. Foi real.

— Não — disse ele. — Não aviso.

Foi seu jeito de me avisar que eu era alguém com quem ele se importava. Mesmo ainda bem no comecinho.

Ele não planejou me dizer aquilo. Mas estava dito.

E, embora ele tivesse esquecido um monte de outros detalhes sobre aquele primeiro encontro, ele nunca esqueceu do que disse.

Eu te avisei! Ele gritava para mim nas noites em que as coisas estavam muito ruins, e doía muito. *Você não pode dizer que não te avisei!*

Algumas vezes isso apenas me faz segurá-lo com mais força.

Algumas vezes já o soltei, me sentindo estranha por não ter nada que eu pudesse fazer.

O único momento em que nossos caminhos se cruzam de manhã é entre o primeiro e o segundo tempo, por isso, vou atrás dele. Temos apenas um minuto juntos, às vezes, até menos, mas sempre me sinto grata por isso. É como se eu respondesse à chamada. *Amor? Presente!* Mesmo quando estamos cansados (praticamente sempre) e mesmo quando não temos muito a dizer, sei que ele não vai simplesmente passar por mim.

Hoje dou um sorriso porque, apesar de tudo, a manhã foi muito boa. E ele retribui o sorriso.

Bons sinais. Estou sempre procurando bons sinais.

Vou até sua sala de aula assim que acaba o quarto tempo, mas Justin não esperou por mim. Então sigo para a cantina e vou até o lugar onde ele costuma sentar. Também não está ali. Pergunto a Rebecca se ela viu Justin, e ela diz que não e não, parece muito surpresa por eu estar ali procurando. Decido ignorar isso. Vou até o corredor onde fica meu armário, e ele também não está por lá. Começo a achar que ele esqueceu, ou que estava jogando comigo o tempo todo. Decido dar uma olhada no corredor onde fica seu armário, embora seja bem, bem longe da cantina. Ele nunca vai até o armário depois do almoço. Mas acho que hoje ele foi, porque é lá que o encontro.

Fico feliz em vê-lo, mas também fico exausta. É trabalhoso demais. Ele parece pior do que eu me sinto, fitando o armário como se houvesse uma janela lá dentro. Para algumas pessoas, isso significaria sonhar acordado. Mas Justin não sonha acordado. Quando ele se vai, realmente se vai.

Agora ele está de volta. Bem no momento em que me aproximo.

— Oi — diz ele.

— Oi — respondo.

Estou com fome, mas não tanta fome assim. A coisa mais importante é estarmos no mesmo lugar. Posso fazer isso em qualquer lugar.

Ele está deixando todos os livros no armário agora, como se o dia tivesse acabado para ele. Espero que não tenha alguma coisa errada. Espero que ele não esteja desistindo. Se eu tiver que ficar presa aqui, quero que ele fique também.

Ele endireita o corpo e põe a mão no meu braço. Com delicadeza. Delicadeza demais. Da forma como eu faria nele, não o contrário. Gosto disso, mas ao mesmo tempo não gosto.

— Vamos para algum lugar — sugere ele. — Aonde você quer ir?

De novo, acho que tem que haver uma resposta certa para esta pergunta, e que, se eu entender errado, vou estragar tudo. Ele quer alguma coisa de mim, mas não sei ao certo o quê.

— Não sei — digo a ele.

Ele retira a mão do meu braço, e eu penso, "ok, resposta errada". Mas aí ele pega a minha mão.

— Vamos — pede ele.

Tem eletricidade nos olhos de Justin. Energia. Luz.

Ele tranca o armário e me empurra. Não compreendo. Estamos andando de mãos dadas por corredores praticamente vazios. Nunca fazemos isso. Ele tem esse sorriso no rosto e começamos a andar mais rápido. É como se fôssemos crianças pequenas na hora do recreio. Correndo, realmente correndo pelos corredores. As pessoas nos olham como se fôssemos malucos. É ridículo. Ele gira comigo e chegamos perto do meu armário, então diz para eu também deixar meus livros. Não entendo nada, mas obedeço — ele está de ótimo humor, e não quero fazer nada para acabar com isso.

Assim que tranco o armário, continuamos andando. Passamos direto pela porta. Simples assim. Fugindo. Estamos sempre conversando sobre o quanto queremos ir embora e, desta vez, estamos indo. Fico imaginando que ele vai me levar para comer pizza ou coisa assim. Talvez a gente se atrase para o quinto tempo. Entramos em seu carro, e eu sequer pergunto o que estamos fazendo. Simplesmente quero deixá-lo fazer isso.

Ele se vira e pergunta:

— Aonde você quer ir? Me diz aonde você adoraria ir de verdade.

Estranho. Ele está me perguntando como se *fosse eu* quem soubesse a resposta certa.

Torço para que isso não seja uma pegadinha. Espero sinceramente não me arrepender.

Digo a primeira coisa que vem à minha mente.

— Quero ir até o mar. Quero que você me leve até o mar.

Imagino que ele vai rir e dizer que o que ele queria era que fôssemos para a casa dele enquanto seus pais estão fora e passássemos a tarde transando e vendo tevê. Ou que ele está tentando provar seu ponto de vista sobre não fazer planos, provar que vou gostar mais de agir com espontaneidade. Ou que vai me dizer para ir e me divertir na praia enquanto ele almoça. Tudo isso são possibilidades, e todas passam pela minha cabeça ao mesmo tempo.

A única coisa que não estou esperando é que ele ache isso uma boa ideia.

— Está bem — diz ele, começando a tirar o carro do estacionamento. Ainda acho que é brincadeira, mas aí ele me pergunta qual é o melhor caminho para chegar à praia. Eu digo quais autoestradas deveríamos pegar. — Tem uma praia que a minha família frequentava muito no verão, e, se vamos ver o mar, talvez pudéssemos ir até lá.

Enquanto ele dirige, dá para ver que está se divertindo. Isso deveria me deixar mais calma, no entanto está me deixando nervosa. Era típico de Justin me levar para um lugar realmente especial para me dar um pé na bunda. Fazer a coisa em grande estilo. Talvez me deixar presa lá. Não acredito realmente que isso vá acontecer, mas é possível. Como uma maneira de provar que é capaz de fazer planos. Como uma maneira de provar que não tem medo do futuro como eu disse que ele tinha.

Você está louca, Rhiannon, digo a mim mesma. Ele me diz isso o tempo todo. Muitas vezes, tem razão.

Apenas curta, penso. Por não estarmos na escola. Por estarmos juntos.

Justin liga o rádio e me diz para escolher a estação. O quê? *Meu carro, meu rádio...* Quantas vezes ouvi isso? Mas parece que ele falou para valer e, por isso, vou de estação em estação, tentando encontrar algo do qual ele vai gostar. Quando paro tempo demais numa canção de que gosto, ele diz: "Por que não essa?" E penso em resposta, *porque você odeia essa.* Mas não falo em voz alta. Deixo a canção tocar. Fico esperando que fale alguma gracinha sobre a música, que diga que parece que a cantora está naqueles dias.

Em vez disso, ele começa a cantar junto com a música.

Não consigo acreditar. Justin *nunca* canta junto com a música. Ele pode gritar com o rádio. Ele pode retrucar a seja lá o que for que o pessoal da rádio está dizendo. De vez em quando, talvez ele acompanhe batucando no volante. Mas ele *não* canta.

Me pergunto se ele andou usando drogas. Mas já o vi doidão antes, e ele nunca ficou assim.

— O que deu em você? — pergunto.

— A música — responde ele.

— Rá.

— Não, sério.

Ele não está brincando. Não está rindo de mim por dentro. Estou olhando para ele e dá para ver isso. Não sei o que está acontecendo, mas não é isso.

Decido ver até onde eu posso forçar. Porque é isso que as garotas carentes fazem.

— Nesse caso... — digo. Mudo as estações até encontrar a música que menos tem a ver com Justin.

E lá está ela. Kelly Clarkson. Cantando que aquilo que não nos mata nos torna mais fortes.

Eu aumento o volume. Mentalmente desafio Justin a cantar junto com a música.

Surpresa.

Cantamos como se não houvesse amanhã. Não faço ideia de como ele conhece a letra. Mas não questiono. Estou cantando com todas as minhas forças, nunca imaginei que pudesse amar essa música tanto quanto amo neste instante, porque ela está fazendo tudo ficar bem — está fazendo *a gente* ficar bem. Eu me recuso a pensar em algo além disso. Quero que a gente fique dentro da música. Porque é uma coisa que nós nunca fizemos antes, e a sensação é ótima.

Quando a música acaba, eu abaixo o vidro — quero sentir o vento nos cabelos. Sem dizer uma única palavra, Justin abaixa o vidro de todas as janelas, e é como se a gente estivesse num túnel de vento, como se fosse estivéssemos num brinquedo num parque de diversões, quando, na verdade, é apenas um carro seguindo pela autoestrada. Ele parece muito feliz. Isso me faz perceber como é raro vê-lo feliz, esse tipo de "feliz" no qual não há mais nada passando pela cabeça dele além da felicidade. Ele costuma ter tanto medo de demonstrá-la, como se ela pudesse ser roubada a qualquer momento.

Ele pega a minha mão e começa a me fazer perguntas. Perguntas pessoais.

Justin começa com:

— E seus pais, como estão?

— Hum... eu não sei — respondo. Ele nunca se importou muito com meus pais antes. Eu sei que ele quer que os dois gostem dele, mas como ele não tem certeza se irão, finge que não liga. — Quero dizer, você sabe. Minha mãe está tentando manter a família unida sem fazer alguma coisa propriamente dita. Meu pai tem seus momentos, mas não é exatamente a companhia mais divertida. Quanto mais velho fica, menos parece se importar com alguma coisa.

— E como vão as coisas com Liza? Na faculdade?

Quando ele pergunta, é como se ficasse orgulhoso por se lembrar do nome da minha irmã. Isso soa mais como Justin.

— Não sei — digo a ele. — Você sabe que éramos mais como irmãs vivendo num cessar-fogo do que como melhores amigas. Não sei se sinto tanta falta dela assim, embora fosse mais fácil com ela por perto, porque aí eram duas, sabe? Ela nunca telefona. E mesmo quando é a mamãe que liga, ela nunca retorna a ligação. Eu não a culpo, entende? Tenho certeza de que ela tem coisa melhor pra fazer. E, na verdade, eu sempre soube que, quando ela saísse de casa, seria pra sempre. Então não fico chocada nem nada.

Enquanto estou falando me dou conta de que me aproximo do xis da questão ao mencionar coisas que acontecem depois da formatura na escola. Mas Justin não parece levar para o lado pessoal. Ao contrário. Ele pergunta se eu acho que a escola está muito diferente em comparação com o ano passado. O que é uma pergunta estranha. É o tipo de coisa que a minha avó perguntaria. Não o meu namorado.

Estou pisando em ovos.

— Não sei. A escola é uma droga. Isso não mudou do ano passado para cá. Mas, sabe, embora eu realmente queira que tudo acabe, também fico preocupada com o que vem depois. Não que eu tenha feito planos. Não fiz. Sei que você acha que faço todos esses planos... mas, na verdade, se você pensar nas coisas que fiz para me preparar pra vida pós-escola, tudo que você verá é uma imensa lacuna. Estou tão despreparada quanto qualquer outra pessoa.

Cala a boca, cala a boca, cala a boca, fico dizendo a mim mesma. *Por que você está tocando nesse assunto?*

Mas talvez eu tenha uma razão para isso. Talvez eu esteja tocando nesse assunto para saber o que ele vai fazer. Justin me testa o tempo todo, mas também não sou exatamente inocente nesse departamento.

— O que você acha? — pergunto a ele.

E ele diz:

— Sinceramente, só estou tentando viver um dia de cada vez.

Eu sei. Porém gosto mais quando isso é dito dessa forma, com uma voz que reconhece que a gente está do mesmo lado. Fico esperando para ver se ele vai falar mais coisas, se vai voltar para a briga de ontem à noite. Mas ele não está nem aí. Fico grata por isso.

Faz mais de um ano e, umas cem vezes, pelo menos, que eu disse a mim mesma que era assim — que esse era o novo começo. Algumas vezes, eu tinha razão. Mas não tanto quanto eu queria.

Não vou me permitir pensar que as coisas subitamente melhoraram.

Não vou me permitir pensar que, de alguma forma, conseguimos deixar de ser quem sempre acabamos sendo. Mas, ao mesmo tempo, não vou negar o que está acontecendo. Não vou negar esta felicidade. Porque, se a felicidade parece real, quase não importa se ela é real ou não.

Em vez de acessar o trajeto até o local de destino pelo celular, ele fica me pedindo para continuar passando as orientações. Eu me atrapalho e peço para ele deixar a autoestrada uma saída antes, mas, quando percebo o erro, ele não dá um ataque — simplesmente volta para a autoestrada e segue para a próxima saída. Agora não estou mais achando que ele usou drogas — mas acreditando que ele está tomando algum *remédio.* Se for isso mesmo, está fazendo efeito bem rápido.

Não digo uma única palavra. Não quero estragar isso.

— Eu deveria estar na aula de inglês — digo, enquanto fazemos a última curva antes da praia.

— Eu deveria estar na de biologia.

Mas isso é mais importante. Posso fazer meu dever de casa depois, mas eu não posso viver a minha vida depois.

— Vamos nos divertir, só isso — diz ele.

— Ok — respondo. — Gosto da ideia. Passo tanto tempo pensando em fugir, que é bom fazer isso de verdade. Por um dia. É bom estar do outro lado da janela. Não faço isso o suficiente.

Talvez fosse disso que precisássemos desde o início. Estar distantes de todas as outras coisas e perto um do outro.

Alguma coisa está acontecendo aqui — posso sentir acontecendo.

Lembranças. Esta é a praia que a minha família frequentava, na época em que ficava calor demais em casa, ou que meus pais estavam cansados de ficar no mesmo lugar. Quando vínhamos, ficávamos cercados por outras famílias. Eu gostava de imaginar que cada um dos cobertores era uma casa, e que certo número de cobertores formava uma cidade. Sem dúvida havia algumas crianças que eu via o tempo todo, cujos pais também as traziam para essa praia, mas não consigo me lembrar de nenhuma delas agora. Só consigo me lembrar da minha própria família: minha mãe sempre debaixo do guarda-sol, sem querer se queimar ou ser vista; minha irmã com a cara enfiada dentro de um livro o tempo todo; meu pai conversando com outros pais sobre esportes ou ações da bolsa. Quando sentia muito calor, ele corria atrás de mim até a água e perguntava que tipo de peixe eu queria ser. Eu sabia que a resposta certa era *peixe voador*, porque, se eu dissesse isso, ele me pegava nos braços e me jogava no ar.

Não sei por que nunca trouxe Justin aqui antes. No verão passado, ficamos em casa, esperando que os pais dele saíssem para trabalhar e pudéssemos transar em cada um dos cômodos, incluindo alguns dos closets. Então, depois a gente assistia à tevê ou jogava videogame. Algumas vezes, ligávamos para ver o que os amigos estavam fazendo e, quando seus pais chegavam, já estávamos na casa de alguém, bebendo, assistindo à tevê, jogando videogame, ou uma mistura dos três. Era ótimo, porque não era a escola e tínhamos um ao outro. Mas não acrescentou em nada.

Deixo os sapatos no carro, assim como eu fazia quando era criança. Os primeiros passos, ainda no estacionamento, são estranhos e o asfalto machuca, mas então alcanço a areia e tudo fica bem. A praia está totalmente vazia hoje, e, embora eu não esperasse ver muita gente, ainda é surpreendente, como se tivéssemos flagrado a praia tirando um cochilo.

Não consigo me controlar. Corro direto até a areia, giro o corpo. *Minha*, penso. A praia é minha. O tempo é meu. Justin é meu. Ninguém — nada — vai interferir nisso. Grito seu nome, e é como se eu ainda estivesse cantando junto com a música.

Ele olha para mim por um instante e eu penso: *Ai, não, esta é a parte em que ele diz que eu estou parecendo uma idiota.* Mas então ele vem correndo até mim, me segura e gira meu corpo. Ele ouviu a música e agora estamos dançando. Rimos e corremos um atrás do outro até a linha d'água. Quando chegamos ao mar, fazemos guerra de água, sentimos as ondas batendo em nossas pernas. Estico a mão para pegar algumas conchas, e Justin se junta a mim, procurando por cores que não serão mais as mesmas quando elas secarem, procurando por pedrinhas coloridas e moluscos. A água está ótima, e a sensação de ficar ali parada é maravilhosa porque há um mar inteiro me empurrando e eu tenho força para ficar onde estou.

A expressão no rosto de Justin é completamente sincera. Seu corpo parece totalmente relaxado. Eu nunca o vi assim. Estamos brincando, mas não é o tipo de brincadeira de namorados, cheia de estratégia, disputa e movimentos secretos. Não. Nós rompemos a ligação com todas essas coisas.

Peço para me ajudar a construir um castelo de areia. Conto para ele que Liza sempre tinha que ter o dela, perto do meu. Ela construía uma montanha imensa com um fosso profundo ao redor, enquanto eu fazia uma casa pequena e cheia de detalhes, com uma porta na frente e uma garagem. Basicamente, eu construía a casinha de boneca que nunca teria, e Liza criava a fortaleza que ela sentia que precisava. Ela nunca tocou no meu castelo — não era o tipo de irmã mais velha que precisava destruir os competidores. Mas ela não me deixava tocar no seu tampouco. Depois de prontos, deixávamos os castelos para serem levados pela maré. Às vezes, nossos pais se aproximavam. Para mim, eles diziam: *Que coisa linda!* Para Liza, era: *Como é alto!*

Eu quero que Justin faça um castelo de areia comigo. Quero que nós dois vivenciemos como é construir alguma coisa juntos. Nós não temos pás nem baldes. Tudo tem que ser feito com nossas mãos. Ele entende a expressão *castelo de areia* literalmente, então começa fazendo a fundação quadrada, criando uma ponte levadiça com o dedo. Eu trabalho nos torreões e nas torres — não dá para fazer bem os balcões, mas os pináculos são possíveis. Em momentos aleatórios ele me parabeniza — palavrinhas como *bonito*, *direitinho* e *fofo* — e é como se a praia, de alguma maneira, estivesse liberando esse vocabulário da masmorra na qual Justin o manteve por todos esses meses. Eu sempre senti — talvez tivesse esperança — que as palavras estavam ali em algum lugar. E agora eu tinha certeza.

Não está muito quente, mas dá para sentir o sol nas bochechas e no pescoço. Nós poderíamos catar mais conchas e começar a decorar, mas estou começando a me cansar da atividade e de estarmos concentrados nela. Quando a última torre está pronta, sugiro darmos uma caminhada.

— Gostou da nossa obra? — pergunta ele.

E eu respondo:

— Muito.

Vamos até a água para lavar as mãos. Justin olha de novo para a praia, para o nosso castelo, e, por um instante, parece perdido, mas num bom lugar.

— O que foi? — pergunto.

Ele me encara, com olhos tão gentis, e diz:

— Obrigado.

Eu tenho certeza de que ele já me disse essa palavra, mas nunca dessa maneira, nunca de um jeito que me faria querer lembrar dela.

— Pelo quê? — pergunto. E isso significa: *Por que agora? Por que finalmente?*

— Por isto — diz ele. — Por tudo isso.

Quero muito acreditar nisso. Quero tanto pensar que finalmente nos mudamos para o lugar ao qual eu sempre achei que poderíamos chegar. Mas é simples demais. Parece simples demais.

— Está tudo bem. — Ele me diz. — Tudo bem estar feliz.

Esperei por isso durante tanto tempo. Não é como imaginei, mas nada é. Estou impressionada com o tamanho do meu amor por ele. Eu não o odeio mais. Não há um único pedaço de mim que o odeie. Há somente amor. E isso não é assustador. É o oposto de assustador.

Estou chorando porque estou feliz e porque não acho que um dia tenha percebido o quanto eu esperava ser infeliz. Estou chorando porque, pela primeira vez em muito tempo, a vida faz sentido.

Ele me vê chorando e não ri de mim por isso. Ele não fica na defensiva, me perguntando o que foi que ele fez desta vez. Ele não diz que me avisou. Não fala que eu tenho que parar. Nada disso. Ele passa os braços em volta de mim e me aperta, e pega essas coisas que são apenas palavras e as transforma em algo além das palavras. Paz. Ele me dá uma coisa que posso sentir de verdade — a presença, o abraço.

— Estou feliz — digo, temendo que ele pense que estou chorando por outra razão. — Estou, de verdade.

O vento, a praia, o sol; tudo isso nos envolve, mas nosso abraço é o que importa. Estou me segurando a ele tanto quanto ele está me segurando. Chegamos ao equilíbrio perfeito, no qual cada um de nós é forte e cada um de nós é fraco, no qual damos e recebemos.

— O que está acontecendo? — Quero saber.

— Shhh. Não faça perguntas — diz ele.

Eu não sinto as perguntas — apenas as respostas. Não há medo, somente plenitude. Beijo Justin e dou continuidade ao nosso equilíbrio perfeito, deixo nossa respiração se tornar uma só. Fecho os olhos e sinto a pressão familiar dos lábios de Justin, o gosto familiar de sua boca. Mas alguma coisa está diferente agora. Não estamos apenas beijando com nossos corpos, mas com alguma coisa maior que os nossos corpos, que é quem somos e quem seremos. Estamos nos beijando com uma parte mais profunda de nós mesmos, e estamos descobrindo uma parte mais profunda do outro. É como se a eletricidade tocasse na água, o fogo chegasse ao papel, a luz mais brilhante alcançasse nossos olhos. Deslizo a mão por suas costas, pelo torso, como se eu precisasse saber que ele está realmente aqui, que isso está realmente acontecendo. Minha mão para ao chegar à nuca de Justin. A dele, à lateral do meu quadril. Eu deslizo um pouco abaixo do cinto, mas ele me puxa de novo para cima e beija minha nuca. Eu beijo abaixo de sua orelha. Beijo seu sorriso. Justin percorre a minha risada com os lábios.

Ele está gostando disso. Nós estamos gostando disso.

Não faço ideia de que horas são, nem de que dia é hoje. Não tenho nada além do agora. Nada além do aqui. E isso é mais do que suficiente.

Finalmente, minha mão desliza por seu braço e segura sua mão. Ficamos parados ali por alguns segundos (ou talvez alguns minutos), de mãos dadas, testas encostadas, lábios gentilmente sobre os lábios, esvaziados de qualquer nostalgia porque tudo foi encontrado.

Então caminhamos, ainda de mãos dadas. Começamos a percorrer a praia, como os casais fazem. A noção de tempo retorna, mas não de um modo assustador.

— Isso é incrível — digo. E então me encolho, mesmo sem querer, porque isso é o que Justin costuma chamar de *uma frase óbvia*. Mas é claro que, no dia de hoje, neste lugar, tudo que ele faz é acenar com a cabeça, concordando. Ele olha para o sol, que se aproxima do horizonte. Acho que consigo ver um barco ao longe, mas poderia ser apenas madeira flutuante ou uma miragem.

Quero que todos os dias sejam assim. Não entendo por que eles não podem ser.

— A gente devia fazer isso todas as segundas — digo. — E terças. E quartas. E quintas. E sextas.

Estou brincando. Mas não totalmente.

— Assim iríamos enjoar — comenta Justin. — É melhor fazer isso só uma vez.

Uma vez? Eu não sei o que ele quer dizer com isso. Não sei como ele pôde dizer uma coisa dessas.

— Nunca mais? — pergunto. Não quero estar errada quanto a isso. Realmente não quero.

Ele dá um sorriso.

— Bem, nunca diga nunca.

— Eu nunca diria nunca — prometo a ele.

Companhia. Há outros casais na praia agora. Poucos, e todos eles mais velhos do que nós. Ninguém pergunta por que não estamos na escola. Ninguém pergunta o que estamos fazendo aqui. Em vez disso, parecem felizes por nos ver. Isso me faz sentir como se eu pertencesse a este lugar, como se estivéssemos certos em fazer o que estamos fazendo.

É assim que vai ser, digo a mim mesma. E então olho para Justin e penso: *Diga que é assim que vai ser.*

Não quero perguntar a ele. Não quero ter que questionar. Quase sempre são as minhas perguntas que tiram as coisas dos trilhos.

Não quero que isto seja efêmero, mas ainda trato o momento como se fosse.

Estou começando a sentir um pouco de frio. Lembro a mim mesma que não estamos no verão. Quando estremeço, Justin põe o braço em volta de mim. Sugiro que a gente volte para o carro e pegue o cobertor da pegação que ele guarda no porta-malas. Então damos meia-volta, indo na direção de onde viemos. Nosso castelo ainda está lá. Ainda de pé, mesmo com o mar se aproximando.

Pegamos o cobertor e voltamos para a praia. Em vez de o enrolarmos nos ombros, o estendemos na areia e nos encostamos um no outro. Estamos deitados, fitando o céu. Nuvens passam por nós. De vez em quando um pássaro surge.

— Esse deve ser um dos melhores dias da minha vida — comento.

Sem virar a cabeça, Justin põe a mão na minha.

— Me fale sobre os outros dias como este — pede ele.

— Não sei... — digo. Não consigo imaginar outro dia assim.

— Só um. O primeiro que vier à cabeça.

Penso nas vezes em que fui feliz. Feliz de verdade. Feliz do tipo com balões voando. E uma lembrança muito estranha me vem à mente. Não faço ideia do motivo. Sei que preciso dar alguma resposta, mas digo que é besteira. Ele insiste que eu a compartilhe mesmo assim.

Eu me viro para Justin, e ele coloca a minha mão sobre o próprio peito, traçando círculos ali.

Ele está aqui. É seguro.

Eu digo:

— Por alguma razão, a primeira coisa que me vem à mente é um desfile de mãe e filha.

Eu faço Justin prometer que não vai rir. Ele promete. E acredito nele.

— Foi no quarto ano, mais ou menos — digo. — A Renwick's estava arrecadando fundos para as vítimas dos furacões, e pediram voluntárias em nossa turma. Eu não perguntei à minha mãe nem nada assim. Apenas assinei. E, quando dei a notícia em casa, bem, você sabe como mamãe é. Entrou em pânico. Já é difícil fazer com que vá ao supermercado, imagina um desfile, na frente de estranhos?! Parecia que eu tinha pedido a ela para posar para a *Playboy*. Meu Deus, isso sim é uma ideia assustadora.

Algumas das garotas tinham mães que, quando mais novas, iam a festas o tempo todo, riam e davam gritinhos, flertavam e se vestiam com roupas superjustas. Eu não tenho uma mãe assim. Acho que a minha sempre foi como é agora. A não ser desta vez.

Eu digo a Justin:

— Mas a questão é: ela não disse que não. Acho que só agora percebo pelo que a fiz passar. Ela não me obrigou a ir até a professora para excluir meu nome. Não. Quando o dia chegou, fomos de carro até a Renwick's e em seguida para onde nos mandaram ir. Pensei que nos dariam roupas combinando, mas não era assim. Apenas nos disseram que podíamos vestir o que quiséssemos da loja. E lá estávamos nós, experimentando todas aquelas coisas. Fui atrás dos vestidos, claro. Na época, eu era bem mais menininha. Acabei com um vestido azul-claro, com babados por toda parte. Achei que era tão sofisticado...

— Tenho certeza de que tinha muita classe — diz Justin.

Eu dou um tapa de brincadeira nele.

— Cala a boca. Me deixa terminar a história.

Ele segura a minha mão no peito. Antes que eu continue, ele me beija. Acho que a história poderia acabar ali, mas ele se afasta e pede para eu continuar.

Por um segundo, esqueço em que parte estava porque, durante um instante, saio da história e volto para o presente. Então me lembro: minha mãe. O desfile.

— Então, eu estava usando o vestido de formatura dos meus sonhos — emendo. — E aí era a vez da minha mãe. Ela me surpreendeu porque foi atrás dos vestidos também. Eu nunca a vi vestida daquele jeito antes. E acho que essa foi a melhor parte para mim: a Cinderela não era eu. Era ela.

"Depois de escolhermos as roupas, eles nos maquiaram e tudo o mais. Pensei que mamãe fosse surtar, mas ela estava gostando de verdade. Eles não fizeram muita coisa nela, só deram um pouco mais de cor. E isso foi tudo de que ela precisou. Estava bonita. Sei que é difícil acreditar, conhecendo-a agora. Mas, naquele dia, ela parecia uma atriz de cinema. Todas as outras mães a estavam elogiando. E na hora do desfile de verdade, andamos pela passarela e as pessoas aplaudiram. Minha mãe e eu estávamos sorrindo, e era real, sabe?"

Real como isto é real: Justin me ouvindo, ao meu lado, o céu acima de nós, a areia abaixo. É real de um jeito tão intenso que também parece irreal. Como se eu não tivesse ideia de que era possível sentir tanta coisa ao mesmo tempo, e que tudo fosse verdadeiro.

— Não podíamos ficar com os vestidos nem nada assim — continuo. — Mas me lembro de que, na volta para casa, minha mãe ficava repetindo como eu estava linda. Quando chegamos, papai nos olhou como fôssemos aliens, mas o legal é que ele decidiu entrar na brincadeira. Em vez de agir de maneira estranha, ficou nos chamando de supermodelos e pediu para desfilarmos na sala para ele, o que fizemos. Estávamos rindo tanto. E foi isso. O dia terminou. Não tenho certeza se mamãe usou maquiagem desde então. E não é como se eu tivesse me tornado uma supermodelo. Mas esse dia me lembra do dia de hoje. Porque foi uma quebra na rotina, não foi?

— Parece que sim — retruca Justin. — E o modo como ele me olha... é como se finalmente ele tivesse percebido que sou real, que estou *aqui*.

O que acabei de contar não é digno desse olhar. O que significa que devo ser.

— Não posso acreditar que acabei de te contar isso — comento. É como se eu desse a ele a chance de mudar de ideia.

— Por quê?

— Porque... não sei. Simplesmente parece tão bobo.

— Não, parece um dia bom.

— E quanto a você? — pergunto. — Sei que estou forçando a barra. Uma coisa é Justin me ouvir. Outra é ele me contar alguma coisa.

— Nunca estive num desfile de mãe e filha — diz ele.

Rá-rá. Então talvez ele não esteja levando isso tão a sério assim. Dou um tapinha no ombro dele e digo:

— Não. Me conta sobre um dia como este.

Dá para ver que ele está pensando no assunto. Primeiro, acho que ele está debatendo se conta ou não alguma coisa. Mas aí percebo que não, que ele está apenas tentando me dar uma boa resposta.

— Certo dia, quando eu tinha 11 anos — começa. Ele não está fitando o mar nem olhando para algum outro lugar, distraído. Ele está olhando bem nos meus olhos, é seu jeito de dizer que a história é para mim. — Eu estava brincando de esconde-esconde com meus amigos. Quero dizer, era um tipo violento de esconde-esconde, com empurrões. Estávamos no bosque, e por alguma razão decidi que tinha que subir numa árvore. Acho que nunca tinha subido antes. Mas achei uma com alguns galhos baixos e simplesmente comecei a subir. Cada vez mais alto. Era tão natural quanto andar. Na minha lembrança, aquela árvore tinha centenas de metros de altura. Milhares. Em algum momento, atravessei a copa da árvore. Ainda estava subindo, mas não havia outras árvores por perto. Eu estava sozinho, agarrado ao tronco, bem longe do chão.

"Foi mágico. Não existe outra palavra para descrever. Eu podia ouvir meus amigos gritando conforme eram pegos, enquanto a brincadeira ia chegando ao fim. Mas eu estava num lugar completamente diferente. Estava vendo o mundo de cima; o que é uma coisa extraordinária quando acontece pela primeira vez. Eu nunca havia viajado de avião. Nem tenho certeza de se já havia estado num edifício alto. Então lá estava eu, suspenso acima de tudo que eu conhecia. Eu tornara aquele lugar especial e tinha chegado lá totalmente por conta própria. Ninguém tinha me dado aquilo. Ninguém havia me dito para fazer aquilo. Eu subi, subi, subi, e aquela foi minha recompensa. Observar o mundo de cima e ficar a sós comigo mesmo. Aquilo, descobri, era do que eu precisava."

Estou quase chorando, imaginando Justin no topo da árvore. De vez em quando, ele me conta uma coisa de quando era criança, mas nada desse tipo. Normalmente ele me conta só as coisas ruins. As coisas difíceis. Em geral, como uma desculpa.

Eu me inclino para ele.

— Incrível.

— É mesmo.

— E foi em Minnesota?

Quero mostrar que me lembro das coisas que ele diz: das mudanças da família, de como era frio lá, para ele perceber que pode me contar mais coisas.

Quero contar mais para ele também. Sempre quero contar mais; no entanto, agora que sei que ele está me ouvindo — ouvindo de verdade — significa algo diferente.

— Você quer ouvir sobre outro dia como este? — pergunto, me aproximando mais, como se eu estivesse construindo um ninho com nossos corpos para capturar todas as lembranças.

Ele me puxa, formando o ninho.

— Claro.

— Nosso segundo encontro — digo.

— Sério?

— Lembra?

Ele não lembra. O que é justo porque não é como se a gente chamasse tudo de encontro. Quero dizer, várias vezes antes do primeiro encontro estivemos no mesmo lugar, com outras pessoas, flertando.

Estou falando da segunda vez que chegamos e saímos juntos de um mesmo lugar, e passamos a maior parte do tempo juntos.

— Na festa do Dack? — pergunto

— Isso...

Ainda não estava claro.

— Não sei — falo. — Talvez não conte como um encontro. Mas foi a segunda vez que a gente ficou. E, não sei, você foi tão... fofo com aquela história toda. Não fique bravo, está bem?

Não quero estragar tudo. Tenho medo de fazer isso. Por que simplesmente não paro quando está tudo bem?

Mas então ele diz:

— Sério, nada pode me deixar bravo neste instante. — E ele faz uma cruz sobre o coração. Uma coisa que nunca o vi fazer antes.

Dou um sorriso. Não estou estragando nada. Não estou mesmo.

— Então tá. Bem, ultimamente... é como se você sempre estivesse com pressa. É como se a gente transasse, mas não tivesse... intimidade. E não me importo. Quero dizer, é engraçado. Mas, de vez em quando, é bom ter alguma coisa assim. E na festa do Dack... foi como hoje. Como se você tivesse todo o tempo do mundo e quisesse que a gente tivesse esse tempo junto. Eu adorei. Foi quando você realmente olhou para mim. Foi como... bem, foi como se você tivesse subido naquela árvore e me encontrado lá em cima. E tivéssemos vivido isso juntos. Embora estivéssemos no quintal de outra pessoa. Em determinado momento... você se lembra? Você me pediu para me afastar um pouco e ficar sob a luz da lua. "Sua pele brilha assim", foi o que você disse. E me senti assim. Brilhando. Porque você estava me observando, assim como a lua.

Eu nunca tinha dito tudo isso para ele. Durante todo o tempo em que estamos juntos, não sei ao certo se um dia já tinha deixado as palavras saírem dessa maneira, sem examiná-las primeiro. Achei que soubesse o que éramos e isso era bom o suficiente para mim.

O *que é isso agora?*, penso. Porque Justin se inclina e me beija, tornando tudo romântico. Justin já conseguiu fazer coisas românticas antes, claro. Mas ele nunca fez tudo parecer romântico antes. O universo, neste momento, é romântico. E quero isso. Quero muito. Quero o toque dos lábios dele nos meus. Quero o modo como meu coração está batendo forte. Quero ficar nesse ninho, meu corpo e o corpo dele. Quero porque é um tipo irreal de realidade.

Há tantas outras coisas que poderíamos dizer, mas não quero dizer nenhuma delas. Não porque tenha medo de estragar tudo. Mas porque neste exato instante tenho tudo. Não preciso de mais nada.

Fechamos os olhos. E descansamos um nos braços do outro.

De alguma maneira, chegamos nesse lugar melhor que sempre se quer chegar.

Eu nem notei que adormeci. Estamos tão confortáveis que acho que chegamos lá.

Então meu telefone começa a tocar, o som do toque muito mais alto que o do mar. Sei quem está ligando, e, mesmo querendo ignorar, não consigo. Abro os olhos, me afasto de Justin e pego o telefone.

— Onde você está? — pergunta a minha mãe.

Dou uma olhada nas horas. As aulas acabaram já faz um tempo.

— Dei uma saída com o Justin — digo a ela.

— Bem, seu pai está vindo para casa hoje à noite e quero todo mundo junto no jantar.

— Sem problemas. Volto para casa antes disso. Em uma hora, mais ou menos.

Assim que as palavras saem da minha boca, o relógio que tinha parado de marcar as horas volta a funcionar. Odeio minha mãe por fazer isso acontecer, e me odeio por permitir que ela faça.

Agora Justin está sentado, olhando para mim como se soubesse o que fiz.

— Está ficando tarde — diz ele, pegando o cobertor e o sacudindo. Depois o dobramos juntos, nos aproximando e afastando, e aproximando mais uma vez, até o cobertor se transformar num quadrado. Normalmente apenas o enrolamos e jogamos atrás do carro, no porta-malas.

A volta para casa de carro parece diferente. Não é mais uma aventura; é apenas a volta para casa. Eu me flagro dizendo a ele todas as coisas que ele nunca quis ouvir: o drama dos relacionamentos de outras pessoas, o modo como Rebecca está tentando, com todas as forças, entrar numa boa faculdade e abandonar todos nós (e acredito mesmo que ela deveria fazer isso), a pressão que sinto para me sair bem também ou, pelo menos, em ser boa o suficiente.

Depois de um tempo, o sol se pôs, os faróis estão acesos e as músicas que escolhemos são mais calmas. Apoio a cabeça em seu ombro e fecho os olhos, adormecendo de novo. Não era a intenção, mas é tão confortável... Normalmente me apoio nele para provar alguma coisa ou exigir algo. Mas nesse momento... faço só por tê-lo ali. Para reconstruir o ninho.

Quando acordo, vejo que estamos perto da minha casa. Preferia que não estivéssemos.

O único meio de evitar ficar deprimida é criar uma ponte entre o agora e a próxima vez em que ficaremos assim. Não preciso planejar exatamente quando será isso. Apenas preciso saber que isso realmente é possível de alcançar.

— Quantos dias você acha que poderíamos matar aula antes de arrumar problema? — pergunto. — Tipo, se fôssemos às aulas da manhã, você acha mesmo que iriam notar se não estivéssemos à tarde?

— Acho que descobririam — diz ele.

— Talvez uma vez por semana? Uma vez por mês? A partir de amanhã?

Imagino que ele vai rir da proposta, mas, em vez disso, ele parece irritado. Não comigo, mas com o fato de não poder dizer sim. Várias vezes encaro a tristeza de Justin de um jeito ruim. Nesse momento, quase a considero de um jeito bom, um sinal de que o dia significou para ele tanto quanto significou para mim.

— Mesmo que a gente não possa fazer isso, que tal te ver na hora do almoço? — pergunto.

Ele acena que sim.

— E talvez a gente possa fazer alguma coisa depois da escola, não é?

— Acho que sim — diz ele. — Quero dizer, não tenho certeza do que mais vai rolar. Minha cabeça não está nisso agora.

Planos. Talvez ele tenha razão. Talvez eu sempre tente amarrá-lo em vez de deixar as coisas acontecerem.

— Está bem — concordo. — Amanhã é amanhã. Vamos terminar o dia de hoje numa boa.

Uma última canção. Uma última esquina. Uma última rua. Por mais que você tente reter um determinado dia, ele irá deixá-lo.

— Chegamos — digo, quando nos aproximamos da minha casa.

Vamos fazer sempre assim, é o que quero dizer a ele.

Justin para o carro e destrava as portas.

Terminar numa boa, penso, tanto para mim quanto para ele.

É tão natural estragar uma coisa boa. É preciso bastante determinação para deixá-la ser como é.

Dou um beijo de despedida nele. Eu o beijo com tudo que tenho, e ele responde com tudo que tem. O dia nos envolve. Passa por nós, entre nós.

— É assim que o dia termina numa boa — declaro quando acaba. E antes que possamos dizer alguma coisa, vou embora.

Mais tarde, à noite, pouco antes de dormir, ele me telefona. Ele nunca me telefona, são sempre mensagens de texto. Se ele quer que eu saiba de alguma coisa, ele avisa, mas raramente quer conversar sobre isso.

— Oi! — respondo, meio sonolenta, mas muito feliz.

— Oi — diz ele.

— Mais uma vez, obrigada pelo dia de hoje — falo para ele no mesmo instante.

— Tá bem — assente ele. Tem alguma coisa estranha em sua voz. Alguma coisa está faltando. — Mas o que tem hoje?

Agora não estou feliz nem com sono. Estou totalmente acordada. Decido fazer uma piada.

Digo:

— Você vai me dizer que não podemos matar aula todos os dias? Não é de seu feitio.

— É — retruca ele. — Mas, sabe, não quero que você pense que todos os dias vão ser como hoje. Porque não vão, tá? Não podem ser.

É quase como se ele dissesse isso para si mesmo.

— Eu sei — concordo. — Mas talvez as coisas ainda possam ser melhores. Sei que podem.

— Não sei. Era só isso que eu queria dizer. Não sei. Hoje o dia foi uma coisa, mas não foi, tipo, tudo.

— Sei disso.

— Então tá.

— Então tá.

Ele suspira. Mais uma vez, tenho que dizer a mim mesma que essa tristeza não é algo dirigido a mim. Tem que ser algo dirigido ao fato de que ele não pode estar comigo.

— É isso — conclui ele.

Não sei o que eu deveria dizer. Não sei se ele tem medo de que eu realmente vá esperar isso dele todo dia; não pode pensar uma coisa dessas, pode? Decido deixar para lá e digo:

— Bem, vejo você amanhã.

— Aham.

— Mais uma vez, obrigada pelo dia de hoje. Mesmo que a gente arrume algum problema por conta disso, valeu a pena.

— Valeu.

— Eu te amo — digo.

Justin não costuma responder com *Eu também te amo*. Na maioria das vezes, ele se irrita quando falo isso, me acusa de dizer apenas para ver se ele repete em seguida.

Algumas vezes, ele tem razão. Mas não é por isso que estou dizendo esta noite. E quando ele responde "Durma bem" é mais do que suficiente para mim.

Não sei o que vai acontecer amanhã, mas, pela primeira vez, estou empolgada para descobrir.

Capítulo Dois

Mamãe levanta antes de mim, como sempre, e já está no mesmo lugar à mesa da cozinha. É como se ela pensasse que eu ou meu pai fôssemos roubar o assento se não fosse mais rápida do que a gente... e se perder o lugar, onde vai passar o restante do dia?

— Você parece ótima — diz ela para mim. O que seria um elogio, se ela não parecesse desconfiada.

Não digo a ela que fiz questão de parecer ótima porque é o aniversário de um dia de tudo ficando melhor. Ela estragaria isso rapidamente.

— Tenho que apresentar um trabalho na aula — explico.

Sei que ela não vai me perguntar que trabalho nem que aula.

Ansiedade. Quero chegar à escola o quanto antes para vê-lo. Espero que ele esteja se sentindo do mesmo jeito em casa. Eu poderia mandar uma mensagem de texto e perguntar, mas, se as coisas vão mudar, então posso mudar também. Não preciso saber de tudo o tempo todo.

Minha mãe e eu conversamos um pouco mais, porém nenhuma está ouvindo com atenção. Quero ir, e ela quer ficar. É a história das nossas vidas.

* * *

Tenho que pegar o ônibus porque meu carro ainda está na escola. Eu poderia pedir a Rebecca ou a outra pessoa para me dar uma carona, mas então eu passaria o trajeto inteiro falando sobre as coisas em vez de pensar nelas.

O carro de Justin não está lá quando o ônibus chega. Na verdade, ele não aparece até praticamente todo mundo já ter estacionado.

Mas desta vez ele me vê esperando. Vem até mim. Dá um bom-dia.

Estou tentando com todas as forças não bombardeá-lo com felicidade. Ainda é de manhã cedo. Ele mal acordou.

— Tem certeza de que não quer fugir? — pergunto. Apenas para trazer um pouquinho do dia de ontem para hoje.

Ele parece confuso.

— Você está falando sério?

— Não — respondo. — Mas uma garota pode sonhar, certo?

— Tanto faz.

Ele começa a andar, supondo que vou seguir ao lado dele. Coisa que eu faço.

Estou entendendo. Mais ou menos. Como a gente não vai fazer a mesma coisa hoje, provavelmente é melhor não considerar isso uma opção. Caso contrário, qualquer coisa que a gente faça neste dia vai parecer ridículo em comparação.

Estico a mão para ele.

Ele não pega.

— O que deu em você?

O *dia de ontem*. É o que quero dizer a ele. Mas pelo jeito como ele olha para a frente, imagino que agora não é um bom momento.

Ele sequer espera para ouvir minha resposta à pergunta.

Simplesmente continua caminhando.

Digo a mim mesma que não é o Justin Zangado. É o Justin Perdido. Tem que ser. Quando imagino alguém perdido, normalmente é em algum lugar como uma floresta. Mas, com Justin, imagino uma sala de aula. Não que ele tenha déficit de aprendizagem ou algo assim. Seria até uma boa razão. Mas não. Ele está simplesmente entediado. Por isso não acompanha o que está acontecendo. E a coisa só vai piorando, e ele vai ficando mais perdido, o que faz com que Justin odeie a situação ainda mais.

Estou tentando ficar na praia. Enquanto os professores falam, e enquanto Justin e eu mal nos cumprimentamos entre o primeiro e o segundo tempo, fico me lembrando de como foi. Estou transformando minha mente numa máquina do tempo, porque preciso fazer isso.

Sei que Rebecca vai me interrogar no terceiro tempo, na aula de artes, quando estaremos sentadas lado a lado. E é exatamente isso que ela faz.

— Onde você estava? — sussurra. — O que aconteceu?

A aula de artes é uma das poucas que temos juntas porque a minha escola gosta de separar o pessoal inteligente do pessoal não inteligente, como se ficar na sala de aula comigo pudesse prejudicar as notas de Rebecca. Na aula de artes, alguns dos garotos não inteligentes se vingam. Gosto de ter uma chance de ficar com Rebecca.

O Sr. K botou um motor de carro na frente da sala e pediu para o desenharmos com carvão. Ele sempre diz que não devemos conversar enquanto trabalhamos, mas, desde que não seja em voz muito alta e que a gente faça o trabalho, ele não liga muito.

O motor de Rebecca está ficando pior do que o meu, e me sinto mal por isso me fazer sentir melhor.

Eu digo a ela que Justin e eu matamos aula na praia. Confesso que foi uma coisa de momento e que foi maravilhoso.

— Você devia ter chamado a mim e ao Ben — comenta ela.

Ben é o namorado de Rebecca. Ele também é inteligente, e Justin não gosta nem um pouco dele.

— Da próxima vez — prometo.

Nós duas sabemos que isso nunca vai acontecer, mas estamos conformadas com a ideia. Nossa amizade não precisa que Rebecca mate a aula, nem precisa que Ben e Justin se deem bem. Ela e eu temos história suficiente para não precisarmos fazer muito no presente para sermos próximas.

— Não estava frio? — pergunta ela.

— Muito frio para nadar — respondo. — Mas quente o suficiente para ficar lá.

Ela acena com a cabeça. Geralmente, qualquer coisa que eu diga a ela faz sentido.

Só estou deixando de fora alguns detalhes.

Eu me pergunto se deveria encontrá-lo no corredor dos armários como ontem. Mas o hábito da hora do almoço me leva primeiro para a cantina, e lá está ele, em nosso lugar de sempre.

— Oi — cumprimento.

Ele acena com a cabeça. Eu me sento.

— Alguém falou alguma coisa com você sobre ontem? — pergunto. — Quero dizer, você não arrumou nenhum problema, não é?

Ele mergulha a batata frita no ketchup. É no que consiste seu almoço.

— Está tudo bem, acho — comenta ele. — E você?

— Rebecca ficou curiosa. Mas foi só isso até agora.

— Rebecca? Curiosa? Mas que surpresa.

— Ela falou que, da próxima vez, ela e Ben querem ir de carro com a gente.

— Não tenho certeza de que ele nos deixaria entrar no Mercedes. A gente teria que tirar os sapatos primeiro.

Uma vez fomos até a casa de Ben, e ele pediu que todos nós tirássemos os sapatos antes de entrar. Justin e eu achamos isso hilário.

— Será que ele não sabe que as nossas meias são muito mais nojentas que os sapatos? — perguntou Justin. E isso se tornou uma das nossas piadas internas.

— Não conte nada a Rebecca. — Peço para Justin prometer. Ele finge passar um zíper sobre os lábios. Eu relaxo.

Pego meu almoço, e, quando volto, Rebecca e alguns outros amigos estão sentados à mesa, então Justin e eu somos parte de uma conversa maior em vez de termos a nossa. Quando o sinal toca, pergunto se ele pode fazer alguma coisa depois da escola, e ele diz que tem que trabalhar. E fala isso como se eu tivesse que me lembrar do horário de seu trabalho. Mas a Target manda o e-mail para ele, não para mim.

Não menciono esse detalhe. Em vez disso, lembro a mim mesma da sorte que tenho por ainda não precisar trabalhar. Lembro a mim mesma que Justin odeia o trabalho dele. Lembro a mim mesma que o dia de ontem foi uma escolha nossa, mas que não é todo dia que temos a oportunidade de fazer escolhas nossas.

O importante é que, uma vez diante da oportunidade, ele escolheu a mim. E tenho esperança de que, da próxima vez, vá me escolher de novo.

Justin me envia uma mensagem de texto quando chega em casa depois do trabalho. Duas palavras.

Dia longo.

Eu envio para ele uma palavra.

É.

Padrões. No dia seguinte, penso em padrões. Ou, na verdade, penso em altos e baixos. Estou acostumada a altos e baixos. Segunda-feira, quando estávamos na praia, foi um alto. Dá para ver isso.

Mas agora... não é um alto nem um baixo. É como se tivéssemos desaparecido do mapa.

Justin não está bravo comigo. Posso sentir isso. Mas amor por mim se tornou passivo.

Não consigo entender. E não tenho ninguém para conversar. Nem Justin. Sempre que menciono a praia, é como se o dia nunca tivesse acontecido. Nem Rebecca. Se eu contar mais alguma coisa, pode ficar parecendo mais maluco do que realmente é. Nem minha mãe. Ela e eu não conversamos sobre altos e baixos como um meio de não tê-los.

Sei que vale a pena lutar pelo que ele e eu tivemos na segunda-feira. Mas não tenho contra quem lutar, por isso me volto para mim.

Sei que não estou imaginando coisas.

Mas agora pareço ter sido mandada de volta para a minha imaginação.

Capítulo Três

Na quinta-feira, chego na escola primeiro e espero por Justin. Não racionalizo muito. É simplesmente isso que faço sempre.

— Meu Deus, Rhiannon — diz ele ao sair do carro.

Eu me afasto para o lado quando ele tira a mochila e bate a porta. E então pergunto:

— O que foi?

— O *que foi?* — Ele imita a pergunta numa voz aguda, de garotinha. É uma voz que seu mau humor costuma usar.

— Manhã ruim?

Ele balança a cabeça.

— É o seguinte, Rhiannon. Preciso de dois minutos, ok? Tudo o que peço são dois minutos por dia durante os quais ninguém queira alguma coisa de mim. Incluindo você. Só isso.

— Eu não quero nada de você — protesto.

Ele olha para mim, com expressão cansada, e diz:

— Claro que quer.

Eu sei que ele tem razão. Ele está certo, e isso dói um pouco.

Espaço. Eu quero um namorado, e ele quer espaço.

Como tenho muito espaço (espaço vazio), acho que é difícil para mim entender.

— Desculpe — digo.

— Sem problema. É só que... você devia ter se visto ali. Ninguém mais está parado no estacionamento. Gosto de te ver, mas, quando você fica parada desse jeito, é como se estivesse esperando para atacar.

— Entendi — juro para ele. — Eu sei.

Agora estamos na porta.

Ele suspira.

— Vejo você depois.

Acho que não vou até o corredor do armário dele. Acho que tudo bem.

— Tem certeza de que você não quer fugir? — pergunto. Dá para sentir a praia, o mar, falando através de mim.

— Você precisa parar de falar isso — pede ele. — De ficar me dando essa ideia; quem sabe um dia eu talvez faça.

Ele não me chama para ir com ele.

Tiro os livros do armário, me preparando para o dia. Não faço isso com o coração, porque a sensação é que meu coração não está em parte alguma perto de mim.

Ouço uma voz dizer "ei", e, de início, não percebo que está falando comigo. Eu me viro para a esquerda e vejo uma garota asiática baixinha olhando para mim.

— Ei — respondo. Não tenho ideia de quem ela seja.

— Não se preocupe. Você não me conhece — explica a garota. — É só que... é meu primeiro dia aqui. Estou dando uma olhada na escola. E gostei muito da sua saia e da sua bolsa. Então, pensei, sabe, em dar oi. Porque, para ser sincera, estou completamente sozinha neste momento.

Bem-vinda ao clube é o que quero dizer. Mas a última coisa que esta garota precisa é saber o que está se passando na minha cabeça. Ela já parece sobrecarregada.

— Meu nome é Rhiannon — apresento-me, pousando os livros e apertando sua mão. — Não deveria ter alguém mostrando o lugar a você? Tipo um comitê de boas-vindas?

Eu acho que isso é bem a cara de Tiffany Chase. Ela parece se orgulhar de mostrar o lugar às pessoas. Nunca entendi Tiffany.

— Não sei — fala a garota. Ela ainda não me disse como se chama.

Eu menciono que ficarei contente em levá-la até a secretaria. Acho que ela precisa se apresentar lá, de qualquer forma.

Ela não recebe bem a ideia.

— Não! — informa a garota, como se eu tivesse acabado de ameaçar chamar a polícia. — É só que... não estou aqui oficialmente. Na verdade, meus pais nem sabem que estou fazendo isso. Só me avisaram que vamos nos mudar para cá, e eu... eu queria ver e decidir se devo surtar ou não.

Ah, você com certeza está surtando, penso. Mas não digo nada porque apenas vai fazê-la surtar mais. Em vez disso, comento:

— Faz sentido. Então você está matando aula para dar uma olhada na escola?

— Exatamente.

— De que ano você é? — pergunto.

— Do terceiro.

Engraçado. Ela parece caloura. Mas, se está no terceiro ano, imagino que não haja nada errado se ela me acompanhar por aí hoje. Posso fingir que sou Tiffany Chase por umas poucas horas. Isso vai me dar algo no qual pensar além de Justin.

— Eu também — comento. — Vamos ver se damos um jeito nisso. Você quer ficar comigo hoje?

— Adoraria.

Ela parece verdadeiramente animada. É um bom lembrete de que algumas vezes é fácil fazer alguém feliz.

Talvez seja mais fácil com estranhos. Não tenho certeza.

Talvez seja mais fácil com alguém que não está pedindo algo de você.

O nome da garota é Amy e é quase engraçado o modo como ela facilmente se mistura com meus amigos. Eu teria me saído muito mal se conhecesse tanta gente nova de uma vez. Mas ela manda bem.

Tiffany Chase me vê mostrando a escola para Amy e parece irritada.

— Qual é o problema com ela? — pergunta Amy.

— Ela costuma fazer amizade primeiro por ser a guia — respondo.

— Eu gosto mais da nossa versão.

Eu sei que não devia tirar algum proveito disso, mas tiro. Estou tão desesperada para ser boa em alguma coisa que vou tirar o que puder.

Eu não compartilho este pensamento com Amy.

Não vejo Justin na hora e no lugar de sempre entre o primeiro e o segundo tempo, mas, inesperadamente, ele está lá no intervalo entre o segundo e o terceiro tempo. Eu me pergunto se ele desviou do caminho de sempre para aparecer. Não conseguimos nos falar, mas, pelo menos, dá para vê-lo, e dá para ver que ele não parece muito bravo.

Na aula de matemática, Amy começa a me passar bilhetes.

No início, imagino que seja apenas uma pergunta. Ou talvez seja para me dizer que já viu o suficiente e que vai embora no próximo tempo. Mas, em vez disso, é só... jogando conversa fora. Ela me diz que as aulas aqui são tão chatas quanto as aulas na escola dela. E pergunta onde comprei a minha saia, se gosto de algum garoto e se acho que tem algum garoto de quem ela ia gostar.

Vamos e voltamos assim algumas vezes. Ela nota quase que imediatamente alguns dos maneirismos da Srta. Frasier e é muito boa em fazer piada disso. *(Ela fala como uma freira, mas, em vez de sobre Deus, está falando sobre trigonometria. Seria seu hábito um losango?)*

Estou me divertindo, mas isso também está me deixando um pouco triste, porque me faz perceber que não fiz nenhuma amiga desde que comecei a sair com Justin. É como se, desde que ele e eu ficamos juntos, eu simplesmente tivesse visto as mesmas pessoas, e menos delas. Precisei dessa garota nova aparecendo do nada para ter alguém a quem passar bilhetinhos.

Ela me acompanha na hora do almoço. Pousamos as coisas na mesa, e Preston, maluco com todos os *bótons* presos na bolsa de Amy, pergunta todas essas coisas sobre mangás japoneses. Ela parece confusa, e torço para que Preston mostre o suficiente de seu imenso jeito gay para Amy não achar que ele está dando em cima dela.

Quando Justin chega à mesa, noto que ele tem alguma coisa em mente. Apresento Amy, e ele oferece o aceno de cabeça de Justin. Depois me diz que deixou a carteira em casa. Respondo que não tem problema e pergunto o que ele quer. Ele responde batata frita, e eu pego um cheeseburguer também. Quando entrego a comida a ele, Justin me agradece e eu sei que ele fala com sinceridade.

Mesmo com Amy presente, parece que voltamos à nossa rotina de sempre da hora do almoço. Preston pergunta a ela sobre outro mangá, mas em vez de responder Amy se vira para mim e pergunta se o mar fica muito longe daqui.

A palavra *mar* me faz olhar para Justin, mas é como se ele não tivesse ouvido, como se a cabeça estivesse presa em *cheeseburguer*.

— Engraçado você perguntar isso — digo a Amy. — Estivemos lá outro dia. Levamos uma hora e pouco para chegar.

Justin está do lado de Amy, na minha frente. Ela vira a cabeça e pergunta para ele:

— Vocês se divertiram?

Ele não parece ter ouvido, por isso, respondo:

— Foi incrível.

— Você foi dirigindo? — pergunta ela a Justin.

Desta vez ele ouve.

— Sim, fui — responde ele.

— Nós nos divertimos tanto — interrompo. E, ao dizer isso, eu me agarro à ideia um pouco mais. É como se Justin e eu tivéssemos um segredo que está na cara de todo mundo, mas que ninguém pode ver. E nenhum de nós vai apontá-lo. Ele continua sendo nosso. Só nosso.

Eu não me importo com isso.

Dá para ver que Amy quer perguntar mais coisas. Eu lembro a mim mesma que ela não é uma amiga nova; é apenas uma visitante. Está aqui somente por hoje.

Enquanto isso, Justin voltou a comer. Ele não tem mais nada a dizer sobre aquilo que significa tanto para mim.

Amy é minha sombra pelo restante do dia e se mantém tão calada quanto uma sombra. Imagino como deve ser: olhar para o futuro e se ver morando num lugar novo. Eu nunca passei por isso. Sempre estive aqui, ancorada por pais que nunca quiseram mudanças, na companhia de todas as pessoas que temem que eles nunca saiam mesmo. Por muitos anos a ideia de viver em outro lugar era sinônimo de viver num reino de fadas. Havia lugares que existiam na imaginação e outros que existiam na vida real, e me ensinaram a nunca confundir os dois. Foi só quando Justin e eu nos tornamos um casal de verdade, e minha irmã foi embora da cidade, que comecei a me perguntar não apenas pelo que viria depois, mas pelo onde. Não quero imaginar nós dois fazendo as mesmas coisas no mesmo lugar daqui a dez — ou mesmo daqui a dois anos. Mas, quando tento nos imaginar em qualquer outro lugar, é difícil. Ambos gostamos de içar a âncora, mas a âncora é bem pesada.

Enquanto faço os exercícios da aula de inglês, imagino trocar de lugar com Amy. Nem sei onde fica a escola dela, mas me pergunto como seria se eu tivesse um começo totalmente novo. Será que eu continuaria sendo a mesma? Ou me tornaria outra pessoa? Acho que teria que me transformar em outra pessoa porque não consigo me imaginar sem Justin. Dói só de pensar. Eu me imagino caminhando por outros corredores — e a solidão que sinto neles é muito pior do que a solidão que sinto aqui.

Eu me lembro do mar e sei que, não importa aonde eu vá, quero que ele venha comigo.

Eu me sinto ridícula, mas fico um pouco triste por ver Amy indo embora. Quando caminhamos até o estacionamento no fim do dia, anoto meu e-mail e entrego a ela. Justin chega bem nesse momento, parecendo muito melhor agora que o dia acabou. E, pelo modo como permanece por perto, sei que quer fazer algo em minha companhia e não apenas se despedir.

— Você me acompanha até o carro? — pergunta Amy.

Olho para Justin, querendo que ele me dê a certeza de que vai esperar.

— Vou pegar meu carro — responde ele.

É bom que ele pareça estar com paciência, porque Amy estacionou o mais longe da escola possível. Enquanto caminhamos, me pergunto o que Justin vai fazer agora. Estou tentando descobrir quando Amy interrompe meus pensamentos e pede:

— Me conta alguma coisa que ninguém mais sabe sobre você.

— O quê? — pergunto. Parece pergunta de festa do pijama pré--adolescente.

— É algo que sempre peço às pessoas, que me contem uma coisa sobre elas que ninguém mais sabe. Não precisa ser grandioso. Só uma coisa.

Decido falar a primeira coisa que me vem à cabeça.

— Está bem. Quando eu tinha 10 anos, tentei furar minha orelha com uma agulha de costura. Fui até a metade, então desmaiei. Não tinha ninguém em casa, por isso, ninguém me viu. Simplesmente acordei com a agulha enfiada até a metade da orelha e gotas de sangue em toda a camiseta. Tirei a agulha, lavei a sujeira e nunca mais tentei. Só com 14 anos fui até o shopping com a minha mãe e furei a orelha de verdade. Ela não fazia ideia do que havia acontecido. E você?

Um instante se passa enquanto ela pensa — o que é um pouco estranho. Se ela sempre faz essa pergunta, será que não tem sempre uma resposta pronta? Depois de uns segundos, ela diz:

— Roubei o exemplar de *Forever*, da Judy Blume, da minha irmã, quando eu tinha 8 anos. Imaginei que, se era da autora de *Superfudge*, tinha que ser bom. Bem, logo entendi porque ela guardava o livro debaixo da cama. Não tenho certeza se entendi tudo, mas achei injusto que o garoto tivesse um nome para o, hum, genital dele, e a garota não desse um para o dela. Então resolvi dar um nome para a minha.

Não consigo deixar de rir e também não consigo evitar perguntar:

— Qual era o nome?

— *Helena*. Apresentei todo mundo a ela na hora do jantar aquela noite. E tudo acabou dando certo.

Helena. Não consigo saber se Justin acharia isso engraçado também, ou se ele acharia estranho.

Agora estamos no carro de Amy.

— Foi ótimo te conhecer — digo a ela. — Tomara que eu te veja por aí no ano que vem.

— Claro. Foi ótimo te conhecer também — retribui ela.

Amy me agradece por acompanhá-la e apresentá-la aos meus amigos e por responder às suas perguntas. Eu comento que não foi problema algum. Justin chega dirigindo e buzina.

Quase digo a ele que quero voltar para o mar.

Mas, em vez disso, decido ver se consigo trazer o mar até aqui.

Vamos para a casa dele, como sempre fazemos, porque a minha mãe sempre está na minha casa. Não temos chance de conversar no trajeto porque vou no meu carro, seguindo seu carro. Mas, mesmo quando chegamos, não dizemos muita coisa. Ele me pergunta se eu quero beber alguma coisa, e eu respondo água. Ele bebe um pouco de uísque, mas não muito, porque faz isso escondido dos pais. Eu não me importo. Gosto do gosto em sua língua.

Ele desaba no sofá e liga a tevê. Mas eu sei o que está acontecendo. É como se ele não pudesse simplesmente dizer do nada: *Vamos transar.* Algumas vezes, ele começou a me beijar assim que chegamos na porta, mas normalmente ele precisa ter certeza de que não tem ninguém em casa, se acostumar com o peso do ambiente antes de quebrarmos essa resistência.

Então, quase sempre começa assim: nós dois assistindo um programa sem realmente prestar atenção. Ele se inclina na minha direção ou vice-versa. Pousamos as bebidas. A mão na perna, o braço por cima do ombro. Corpos começando a se confundir. Ele não vai dizer que quer alguma coisa de mim. Mas está ali, no ar. Está ali e subentendido entre nós conforme suas mãos vão para baixo da minha blusa e minhas mãos tocam sua bochecha, seu ouvido, seu cabelo.

Eu retorno para ele. Ele retorna para mim. Mas não é o suficiente estarmos em equilíbrio. Ele avança. Está dizendo coisas, mas elas não são ditas realmente para mim. São ditas para o que estamos fazendo. São parte do que estamos fazendo. O calor é bom. O toque é bom. Mas não parece ser o bastante. Não para ele, que quer mais, mais e mais. Não para mim, porque se isso fosse suficiente, eu não pensaria se é ou não o suficiente. Não vamos até o fim... não enquanto estamos no sofá, só no quarto, onde há uma porta para fechar e proteção para usar, além de cobertores para puxar e cobrir quando tiver acabado e nós ficarmos ali deitados, satisfeitos. Mas, ainda assim, estamos fazemos coisas — ele faz o que faz quando estamos no sofá, e eu faço o que faço quando estamos no sofá, nenhuma peça de roupa nos cobre totalmente, nenhuma nos despe totalmente. Ele começa a murmurar, começa a gemer, e, sim, tem algo que ele quer de mim, tem algo que ele realmente quer de mim, e dou isso a ele enquanto ele retribui para mim. Quero que ele chegue ao clímax, porque o que eu quero mais ainda é a doçura da respiração conjunta depois.

Ele geme. Suas costas estremecem sob a minha mão. Ele me beija. Uma. Duas. Três vezes. Nós nos recostamos. Eu sinto as batidas de seu coração e pouso minha cabeça ali. Ele fala mais coisas.

A tevê ainda está ligada, e o que ele faz a seguir é o que me deixa grata, o que me faz pensar que talvez tudo isso valha a pena. Porque em vez de se virar novamente para a tevê, ele desliga o aparelho. Fica de pé e pega mais água para mim. Não bebe outro gole de uísque, e volta, retornando para o lugar no sofá, depois, me recoloca no meu lugar sobre seu peito. Ficamos assim por um tempo. Agora sem pressa. Agora querendo apenas um lugar tranquilo onde não há nada a dizer.

Capítulo Quatro

Eu estou bem. Espero até sexta depois da aula para perguntar sobre a festa de Steve.

— Você pode simplesmente *parar* com isso? — É sua resposta.

— Oi? — digo. — Acho que eu não mereço isso.

Justin balança a cabeça.

— Me desculpe.

Estamos no corredor do meu armário. Sei que ele tem que ir para o trabalho. É por isso que estou tentando resolver a questão agora.

— Simplesmente vou odiar metade das pessoas presentes — explica ele. — Se você conseguir lidar com isso, podemos ir. Se Steve e Stephanie começarem a se atacar, *não* espere que eu o acalme ou leve para fora de casa ou proteja a sacanagem dela das merdas dele. Só me deixa ficar sentando num canto, bebendo e observando como todo mundo.

— Eles brigaram só uma vez! — retruco. São nossos amigos. Eles se comportam bem na maior parte do tempo. É a tequila que acaba com eles.

Ele dá uma bufada.

— Caramba, Rhiannon. Se toca!

— Você pode fazer o que quiser fazer na festa — digo. — Vou dirigir. Está bem?

— Estou avisando agora: se eu for, vou beber até cair.

— Já estou avisada — argumento. — Estou ciente de estar avisada.

Somente no sábado à noite, no carro, indo buscar Justin, é que me pergunto por que *eu* quero ir à festa.

Rebecca não vai estar lá. Ela e Ben combinaram uma "noite a dois". Preston e o melhor amigo dele, Allie, costumam evitar festas que consideram "extremamente desagradáveis". Embora eu seja amiga da Stephanie, tenho que concordar com Justin que ser o centro das atenções poderia despertar nela um comportamento que não era exatamente o melhor.

Em grande parte, acho, sinto que alguma coisa nova poderia acontecer se nós dois fôssemos à festa. Se ficarmos em casa, não tem chance de que algo novo aconteça.

Antes de ir, comemos pizza. Aparentemente o pai de Justin falou que ele não poderia ir se não tivesse arrumado o quarto, e Justin saiu de casa mesmo assim. Quando perguntei, pela primeira vez, como era o pai dele, tudo que ele respondeu foi "militar" — não deu para saber se estava falando da profissão, da atitude ou de ambas. Ele vive dizendo: "Por favor, meu Deus, não me deixe virar esse homem."

Penso praticamente a mesma coisa em relação à minha mãe, por isso, acho que nos identificamos.

No trajeto até a casa de Steve, pergunto a Justin se sabe quem mais vai estar lá.

— E importa? — pergunta ele. — Dá no mesmo independentemente de quem estiver.

Não acho que ele esteja com ânimo para discutir, por isso, fico calada. Começa a tocar no rádio uma música da qual gosto, e canto junto com ela. Ele me dá uma olhada como se eu fosse louca e aí paro.

Quando chegamos, ele fala: "Você sabe onde me encontrar", o que significa: onde estiver a bebida. Ele começa a andar assim que tranco as portas do carro, como se a cerveja da festa fosse acabar antes que ele conseguisse entrar. O que não faz o menor sentido, considerando a última festa de Steve.

Lotado. Parece que já tem gente em toda parte. Não reconheço algumas das pessoas. Vejo Stephanie rapidamente; ela dá um gritinho, me abraça e depois segue para o próximo abraço e gritinho.

Sei que eu deveria ir até a cozinha, pegar uma bebida (só uma) e ficar do lado do meu namorado. Mas, em vez disso, me pego caminhando para bem longe. Steve esbarra em mim — ele deve ter começado a beber cedo. Digo "oi". Ele diz para eu ficar à vontade.

O barulho está muito alto: um rap que fala para bater em todas as vadias compete com as várias conversás e faz com que todos falem mais alto. Eu vou até a sala de tevê e vejo um laptop conectado a alto-falantes. Olho a playlist e vejo que a música que estão tocando se chama "Minha Piroca Tem Direitos!" A música seguinte é: "Nua como Vc Me Quer." Penso em desligar. Penso em colocar Adele. Não faço nada.

Olho ao redor e vejo Tiffany Chase conversando com Demeka Miller. Vou até lá para dar um oi.

— Oi! — Tiffany grita acima da música em resposta.

— Opa, oi! — diz Demeka.

Percebo a falha no meu plano: não tenho nada para falar a qualquer uma das duas. Quase digo a Tiffany que agora entendo por que ela gosta de guiar as pessoas pela escola, mas não acho que essa seja a coisa certa a se comentar numa festa. Vai parecer que quero ser como ela, quando não é nada disso.

— Adorei seu cabelo! — digo a Demeka. Recentemente ela acrescentou uma mecha vermelha.

— Obrigada! — responde Demeka.

Tiffany e Demeka trocam olhares. É evidente que interrompi a conversa. Sei que deveria desinterromper.

— Vejo vocês depois! — digo. Dou uma volta, mas não tão longe assim. Mais uma vez, sei que deveria ir para a cozinha, mas não vou.

Há CDs perto do lado do laptop. Provavelmente são dos pais de Steve. (Não tenho ideia de onde eles estão agora.) Adele está quase no topo da pilha. Sem ter coisa melhor para fazer, começo a olhar os CDs.

Tem Kelly Clarkson, o que me faz pensar na ida até o mar. E tem Fun., que também ouvimos.

— Eu gosto muito deles. — Alguém diz para mim e aponta para o CD. — E você?

Fico surpresa por ter sido notada. O garoto que fala comigo parece totalmente deslocado: ele veste jaqueta e gravata, como se fosse direto daqui para a igreja de manhã. Parece realmente desesperado para ter alguém com quem conversar, e, ao mesmo tempo, tenho essa sensação esquisita de que ele quer conversar especificamente comigo. Normalmente isso me faria ficar desconfiada. No entanto, por alguma razão, não o dispenso.

— É — digo, erguendo o CD. — Gosto deles também.

Baixinho, ele começa a cantarolar *Carry On* — a mesma música que eu e Justin cantamos no carro. Decido considerar isso como um sinal. Do que, não sei ao certo.

— Gosto desta em especial — comenta o garoto.

Estranho. Tem alguma coisa muito familiar nele. Nos olhos, no jeito como olha para mim.

Inofensivo. Lembro a mim mesma que é inofensivo conversar com ele.

— A gente se conhece? — pergunto.

— Sou Nathan — responde ele.

Digo a ele que o meu nome é Rhiannon.

— É um nome bonito — retruca ele. E não é apenas da boca pra fora, do tipo "adorei o seu cabelo".

— Obrigada — agradeço. — Costumava odiar, mas não odeio mais.

— Por quê?

— É um saco para soletrar — explico a ele. E porque é diferente. Não conto a ele toda a tristeza que senti quando criança por ser tão diferente, e como eu queria que meus pais tivessem me dado um nome mais fácil.

O fato do garoto parecer tão familiar ainda me incomoda.

— Você é da Octavian? — pergunto.

Ele balança a cabeça.

— Não. Só estou aqui para passar o fim de semana; vim visitar meu primo.

— Quem é seu primo?

— Steve.

— Ah, isso explica — digo a ele. E então, assim como com Tiffany e Demeka, acho que fiquei sem mais nada para falar. Quero dizer, eu poderia perguntar de onde ele vem, quanto tempo vai ficar por aqui, por que está usando gravata. Mas eu apenas estaria matando o tempo até ir embora, e isso não parece justo.

Estou pronta para puxar a tomada e deixar a conversa morrer. Mas então ele me surpreende.

— Eu odeio o meu primo — diz ele.

Escândalo. Só que não. Ainda assim, estou curiosa em relação ao motivo.

Ele emenda:

— Odeio o modo como ele trata as garotas. Odeio o fato de ele pensar que pode comprar todos os amigos dando festas como essa. Odeio o fato de ele só falar com você quando precisa de algo. Odeio que ele não pareça capaz de amar.

Uau. Eu mal consigo me lembrar dos nomes dos meus primos. Nathan parece tão *intenso* em relação a Steve.

— Então por que você está aqui? — pergunto.

— Porque quero ver isso degringolar. Porque, quando esta festa der errado (e se a música continuar alta desse jeito, ela *vai* dar errado), quero ser testemunha. A uma distância segura, claro.

O garoto está inflamado. É divertido. Decido botar mais lenha na fogueira.

— E você está dizendo que ele é incapaz de amar a Stephanie? — pergunto. — Eles têm saído há mais de um ano.

— Isso não significa nada, não é? Quero dizer, ficar com alguém por mais de um ano pode significar que você ama a pessoa... mas também pode significar que você está sem saída.

Sem saída. Que idiotice, porque meu primeiro pensamento foi: *Stephanie não está tão sem saída quanto eu.* O que é ridículo. Nenhuma de nós está *sem saída*.

Eu me pergunto o que faria Nathan dizer uma coisa dessas. Ele fala como se soubesse.

— Você está falando por experiência própria? — pergunto a ele.

— Tem tantas coisas que podem manter você num relacionamento — diz ele. Seus olhos me imploram para ouvir. — Medo de ficar sozinho. Medo de bagunçar a ordem da sua vida. A decisão de se acomodar com algo que é razoável porque você não sabe se pode arrumar coisa melhor. Ou, talvez, a crença irracional de que vai ficar melhor, mesmo que você saiba que ele não vai mudar.

Ele. Acho que Nathan joga no mesmo time que Preston.

— Ele? — pergunto, para ter certeza.

— É.

— Entendo. — Talvez isso explique por que sinto que ele é inofensivo, por que me sinto tão aberta em relação a ele. Garotas não precisam se sentir ameaçadas por garotos que curtem garotos.

Depois de um instante, ele pergunta:

— Tudo bem pra você?

— Claro. — Eu o tranquilizo. E me pergunto se Steve sabe.

— E quanto a você? Saindo com alguém?

— Sim — respondo. Então, vendo aonde isso vai chegar, emendo:
— Há mais de um ano.

— E por que ainda estão juntos? Medo de ficar sozinha? A decisão de se acomodar? Uma crença irracional de que ele vai mudar?

Rá. Não vou começar a dizer a ele que é muito mais complicado. Em vez disso, eu falo:

— Sim. Sim. E sim.

— Então...

— Mas ele também pode ser incrivelmente fofo — emendo. — E eu sei que, bem lá no fundo, sou tudo para ele.

Aqueles olhos não me perdem de vista.

— Bem lá no fundo? Isso parece acomodação pra mim. Você não deveria ter que ir tão fundo para ser amada.

Chega. Eu não conheço você. Pare com isso.

Soa como se Justin estivesse falando na minha cabeça, embora seja a minha voz.

— Vamos falar sobre outra coisa, está bem? — sugiro. — Não é um bom assunto para festas. Gostei mais quando você estava cantando para mim.

Justin aparece na porta da sala, com uma Corona na mão. Ele examina o cômodo, me vê, parece um pouco animado e aí nota que estou conversando com um cara e parece menos animado.

— Quem é esse cara? — Ele quer saber enquanto se aproxima.

— Não se preocupe, Justin — digo. — Ele é gay.

— Certo. Dá pra ver pelo modo como se veste. O que vocês estão fazendo aqui?

— Nathan, este é Justin, meu namorado. Justin, este é Nathan.

— Oi. — Nathan cumprimenta.

Justin deixa Nathan sem resposta por um segundo, depois pergunta:

— Viu a Stephanie? Steve está procurando por ela. Acho que brigaram de novo.

Tem um *eu te avisei* subentendido em sua voz. E ele me avisou mesmo.

Eu devolvo um *eu te avisei o quê?*

— Talvez ela tenha ido para o porão — respondo.

— Não. Estão dançando no porão.

Dançando. A última vez que nós dançamos provavelmente foi numa noite regada a álcool na casa de Preston, há alguns meses.

Sinto falta disso.

— Quer ir até lá embaixo dançar? — pergunto a Justin.

— Óbvio que não! Não vim pra dançar. Vim pra *beber.*

— Encantador — retruco. No que eu estava pensando quando fiz essa pergunta? Então calculo que tenho outra oportunidade. — Você se importa se eu dançar com Nathan?

Ele dá outra olhada para a jaqueta, a gravata.

— Tem certeza de que ele é gay?

— Se quiser que eu prove, posso cantar uns temas de musicais para você — sugere Nathan.

Justin dá um tapinha nas costas do garoto.

— Não, cara, não faça isso, tá bem? Vão dançar.

Então, acenando com a Corona, ele volta para a cozinha.

— Você não tem que fazer isso se não quiser — aviso a Nathan. Eu sei que eu não ficaria animada com a ideia de dançar com alguém que eu não conhecesse, então, não posso esperar que ele esteja a fim.

Mas ele responde:

— Eu quero. Quero muito.

Não sei por que isso faz sentido, mas faz. Então vou abrindo caminho até o porão. Tem um tipo diferente de barulho ali: de gente dançando. Num gesto que é a cara da Stephanie, todas as lâmpadas comuns foram substituídas pelas vermelhas. Parece que estamos no centro de um coração pulsando.

É difícil ver quem está no ambiente, mas avisto Steve no canto, num estado pré-ressaca.

Ele acena com a cabeça, então acho que os sentimentos que Nathan expressou não são inteiramente mútuos.

— Viu a Stephanie? — grita ele.

— Não! — berro de volta, imaginando que provavelmente é melhor ficarem separados até estarem mais sóbrios.

Talvez por ele ser gay, acho que Nathan vai sair dançando. Em vez disso, ele parece levemente assustado. Lembro a mim mesma que ele está cercado por estranhos. Então lembro a mim mesma que sou um desses estranhos, mesmo que não pareça. Eu o arrastei aqui para baixo, então cabe a mim fazer com que se sinta confortável. Eu me flagro pensando que dançar é simplesmente outra forma de cantar junto com a música, e tudo que tenho que fazer é chamá-lo para cantar comigo, da mesma maneira que ele estava cantando junto com a música que não estava tocando no andar de cima.

Agora ele está balançando, bloqueado por todo mundo à nossa volta e pelo espaço que estamos tomando. Tento ignorar isso e me concentrar somente nele e na música. Crio um espaço para acomodá-lo, e isso funciona. Dá para sentir que funciona. O sorriso dele combina com o meu. A música. A música está assumindo o controle. A música está nos dizendo como dançar. A música conduz as mãos dele para as minhas costas, para a minha cintura. A música está gerando calor, e ela o oferece aos nossos corpos. A música está nos aproximando. A música e os olhos dele.

Então vem uma nova música. Ele começa a cantar, e isso me deixa feliz. Tudo está me deixando feliz, ficar assim, tão solta, num lugar tão lotado. Não sentir Justin me puxando em alguma direção. Deixar tudo de lado.

— Nada mau! — grito para Nathan.

— Você é incrível! — grita ele de volta.

Outras músicas flutuam pelas luzes vermelhas. Corpos vão e vem. Ninguém grita meu nome. Ninguém precisa de mim ou pede alguma coisa.

Perco a noção. Do tempo. Do que estou pensando. De onde estou e de quem eu sou. Perco até a noção da música. Perco a noção de tudo, menos do garoto de gravata à minha frente, que está se soltando também. Posso ver, como alguém que sabe.

Então tudo termina. A música é interrompida. Eu me sinto como o personagem de um desenho animado, suspenso um minuto no ar, depois olhando para baixo e caindo no chão. As luzes normais se acendem — estiveram ali o tempo todo, junto com as lâmpadas vermelhas. Ouço a voz da Stephanie gritando que a festa acabou, que os vizinhos chamaram a polícia.

Embora não seja minha culpa, quero me desculpar com Nathan. Porque acabou. Tem que acabar.

— Tenho que encontrar o Justin — aviso a ele. — Você vai ficar bem?

Ele acena com a cabeça.

— Olha — diz ele, ainda com a mão na minha cintura. — Seria muito estranho se eu pedisse seu e-mail?

Eu não teria achado estranho, a não ser por ele perguntar se era estranho.

— Não se preocupe — emenda ele. — Ainda sou cem por cento homossexual.

— É uma pena — replico. Então, antes que minha pegadora interior possa fazer ainda mais papel de boba, dou meu e-mail, pego a caneta dele e anoto o e-mail dele numa notinha fiscal.

O porão está praticamente vazio, e ouve-se o som de sirenes ao longe. Stephanie não está inventando: temos mesmo que ir embora.

— Hora de ir — aviso. Nós dois ainda estamos no espaço que criamos, sem querer deixá-lo, mesmo quando as luzes estão acesas.

— Você não vai deixar seu namorado dirigir, não é? — pergunta Nathan.

— Que fofo da sua parte — comento. — Não. Eu controlo as chaves.

Há uma confusão no topo da escada, e nos separamos antes de conseguirmos nos despedir. Justin já deve ter ido para o carro, porque não está na cozinha.

Deve estar andando de um lado para o outro à minha espera.

— Onde você estava? — pergunta ele em tom acusatório enquanto destravo a porta.

— No porão — respondo quando estamos no carro. — Você sabia disso.

Ele fala alguns palavrões, mas sei que está xingando os policiais, não a mim. Dou partida, aliviada por não termos estacionado na entrada para carros, onde está tudo congestionado.

— Vamos conseguir. — Eu o tranquilizo.

— Você é linda — balbucia ele.

— Você está bêbado — digo.

— Você é linda de qualquer jeito — insiste ele. Então reclina o assento e fecha os olhos.

Aguardo alguns segundos. Então descubro uma música que gosto no rádio e canto junto com ela.

Enquanto Justin ronca, me pego torcendo para que Nathan tenha conseguido sair sem problemas.

Capítulo Cinco

Sei que Justin não está trabalhando no domingo, então estou torcendo para que a gente consiga ficar junto pelo menos um pouco. Mas ele só acorda uma hora da tarde e, pelo que dá para entender por suas mensagens de texto, não está bem. Eu me ofereço para fazer uma visita e preparar não importa qual seja a cura para ressaca que ele queira. Ele me responde duas horas depois dizendo que dormir é tudo que ele consegue fazer. Até com os pais gritando por ele estar dormindo tanto.

Enche a cara, depois encara a merda; conheço a rotina. Não é como se eu nunca tivesse ficado assim. Só não fico com tanta frequência quanto ele.

Já questionei Justin sobre isso. Não de modo agressivo. Apenas curiosa.

"Eu bebo para me sentir melhor", foi o que ele disse. "E se eu me sinto pior no dia seguinte, mesmo assim vale a pena porque pude me sentir melhor por um tempinho, o que é mais tempo do que teria conseguido estando sóbrio."

Alguma vezes também consigo fazer com que ele se sinta assim. Algumas vezes em que sei que ele se embriaga de mim. Não só quando estamos transando — certas vezes consigo fazê-lo esquecer de tudo. Que é um poder que ninguém mais tem com ele. Eu sei disso.

Como meu dia está vazio dele, está vazio como um todo. Minha mãe pergunta se quero ir ao mercado com ela, mas sei que, se eu for, vou querer comprar coisas que não deveria comer. Meu pai está no computador, trabalhando e evitando nossa presença a fim de nos sustentar. Penso em mandar um e-mail sobre a noite passada para Nathan, mas a ideia passa. Duvido que um dia eu volte a vê-lo. Não importa o que nós compartilhamos, acabou porque estava destinado a acabar desde o minuto em que começou.

Distração. Ligo a tevê. Programas sobre a natureza e donas de casa. Um episódio de *Friends* que vi umas cem vezes. Não quero assistir a esse programa seguido de não quero assistir a esse programa seguido de não quero assistir a esse programa. Consigo me imaginar diante disso para sempre. De uma infinidade de programas a que eu não quero assistir.

É. O dia está nesse nível.

Ligo para Justin. Não consigo evitar. Quero muito conversar com ele. Sei que não vou convencê-lo a parar de ficar de ressaca. Sei que não vou convencê-lo a sair da cama e fazer alguma coisa comigo — ou mesmo a ficar na cama e fazer alguma coisa comigo. Eu ficaria feliz em deitar ao lado dele.

— Cheguei à conclusão de que o uísque não é meu amigo — diz ele.

— Ainda está mal? — pergunto.

— Melhor. Mas ainda mal. O dia está uma grande merda.

— Sem problema. Estou aproveitando pra ver tevê.

— Merda, eu queria estar aí com você. Passar mal é uma porra de um *tédio*.

— Eu também queria. Posso passar aí se você quiser.

— Nah. Preciso encarar essa. Não seria justo pedir pra você ficar perto de mim estando eu mesmo tão cansado de ficar perto de mim.

— Estou disposta a ficar.

— Eu sei. E fico feliz por isso. Mas hoje não.

O fato de que ele parece decepcionado torna um pouco mais fácil conviver com a minha própria decepção. Mesmo que isso ainda me deixe sozinha pelo restante do dia.

Sozinha. A única coisa que me impede de me sentir completamente sozinha é saber que tenho alguém, que, se eu realmente precisar, ele vai estar lá.

— Preciso ir agora — me avisa. Eu não comento que ele, na verdade, não vai a lugar algum. Nenhum de nós vai.

— Até amanhã — digo, porque sei que não vamos mais nos falar na noite de hoje.

— Aham. Até amanhã.

Minha mãe chega em casa e a ajudo a guardar as compras. Preparamos o jantar. Não conversamos muito sobre as coisas. Sem dúvida, ela fala. Ela fala, fala e fala. Mas nós não estamos mesmo conversando.

Quando volto para o quarto, checo meu e-mail no telefone. Fico surpresa ao encontrar uma mensagem de Nathan.

Oi, Rhiannon,

só queria dizer que foi ótimo conhecer e dançar com você na noite passada. Que pena que a polícia veio e nos separou.

Embora você não seja meu tipo, sexualmente falando, certamente é meu tipo de pessoa.

Vamos manter contato.

N

Sorrio. É tão... *legal*. Me pergunto se ele é solteiro, embora não consiga mesmo imaginar Preston ficando a fim dele. Preston gosta de caras mais fashion. Ou de caras que, no mínimo, não usam gravatas em festas.

Também fico me perguntando sobre ser seu tipo de pessoa. O que isso realmente quer dizer? Aonde isso nos leva?

Cala a boca, digo a mim mesma. Um cara legal tenta ser simpático comigo e imediatamente penso: *Por que me importar?* Tem alguma coisa seriamente errada comigo. A razão para me importar é o fato de ele ser um cara legal.

Clico em "responder", mas não sei o que escrever. Sinto que preciso inventar uma desculpa por não ter escrito primeiro; tenho certeza de que o pedaço de papel com seu e-mail ainda está no meu bolso. Também quero escrever como alguém que recebe esse tipo de e-mail o tempo todo.

É estranho porque a Rhiannon que surge no que escrevo não soa como a Rhiannon de sempre.

Ela fala como se estivesse realmente curtindo.

Nathan!

Que bom que você me enviou um e-mail, porque perdi o pedaço
de papel em que anotei o seu. Foi ótimo conversar e dançar
com você também. Como foi que a polícia teve a ousadia de nos
separar?! Você também é meu tipo, quero dizer, de pessoa.

Mesmo que não acredite em relacionamentos que durem
mais do que um ano. (Não estou dizendo que você está errado, a
propósito. O júri ainda está deliberando.)

Nunca pensei que diria isso, mas espero que Steve dê outra
festa logo. Pois só assim você vai poder testemunhar o mal que
causa.

Com amor,
Rhiannon

Não sei por que escrevi "Com amor" assim. Mas é o que sempre escrevo. Todas as outras opções de despedida parecem frias demais.

Mas agora temo ter parecido ansiosa demais. Não ansiosa como fico com Justin. Apenas ansiosa por... seja lá o que vier em seguida.

Assim que aperto "enviar", o vazio retorna. Estou de volta ao dia que estava tendo. Talvez ficar sozinha signifique isso: descobrir como seu mundo é minúsculo, e não saber como ir a qualquer outro lugar.

Entro no Facebook. Leio o Buzzfeed. Ouço música no YouTube, incluindo a música do Fun. que ouvi naquele dia com Justin, a mesma que Nathan cantou para mim. Me sinto idiota fazendo isso. Sei que Nathan não acharia idiota. De alguma forma, sei disso. E sei que Justin, sim, acharia idiota. Uma vez perguntei se ele achava que tínhamos uma música. Porque, tipo, a maioria dos casais tem. Mas ele disse que não fazia ideia e que nem sequer entendia por que haveríamos de querer uma, afinal.

Disse a mim mesma que ele tinha razão. Nós não precisávamos de uma. Toda música poderia ser nossa.

Mas agora quero uma. Não é suficiente que cada canção possa me fazer pensar nele.

Quero uma, simplesmente quero uma, que vai fazê-lo pensar em mim.

Capítulo Seis

A ressaca de Justin perdura na segunda-feira.

É como se sua personalidade tivesse estragado por falta de uso. Ele está na escola, mas ainda pensa que está na cama. Não posso levar para o lado pessoal o fato de ele não estar feliz em me ver porque ele não está feliz em ver ninguém. Ele não vai dizer mais do que duas palavras por frase, e depois de uns minutos decido deixá-lo em paz.

Várias segundas-feiras nossas são assim.

Nossa segunda na praia parece muito mais distante do que uma semana atrás.

O que há de errado comigo?

— Como foi seu fim de semana? — pergunta Rebecca quando chego para o terceiro tempo.

— Como *não foi* meu fim de semana? — retruco.

— Como assim?

— Sei lá. É que não aconteceu muita coisa.

— Como foi a festa?

— Foi boa. Dancei com o primo gay do Steve. Justin encheu a cara. Os policiais apareceram.

— Steve tem um primo gay? Eu não sabia disso.

— Acho que eles não são muito próximos.

— Bem, se ele ainda estiver por aqui, Ben e eu vamos dar uma volta com Steve e Stephanie durante a reunião dos alunos à tarde. Tomar um café ou algo assim. Quer vir?

Percebo que ela não convidou Justin. Vai ser um encontro triplo, com exceção de que não me pediram para levar meu namorado.

— Posso responder depois? — pergunto.

Rebecca não é idiota. Ela sabe por que não estou dizendo que vou.

— Quando quiser — responde ela. — Estaremos lá, de qualquer forma. Embora fosse ótimo passar um tempinho com você. Parece que não nos vemos há anos.

Agora fica claro que Justin foi deliberadamente excluído. Porque Rebecca me vê o tempo todo. Mas Justin sempre está ao meu lado quando ela vê.

Eu o encontro pouco antes do almoço.

— O que está fazendo? — pergunto.

— O que parece? — Ele devolve a pergunta.

Parece que ele está deixando livros no armário e pegando outros. E que está indo almoçar.

— O que você queria estar fazendo? — pergunto.

Ele bate a porta do armário.

— Eu queria estar jogando videogame — responde ele. — Tá bom pra você?

— Quer sair e fazer alguma coisa? Tem aquela reunião no sétimo e no oitavo tempo. Ninguém vai notar se a gente sair.

Estou procurando por aquela centelha. Se ela se apagou, estou tentando reacender. Porque há uma faísca dentro de mim também. E, neste exato momento, ela quer brilhar.

— Que merda que deu em você? — pergunta ele. — Se a gente pudesse simplesmente ir embora, você não acha que eu já teria feito isso a essa altura? Caramba. Já é ruim o suficiente ficar aqui. Por que você precisa comentar isso o tempo todo?

— Não foi o que eu quis dizer — explico a ele. — Só achei que poderia ser como foi na semana passada.

— Na semana passada? Nem sei do que você está falando.

— Da praia? Do mar?

Ele balança a cabeça, como se eu estivesse inventando coisas.

— Chega, ok? Simplesmente *pare*.

Então paro. Engulo em seco a faísca e sinto quando ela desce arranhando.

Almoçamos com nossos amigos. Preston pergunta sobre a festa, e Justin conta que foi uma droga. Em sua versão, vagabundas lotavam a cozinha. Stephanie gritou com ele porque ele pôs os pés sobre a mesa. Então a polícia chegou porque evidentemente eles não têm nada melhor para fazer.

Preston então me pergunta como foi a noite. Digo que também foi uma droga. Não conto sobre o porão nem sobre a dança. Não. A minha versão se transforma na versão de Justin. Ele sequer percebe, mas o faço mesmo assim.

Estou desaparecendo. Esse é o pensamento que me ocorre: *estou desaparecendo*. Como se nada do que eu diga ou faça importe. Minha vida se tornou tão minúscula que é completamente invisível.

O único meio pelo qual consigo pensar em lutar contra isso é mandar uma mensagem de texto para Rebecca e dizer que estou livre para me encontrar com eles depois da escola.

Ele não se importa. Digo que tenho planos para o horário da reunião, e ele verdadeiramente não se importa. Não me pede para ir junto. Sequer me pergunta quais são os planos. Ele vai para casa jogar videogame. Não vai me mandar mensagem de texto a menos que eu mande primeiro. Sei de tudo isso, mas por que ainda fico surpresa, como se não tivesse que ser assim?

Rebecca conclui que está com vontade de tomar sorvete e convence todos os outros de que nós também estamos com vontade de tomar sorvete, embora não seja verão e o local mais próximo com um sorvete gostoso fique a vinte minutos daqui. Como esperado, é surpreendentemente fácil sair da reunião. Achamos que o autor convidado não vai sentir muito a nossa falta, pois nunca ouvimos falar dele. Rebecca, Ben e eu nos amontoamos no carro, e Stephanie e Steve se juntam a nós. Steve demonstra os efeitos do fim de semana de modo mais óbvio que Stephanie; ela parece ter passado os últimos dois dias na academia.

Pegamos nossos sorvetes e vamos para uma das mesas. Quando começamos a conversar não é sobre a festa que falamos, mas sobre tudo que aconteceu depois — toda a limpeza que teve que ser feita, a merda toda com a polícia que, no fim das contas, não prendeu ninguém. Eles simplesmente queriam acabar com a festa e fizeram um belo trabalho.

Stephanie admite ter ficado um pouco aliviada.

— Tem *algumas pessoas* — diz ela — que nunca vão embora de uma festa a menos que a polícia apareça. — Pelo tom de voz, sei que deveria saber de quem ela está falando. Não faço ideia.

— Gostei muito do seu primo — digo a Steve. — Ele meio que foi a salvação da noite pra mim.

Steve parece confuso.

— Meu primo? Quando foi que você conheceu meu primo?

— Na festa. Nathan. — Quase acrescento *seu primo gay*, mas então percebo que não faço ideia se Steve sabe.

Steve ri.

— Na minha festa? Acho que não. Todos os meus primos têm, tipo, uns 8 anos. E nenhum deles se chama Nathan.

Não entendo o que ele está dizendo.

— Mas eu o conheci — falo, lentamente.

— Ô amiga. — Rebecca dá um pulo, batendo na minha mão. — Parece que você conheceu alguém que dizia ser primo do Steve.

— Mas por que ele diria uma coisa dessas?

Stephanie dá de ombros.

— Quem sabe? Garotos são estranhos.

O que está me doendo é o quão sincero ele pareceu. O quão verdadeiro. Agora é como se eu o tivesse inventado.

— Ele estava usando uma gravata — digo. — Acho que era o único cara usando gravata.

— Aquele cara! — Steve dá risada. — Claro que eu o vi. Ele não é meu primo, mas sem dúvida estava lá.

Eu me pergunto se Nathan era realmente seu nome. E me pergunto se ele era mesmo gay. Eu me pergunto por que o universo está fazendo isso comigo.

— Não acredito que ele mentiu — digo.

— Repetindo... — Stephanie entra na conversa. — Garotos são estranhos.

— E com certeza você está acostumada com uma mentirinha ou outra, não é? — emenda Rebecca. — Provavelmente esse cara gostou de você e não sabia como lidar com isso, Rhiannon. Acontece. Não é o pior tipo de mentira.

Acho que ela está tentando fazer com que eu me sinta melhor, mas estou presa na primeira parte: *certamente você está acostumada com uma mentirinha ou outra.*

— Justin nunca mente para mim — retruco.

Rebecca banca a desentendida.

71

— Quem falou alguma coisa sobre Justin?

— Entendi o que você estava querendo dizer. E estou falando: Justin pode me ignorar, dizer coisas erradas e ficar de mau humor, mas ele nunca, jamais mente para mim. Sei que você acha que a gente não tem muita coisa, mas nós temos isso.

Rebecca e Stephanie trocam olhares, evidentemente sem acreditar em mim. Ben está olhando algo no celular. Steve ainda parece achar graça do fato de um cara qualquer entrar na festa fingindo ser seu primo.

Odeio esta sensação: meus supostos amigos pensando que conhecem minha vida melhor do que eu. E neste momento odeio ainda mais porque pensei que tinha sido o oposto com Nathan. Uma idiotice, com certeza, depois de uma conversa e uma troca de e-mails. Mas ainda assim. Tendo sido real ou uma ilusão, está deixando um rombo ao partir.

Steve começa a discutir com Stephanie sobre quem era o convidado mais doidão na festa, e minhas perguntas sobre Nathan parecem ter sido rapidamente esquecidas. Terminamos o sorvete e então não sabemos o que fazer — ficamos somente uns 15 minutos, mas a razão de estarmos aqui não existe mais. Stephanie sugere uma ida até o brechó no fim da rua, e, mesmo com os protestos de Ben e Steve, ninguém consegue pensar em coisa melhor para fazer.

Estou desaparecendo novamente, desta vez, no silêncio. Enquanto Stephanie e Rebecca experimentam coisas, e Steve revira discos antigos, Ben e eu ficamos meio de lado. Ele continua checando o celular, mas então, quando Stephanie e Rebecca discutem sobre quem fica melhor num vestido dos anos 50, ele fala para mim:

— Sei que provavelmente não tem importância, mas aposto que o cara que disse que era primo do Steve fez isso por uma boa razão. Nós, garotos, com certeza, agimos de modo estranho. Mas costuma ser por uma boa razão. E raramente é por maldade. É muito mais provável que ele tenha gostado de você.

E então ele volta para o celular e escreve outra mensagem de texto. Olho para meu próprio celular, esperando ver um e-mail de Nathan explicando tudo. Mas não há nenhum. Por isso, escrevo para ele.

Nathan,

Aparentemente, Steve não tem um primo chamado Nathan, e nenhum dos seus primos esteve na festa. Dá pra explicar?

Rhiannon

Quase no mesmo instante, recebo uma resposta.

Rhiannon,

Na verdade, posso explicar. Podemos nos encontrar? É o tipo de explicação que precisa ser dada pessoalmente.

Com amor,
Nathan

Esse "Com amor" me acertou em cheio. Sei que podia ser uma provocação ou zombaria. E também sei que não é provocação nem zombaria.

Rebecca me chama para decidir quem fica com o vestido. Ben está se afastando para o fundo da loja, sem querer se envolver. Steve ergue um disco do Led Zeppelin e pergunta a Stephanie se ele já tem.

Não respondo o e-mail. Não ainda. Tenho que pensar.

Rebecca fica com o vestido. Steve fica com o disco. Stephanie encontra outro vestido que ela diz que gosta mais do que o que ficou para

Rebecca. Ben avista um dicionário e começa a se perguntar se daqui a vinte anos ainda vão existir dicionários de papel.

Quando todo mundo acaba de fazer compras, murmuram alguma coisa sobre dar mais uma volta e finalmente ir jantar.

Eu digo a eles que tenho que ir para casa.

Capítulo Sete

Não devo coisa alguma a Nathan. Ele mentiu para mim. Por conta disso, eu deveria parar de me importar.

Mas, mesmo que eu não deva coisa alguma a ele, sinto que devo a mim mesma a explicação. Quero saber.

Fico acordada metade da noite, tentando chegar a uma conclusão. Então me levanto e escrevo uma resposta.

Nathan,

Melhor que seja uma boa explicação. Vou me encontrar com você no café da Clover Bookstore, às 17h.

Rhiannon

A livraria parece um lugar bom e seguro para o encontro. É um local público e, ao mesmo tempo, um local ao qual Justin nunca iria na vida.

Já sei que não vou contar a ele sobre isso.

Enquanto passei a maior parte da noite acordada com meus pensamentos, Justin parece ter dormido o suficiente. Está quase no que chamamos de bom dia. Quando o vejo, ele não parece que quer correr. Ele me pergunta como foi a saída com Rebecca e os outros; isso me impressiona porque eu não esperava que ele se lembrasse do que eu estava fazendo. Ele até ouve a minha resposta por cerca de um minuto. Depois fica entediado, mas não o culpo porque é mesmo muito chato. Não é o dia de ontem que está se passando na minha mente. Não é nisso que estou pensando.

Esperar. Não consigo suportar a sensação de esperar. Saber que estou presa por umas poucas horas nas partes chatas.

Checo o e-mail na hora do almoço e encontro uma coisa nova de Nathan.

Rhiannon,

estarei lá. Embora não da maneira que você espera.
Tenha paciência e ouça o que tenho a dizer.

A

Minha reação imediata é que ele não é gay de jeito nenhum. E que o nome dele deve começar com *A*. Ele estava dando em cima de mim e, quando o flagrei dando em cima de mim, ele inventou que era gay. Isso explica um pouco melhor a ligação que senti. Os dois ímãs estavam funcionando. Eu sei que devia ficar ofendida, mas parte de mim não está nem aí se ele estava dando em cima de mim, sobretudo, porque ele foi fofo demais por levar a história até o fim. Ainda é uma mentira, e ainda estou zangada com isso. Mas, pelo menos, é uma mentira lisonjeira.

Sei que Rebecca adoraria ouvir essa história. Sei que ela está eternamente disposta a ter esse tipo de conversa — ela acha que amizades são construídas com esse tipo de conversa.

Na hora do almoço, eu me sento diante dela e consigo ver os pontos de interrogação saindo de seus olhos. Será que ela sabe que tem alguma coisa acontecendo, ou ela apenas torce para que tenha? Justin está bem do meu lado, por isso, não dá para dizer coisa alguma. Mas, mesmo que Rebecca e eu estivéssemos sozinhas e seguras no carro dela, não sei se contaria. Gosto que o assunto seja meu e apenas meu.

Chego cedo à livraria e pego uma das mesas no café, perto da janela. Estou nervosa como se fosse um primeiro encontro. Sei que não deveria me sentir assim, porque estou aqui simplesmente atrás de respostas, não para arranjar um namorado. Já tenho um.

É impressionante quantas pessoas entram em um café quando você está esperando alguém. Pelo menos já sei qual é a aparência dele. Eu me pergunto se ele ainda estará usando gravata. Talvez seja o lance dele. Talvez seja mesmo um esquisitão. Eu podia ser amiga de alguém assim.

Tento me distrair folheando uma *Us Weekly*, mas minha mente não quer ver as imagens. Uma garota entra, e não percebo realmente sua presença até ela ficar bem na minha frente, na minha mesa, e sentar.

Que mal-educada.

— Desculpe — digo. — O lugar está ocupado.

Estou imaginando que ela vai pedir desculpas e ir embora. Em vez disso, ela fala:

— Está tudo bem. Nathan me pediu para vir.

Estranho. Dou uma boa olhada — a blusa da Anthropologie, a calça da Banana Republic — e concluo que ela não representa perigo, embora sua presença ainda me confunda.

— Pediu para vir? Onde ele está? — Será que ele tinha tanto medo de que eu estivesse zangada que trouxe reforços? É uma atitude *totalmente* condizente com esquisitão.

Olho ao redor para ver se ele está nos observando, se está esperando para ver se é seguro dar as caras. Mas não o vejo em parte alguma.

— Rhiannon — chama a garota. Eu me viro novamente para ela, e ela olha diretamente para mim. É perturbador. Tem alguma coisa importante que ela não está me contando. Ela está, ao mesmo tempo, agitada e apavorada por me contar. Dá para ver tudo isso em seus olhos.

Não desvio o olhar.

Não estou preparada para isso, não importa o que seja.

— Então? — murmuro.

Sua voz é calma.

— Preciso contar uma coisa. Vai parecer muito, muito estranho. Preciso que ouça toda a história. Provavelmente, você vai querer ir embora. Pode ser que você queira rir. Mas preciso que leve isso a sério. Sei que vai parecer inacreditável, mas é a verdade. Está entendendo?

Onde foi que me meti? O que está acontecendo aqui? Nem me passa pela cabeça ir embora. Não. Agora isto é a minha vida. Não importa o que ela esteja prestes a dizer, vai ser a minha vida.

Dá para ver tudo isso em seus olhos.

Ficamos nisso por um momento muito cauteloso. Então ela o interrompe com suas palavras.

— Todas as manhãs, acordo em um corpo diferente. Tem sido assim desde que nasci. Hoje de manhã acordei no corpo de Megan Powell, que você está vendo bem na sua frente. Três dias atrás, no sábado, foi Nathan Daldry. Dois dias antes, fui Amy Tran, que visitou a escola e passou o dia com você. E, na última segunda-feira, fui Justin, seu namorado. Você achou que foi à praia com ele, mas na verdade era eu. Essa foi a primeira vez que nos encontramos, e, desde então, não consegui te esquecer.

Não. Isso é tudo que minha mente consegue produzir. Não. Isso não está acontecendo. Não é isso que eu quero. Vim aqui para encontrar uma coisa real, e agora estão me oferecendo essa merda.

A moral dessa história é que sou um alvo de piadas ambulante.

— Você está brincando, não é? — Estou com tanta raiva, estou tão furiosa. — Você tem que estar brincando.

Mas a garota é boa. Ela não ri. Ela não baixa a guarda de modo algum. Não. Ela segue em frente, com mais urgência agora, como se eu precisasse acreditar nela, como se eu precisasse cair ainda mais nessa história.

— Quando a gente estava na praia, você me falou sobre o desfile do qual você e sua mãe participaram, e de como provavelmente essa foi a última vez em que você a viu usando maquiagem. Quando Amy pediu que você contasse alguma coisa que nunca havia dito a ninguém, você falou que tentou furar a própria orelha quando tinha 10 anos e ela te contou de quando leu *Forever*, da Judy Blume. Nathan se aproximou quando você estava dando uma olhada nos CDs, e ele cantou uma música que você e Justin cantaram durante o caminho até a praia. Ele disse que era primo de Steven, mas, na verdade, ele estava lá para te ver. Falou sobre estar em um relacionamento há mais de um ano, e você respondeu que, bem no fundo, Justin gosta muito de você, e ele retrucou que bem no fundo não era bom o bastante. O que estou dizendo é que... todas essas pessoas eram eu. Por um dia. E agora eu sou Megan Powell, e queria te contar a verdade antes de trocar de novo. Porque te acho incrível. Porque não quero continuar me encontrando com você como uma pessoa diferente. Porque quero me encontrar com você sendo eu mesmo.

Eu me sinto perseguida. Eu me sinto enganada. É como se todas as coisas boas que aconteceram nos últimos oito dias tivessem acabado de ser jogadas no lixo. A praia. A dança. Até a conversa com aquela garota na escola. É só uma piada de outra pessoa. E só há uma única pessoa que poderia fazer isso. Uma única pessoa que poderia saber disso.

— Foi Justin que te pediu para fazer isso? — Não consigo acreditar. Realmente não consigo acreditar nisso. — Você realmente acha engraçado?

— Não. Não é engraçado — diz a garota. E, do modo como diz, não tem mesmo graça nenhuma ali. — É a verdade. Não espero que você entenda de imediato. Sei que parece loucura. Mas é a verdade. Juro. É a verdade.

Ela quer mesmo que eu acredite nisso. Acho que isso tornaria a coisa ainda mais engraçada.

O que é estranho é que ela não parece má. Ela não parece alguém que sentiria prazer em me torturar. Mas não é isso que ela está fazendo?

— Não entendo por que você está fazendo isso — digo a ela, com voz trêmula. — Nem te conheço!

Ela vê que me perdeu, e isso a esta deixando mais desesperada.

— Preste atenção. — Ela implora, e sua voz abriga um pouco de calma. — Por favor. Você sabe que não era Justin com você naquele dia. No seu coração, você sabe. Ele não estava agindo como Justin. Não fez as coisas que Justin faz. Porque era eu. Não tinha intenção de fazer isso. Não tinha intenção de me apaixonar por você. Mas aconteceu. E não posso apagar. Não posso ignorar. Tenho vivido a vida inteira assim, mas você é a única coisa que me faz desejar não ser mais assim.

Quero parar de ouvir. Quero me impedir de dirigir até aqui. De querer saber o que estava acontecendo. Eu deveria ter ficado sem saber das coisas. Porque agora ainda não sei das coisas, mas é um não saber muito pior.

E a parte estranha: ela tem razão. Justin não agiu como Justin. Eu sei disso. Mas não significa que não era Justin. Significa apenas que era um dia melhor do que o normal. Tenho que acreditar nisso. Porque essa história não pode ser verdade. Quero dizer, por que não dizer simplesmente que ele foi abduzido por alienígenas? Mordido por um vampiro? E... calma aí... então vem a parte mais inacreditável de tudo. De acordo com essa história, eu sou A Garota. Sou especial a ponto de causar tudo isso.

— Mas por que eu? — pergunto, como se finalmente tivesse encontrado uma falha, finalmente tivesse demonstrado que ela estava errada. — Não faz sentido.

Mas ela não desiste e volta a atacar, dizendo:

— Porque você é incrível. Porque você é gentil com uma garota qualquer que simplesmente aparece na sua escola. Porque você também quer estar do outro lado da janela, vivendo a vida em vez de simplesmente pensar sobre ela. Porque você é linda. Porque, quando eu estava dançando com você no porão de Steve no sábado à noite, era como sentir fogos de artifício. E, quando eu estava deitado na praia ao seu lado, era a tranquilidade perfeita. Sei que você acha que, bem no fundo, Justin te ama, mas eu te amo inteiramente.

— Basta! — Meu Deus, agora sou a garota gritando no café. Estou perdendo a linha. — É só que... já chega, está bem? Acho que entendo o que você está dizendo, embora *não faça sentido algum.*

— Você sabe que não era ele naquele dia, não sabe?

Quero que ela pare. Não quero saber de nada disso. Não quero pensar nisso. Não quero pensar em todas as maneiras pelas quais Justin evitou falar sobre aquele dia. No quanto meu amor por ele fez sentido então, mas que não faz sentido desde aquele dia. No fato de que depois não encontrei nele nada do Justin daquele dia. Não quero pensar em como me senti quando dancei com Nathan. Não quero pensar em como me senti quando ele cantou aquela música. Na verdadeira razão pela qual vim aqui hoje. No que eu realmente queria.

— *Não sei de nada!* — insisto. De novo, falo alto demais. As pessoas estão olhando. Não importa qual seja a história que estão criando em suas mentes, não vai ser esta daqui. Abaixo a voz. Não quero que ouçam mais. Não quero fazer isso. — Não sei — digo. — Realmente não sei.

Por quê? Por que isso está acontecendo comigo? Por que não consigo me levantar e ir embora? Por que estou pensando, por um segundo, que talvez não seja uma mentira?

Ela. Esta garota. Olho para ela. Seu coração está partindo. Ela está olhando para mim, e seu coração está partindo. Não entendo. Não entendo o porquê. Sua mão se move na direção da minha. Ela segura a minha mão. Está tentando chegar até mim no meio disso tudo. Ela está tentando me conduzir no meio disso tudo.

— Sei que é muita coisa. — Sua voz é dor. Sua voz é conforto.

— Acredite, eu sei.

Mal posso dizer as palavras.

— Não é possível.

— É — diz ela. — Eu sou a prova.

Prova. Provas são fatos. Nada disso é um fato. Isso é uma sensação. Tudo isso é uma sensação.

Não. São milhares de sensações. Então muitas delas dizem sim. E muitas delas dizem não.

Ela quer que eu acredite... mas em quê? Que ela foi Justin. Que ela foi Nathan. Aquela garota na escola. Outras pessoas.

Como posso acreditar nisso? Quem acreditaria nisso?

Isso não pode ser um fato.

Mas ainda é uma sensação. É um sim. Está ali.

Como posso me permitir sentir isso? Como?

— Olha — diz ela —, e se nós nos encontrarmos amanhã de novo, na mesma hora? Não vou estar no mesmo corpo, mas serei a mesma pessoa. Ficaria mais fácil de entender?

Como se fosse simples assim. Como se essa solução não pudesse ser um truque.

— Mas você não poderia simplesmente dizer a outra pessoa para vir até aqui? — observo. Se posso ser enganada por uma pessoa, por que não por outra?

— Sim, poderia, mas por que eu faria isso? Não é uma pegadinha. Não é uma piada. É a minha vida.

O modo como ela diz isso: *é a minha vida.*

Não é uma sensação. Fato.

— Você é louca — digo a ela.

Se ela realmente acredita no que está dizendo, como poderia não ser?

Mas ela não parece nem um pouco louca quando diz:

— Você só está dizendo isso da boca pra fora. Sabe que não sou. Pode muito bem sentir isso.

Eu a encaro novamente. Procuro a mentira em seu olhar. A falha. Não vejo e concluo: *muito bem, é hora de fazer algumas perguntas.*

Começo perguntando seu nome.

— Hoje sou Megan Powell.

— Não — digo. — O verdadeiro.

Porque se ela realmente é uma pessoa que pula de corpo em corpo, tem que haver um nome para quem está aí dentro.

Eu a confundi. Ela não esperava por essa pergunta. Espero que ela retire tudo o que disse. Aguardo que ela comece a rir e diga que a peguei.

Mas ela não ri. Hesita, mas não ri.

— A — diz finalmente.

No início, não entendo. Depois, percebo que ela está me dizendo que se chama A.

— Só A? — pergunto.

— Só A. Inventei esse nome quando era criança. Foi um modo de me manter inteiro, mesmo quando eu ia de corpo em corpo, de vida em vida. Precisava de algo puro. Por isso, escolhi a letra *A*.

Não quero acreditar nessa história.

— O que você acha do meu nome?

— Eu disse na outra noite. Acho que é lindo, mesmo que você já tenha achado difícil de soletrar.

Verdade. Isso aqui é verdade.

Mas não posso.

Não posso.

Tenho certeza de que há outras perguntas, mas não consigo mais. Tenho certeza de que poderia haver muito mais tempo, mas o tempo acabou para mim. Não consigo fazer isso. Não posso permitir que seja real. Não posso começar a acreditar nela. Porque isso vai fazer de mim mais idiota ainda.

Eu me levanto, e ela também.

Algumas pessoas ainda estão olhando para nós. Imaginando que estamos no meio de uma briga. Ou que somos um casal. Ou que esse foi um primeiro encontro que deu muito errado.

Fato: nenhuma das opções.

Sensação: todas as opções.

— Rhiannon. — Ela chama. E está lá. No modo como ela diz o meu nome. De vez em quando, Justin diz meu nome desse jeito. Como se fosse a coisa mais preciosa do mundo.

Esqueça sobre as outras pessoas rindo. Agora quem quer rir sou eu. Isso não pode estar acontecendo. Não pode.

Ela vai me contar mais coisas. Vai avançar ainda mais. Vai dizer meu nome desse jeito novamente, e vou ouvir nele a música que não deveria ouvir.

Levanto a mão.

— Não diga mais nada — insisto. — Não agora. — E então está ali. A resposta que não quero, o benefício da dúvida. — Amanhã. Vou te dar o dia amanhã. Porque é um jeito de saber, não é? Se o que você diz que está acontecendo está acontecendo mesmo... Quero dizer, vou precisar de mais do que um dia.

Espero que ela se oponha. Espero que ela argumente um pouco mais. Ou talvez esta seja a parte onde o pessoal com as câmeras aparece e vou descobrir que a minha humilhação foi filmada para algum programa de tevê cruel.

Mas não.

Nada disso acontece.

Tudo que acontece é ela me agradecer. Agradecer de verdade. Agradecer com gratidão.

— Não me agradeça até eu aparecer — aviso a ela. — Isso tudo é muito confuso.

— Eu sei — diz ela.

É a minha vida.

Tenho que ir. Mas então me viro uma última vez para olhar para ela e vejo como ela está no limite entre a esperança e o desespero. É visível para mim. E embora os alarmes soem em alto e bom som dentro da minha cabeça, sinto que não posso largá-la assim. Quero deixá-la um pouco mais perto da esperança e um pouco mais longe do desespero.

— O problema é que realmente não senti que fosse ele naquele dia. Não completamente. E, desde então, é como se ele não tivesse estado lá. Ele não se lembra. Tem 1 milhão de explicações possíveis para isso, mas é isso aí.

— É isso aí — repete ela, mas não fala como se estivesse se gabando. Não tem truque.

Não pode ser real, mas é real para ela.

Fato. Sensação.

Balanço a cabeça.

— Amanhã — avisa ela.

Agora é a minha vez de repetir.

— Amanhã — digo a ela, me comprometendo com alguma coisa com a qual sinto que me comprometi há muito tempo. Amanhã. Uma palavra que usei pelo tempo em que soube o que significava.

Mas agora... agora parece que significa algo diferente.

Agora parece que significa algo ligeiramente novo.

* * *

Não mando uma mensagem de texto para Justin. Nem telefono.

Não. Vou direto para sua casa e bato na porta com força.

Os pais dele ainda estão no trabalho. Sei que ele é o único em casa. Leva alguns minutos até ele abrir a porta. Está surpreso por me ver.

— A gente não ia fazer alguma coisa, ia? — pergunta ele.

— Não — respondo. — Eu só queria falar com você rapidinho.

— Hum... ok. Quer entrar?

— Claro.

Ele me leva para a sala de tevê, onde o jogo de guerra está em pausa. Tenho que mudar o controle de lugar para poder sentar ao lado dele.

— Qual é o problema? — pergunta Justin.

— É sobre a semana passada. Preciso conversar com você sobre isso.

Ele parece confuso. Ou talvez apenas impaciente.

— O que tem a semana passada?

— Quando fomos à praia. Você se lembra disso?

— Claro que me lembro.

— Quais músicas tocaram no trajeto?

Ele olha para mim como se eu tivesse acabado de perguntar sobre engenharia aeroespacial.

— Como vou lembrar das merdas de músicas que tocaram?

— Estava frio ou calor?

— Você estava lá. Não sabe?

— Você me contou uma história sobre subir numa árvore quando tinha 11 anos. Você se lembra disso?

Sua reação é de escárnio.

— Eu mal podia subir uma escada quando tinha 11 anos. Não acho que estivesse subindo em árvores nessa idade. Por que está perguntando isso?

— Mas você se lembra de estar na praia comigo, certo?

— Claro. Tinha areia. Tinha água. Era uma praia.

Não entendo. Ele tem algumas lembranças. Mas não todas.

Decido tentar uma mentira.

— Você foi tão gentil comigo quando a água-viva me queimou. Caramba, como doeu! Mas gostei do modo como você me carregou de volta até o carro.

— Eu não ia deixar você lá! — diz ele. — É fácil carregar você.

Ele não estava lá. Ele estava, mas não estava lá.

Fico muito confusa.

A mão de Justin roça meu joelho e sobe pela perna.

— Posso carregar você para algum lugar agora se você quiser.

Ele vem me beijar. Os lábios estão colados nos meus. Seu corpo está começando a pressionar.

Não é isso que quero, e ele não faz a menor ideia.

E não sei como explicar, por isso, retribuo o beijo.

Aceleração. A mão de Justin passa por baixo da minha blusa. Sua língua está na minha boca. O gosto de cigarro dele. O suor e a sujeira do controle em sua mão.

Eu sei que é muito ruim me afastar. Que me afastar vai magoá-lo. Mas me afasto. Não muito, mas o suficiente.

Ele reage e recua.

— O que foi? Já que você veio até aqui por que não...

— Não dá — digo. — Tenho coisas demais na minha cabeça. Não estou no clima.

Ele passa o polegar lentamente no meu peito.

— Acho que conheço um jeito de deixar você no clima.

Normalmente meu corpo deseja isso.

— Para — falo.

Ele não é um babaca. Quando eu digo para ele parar, ele para. Mas não parece satisfeito com isso.

— Você está se cansando de mim? — pergunta ele.

Justin quer que soe como uma brincadeira. E eu podia comentar que, se ele tivesse ficado sóbrio no sábado à noite, poderíamos ter feito alguma coisa. Mas será que é mesmo verdade? Depois de dançar com Nathan, será que eu realmente faria sexo com Justin?

Sei o que eu deveria dizer e falo em voz alta:

— Não. Eu nunca poderia me cansar de você. — Eu o beijo mais uma vez, mas é claramente um beijo de despedida. — Estou cansada sim. Mas não de você.

Eu me levanto, e ele não fica de pé para me levar até a porta. Em vez disso, pega o controle e tira o jogo da pausa.

Eu o magoei. Não queria, mas fiz isso.

— Nos vemos amanhã — diz ele.

Amanhã. A versão que ele está oferecendo não é a mesma que a garota — A — ofereceu.

Acho que não vou saber qual dos dois amanhãs viverei até realmente estar lá.

Capítulo Oito

Adormeço pouco depois do jantar e acordo pouco antes da meia-
-noite. E, no momento de acordar, penso: *eu quero voltar lá. Quero
voltar àquele dia em que tudo era perfeito e Justin era tudo que quero
que ele seja.*

Mesmo que aquele não fosse Justin.

Não consigo acreditar que me permito pensar isso. Não consigo
acreditar que estou digitando.

A,

Quero acreditar em você, mas não sei como.

Rhiannon

Não consigo acreditar que apertei o "enviar".

Mas apertei.

E acho que isso significa que tem uma parte de mim que acredita.

* * *

Checo o e-mail de novo na hora do almoço.

Rhiannon,

você não precisa saber como. Você simplesmente se convence e pronto.

Estou em Laurel neste momento, a mais de uma hora de distância. Estou no corpo de um jogador de futebol chamado James. Sei que parece estranho. Mas, assim como tudo que te contei, é a verdade.

Com amor,

A

Um jogador de futebol que se chama James. Ou essa é a pegadinha mais elaborada que já foi criada para uma garota idiota ou é real. São as duas únicas opções. Pegadinha ou verdade. Estou me esforçando para pensar em outra explicação, mas não tem nada no meio.

O único modo de saber é entrar na brincadeira.

A,

você tem carro? Se não, posso ir te encontrar. Tem uma Starbucks em Laurel. Me disseram que nunca acontece nada de ruim numa Starbucks. Se você quiser me encontrar lá, me avise.

Rhiannon

Alguns minutos depois, uma resposta:

Rhiannon,

adoraria se você pudesse vir até aqui. Obrigado.

A

90

Tenho que pedir licença para ir ao banheiro feminino porque posso ver Rebecca se perguntando para quem estou mandando um e-mail no meio do almoço. A resposta é tão ridícula que nem posso pensar numa boa mentira para contar.

Protegida dentro de uma das cabines do banheiro, digito em resposta:

A,

estarei lá às 17h. Mal posso esperar para ver sua aparência hoje.

(Ainda sem acreditar nisso.)

Rhiannon

E então estou parada ali, a garota na cabine do banheiro com o celular na mão, fitando a tela que sequer mostra a mensagem que ela digitou, uma vez que a mesma já foi parar nas mãos de outra pessoa que ela não conhece realmente. Nada pode fazer você se sentir mais idiota do que querer que algo de bom seja verdade. Essa é a parte assustadora: quero que seja verdade. Quero que A (ela? ele?) exista.

Prometo a mim mesma que não vou ficar pensando nisso até as cinco, e então quebro a promessa umas mil vezes.

Até Justin percebe que estou distraída. No momento em que eu menos preciso que ele preste atenção, ele me encontra depois da aula e parece preocupado.

— Eu senti sua falta hoje — diz ele. Suas mãos se movem para as minhas costas, e ele começa a massagear a tensão dos músculos nessa região. É gostoso. E está fazendo isso no meio do corredor, ao lado dos armários, algo que ele não costuma fazer.

— Também senti sua falta — falo, embora isso não seja inteiramente verdade.

— Vamos procurar alguma escoteira e comprar alguns biscoitos — sugere ele.

Eu dou risada, depois percebo que ele fala sério.

— E onde vamos encontrar uma escoteira? — pergunto.

— A três casas da minha. Ela tem um cofre-forte cheio de biscoitos de chocomenta, juro. Às vezes fazem até fila na varanda dela. A garota é tipo um traficante.

Tenho tempo para isso. Não são nem três da tarde. Se eu pegar a estrada por volta das quatro, devo chegar à Starbucks em Laurel lá pelas cinco.

— Será que ela tem daquelas rosquinhas recheadas também?

— As de coco ou de manteiga de amendoim?

— As de coco.

— Tenho certeza de que ela tem todos. Falando sério. A garota faz parte de um cartel.

Dá para ver que ele está animado. Normalmente há reclamações por trás de todas as palavras ou gestos de Justin. Mas, neste momento, não estão em parte alguma.

Ele está feliz, e parte da razão pela qual está feliz é que ele está feliz em me ver.

— Vamos — digo.

Estacionamos nossos carros na entrada da casa dele e então passamos por três casas na rua. Ele não anda de mãos dadas comigo nem nada assim, mas ainda parece que estamos juntos.

A garota que atende a porta não deve ter mais que 11 anos, e é tão pequena que estou impressionada com o fato da mãe deixar que ela atenda a porta.

— Vocês encomendaram? — Ela pergunta ao mesmo tempo que pega um iPad.

Justin começa a gargalhar.

— Não. Estávamos passando e resolvemos parar.

— Então não posso prometer que tenha o pedido em estoque — observa a garota. — Por isso estimulamos que os clientes façam pedidos sob encomenda. — Ela estica a mão para uma mesa perto da porta e nos oferece a lista de biscoitos, além de um cartão de visitas com o site. — Mas já que estão aqui, ficarei feliz em ver o que posso fazer. Mas notem que os biscoitos de chocomenta pré-refrigerados são apenas sob encomenda.

Justin nem olha para o papel.

— Queremos uma caixa de roscas recheadas. De coco — diz ele.

— Creio que você quis dizer *rosquinhas*. — A garota corrige. — Vou ter que fechar e trancar a porta enquanto checo o estoque. Vocês têm certeza de que querem apenas uma caixa? Muita gente diz que quer apenas uma, mas então volta no dia seguinte atrás de mais.

— Mia, você sabe que moro aqui na rua. Só pega a caixa pra gente.

Mia evidentemente está considerando uma venda mais difícil, depois, ela pensa duas vezes.

— Um momento — diz ela, e fecha a porta na nossa cara.

— Uma vez os pais dela ficaram tão desesperados que me pediram pra tomar conta da Mia. — Justin me conta. — E eu estava precisando de grana tão desesperadamente que aceitei. Ela me ofereceu os biscoitos, aí deixou um bilhete para a mãe descontar o preço dos biscoitos do meu pagamento. Ateei fogo no bilhete e o joguei na pia. Acho que ela não gostou muito disso.

Não consigo imaginar alguém pedindo a Justin para tomar conta de uma criança. E também posso imaginar Justin sendo a babá mais divertida do mundo, desde que você não tente cobrar nada dele.

Mia volta com a caixa de rosquinhas. Justin pega a caixa e começa a se afastar sem pagar, o que deixa a garotinha roxa de raiva. Depois ele diz:

— Brincadeirinha.

E se vira e paga o valor com moedas.

— Da próxima vez, *encomende* — avisa Mia antes de voltar a bater a porta.

— Não é a garota mais fofinha do mundo — comenta Justin quando caminhamos de volta para sua casa. — Mas ela faz biscoitos gostosos.

Em vez de entrar, Justin me leva até o quintal. Sua mãe tem um pequeno jardim e um banco, e é para lá que ele me leva.

— Uma rosquinha pelos seus pensamentos — diz ele, abrindo a caixa e o plástico.

— Meu único pensamento é: *eu quero uma rosquinha* — confesso.

— Aqui — avisa ele, e coloca uma entre meus dentes. Me inclino e seguro o biscoito.

— Hum — resmungo, com a boca cheia.

Ele enfia uma na própria boca.

— É. Hum — geme ele, concordando; farelo de coco cai no ar entre nós. Depois de engolir, Justin diz: — Imagino que a gente esteja com o mesmo gosto agora.

Eu sorrio.

— Suponho que nós dois estamos com gosto de coco. De chocolate. E de caramelo.

— Só tem um jeito de saber.

Ele se inclina para o beijo, e eu o deixo me beijar. Digo a mim mesma que é o que quero. Assim como o mar. Assim como um casal.

Ele se afasta.

— Hum.

— Me dá outro.

Ele se encosta em mim querendo mais um beijo. Eu o empurro e aviso:

— Outro biscoito, eu quis dizer!

Ele ri. Aprecio sua risada.

Em vez de insistir com o beijo, ele me passa a caixa de rosquinhas. Pego duas.

São gostosas mesmo, muito mais gostosas do que eu me lembrava. Doces e crocantes.

— Não se vicie — avisa Justin. — É assim que Mia pega você. Antes que se dê conta, está encomendando dúzias. E aí, o que é ainda pior, você insiste que sejam *refrigerados*.

— Parece um especialista falando. Aposto que sua geladeira está cheia de biscoitos de chocomenta.

— Ah, não. É pior do que isso. Só como os de chocomenta com camada dupla de chocolate.

Por que você está tão bem-humorado?, quero perguntar a ele. E então quero perguntar a mim mesma: *Por que você tem que perguntar isso?*

— Quer ver a minha pilha? — pergunta ele.

— Eu já vi.

— E o que acha?

— É *imensa*.

Estamos sendo ridículos, mas isso é bom. Embora a gente esteja junto há algum tempo, é bom flertar e sentir a leveza do flerte.

Não quero dizer a ele que não posso ficar muito tempo. Sei que vai tornar tudo menos emocionante do que um minuto atrás.

Por isso não digo nada. Mas também não faço menção de entrar. Eu o beijo ali, no banco. Nos beijamos ali e me sinto horrível porque uma das razões pelas quais eu o estou beijando ali é que sei que vai ser mais fácil ir embora se eu já estiver do lado de fora.

Mas ele não percebe. E retribui o beijo. Ele está feliz. E ele não perde tempo em tirar a preciosa caixa de biscoitos do caminho quando nossos corpos se chocam.

Começo a me convencer de que é aquilo que eu quero. De que é ali que tenho que estar. Vou me encontrar com A somente para ouvir uma explicação. Mas meu encontro com A não é a minha vida. Isto é a minha vida. Justin é a minha vida.

* * *

Chego atrasada. Tive uma hora para me ajeitar, me acalmar, ficar parecendo uma garota que não passou a última hora se agarrando com o namorado. Também aproveitei o tempo para pensar nas perguntas que faria, nos modos de saber se o que A está dizendo é verdade. Quero dizer, não pode ser verdade. Mas estou procurando meios de provar isso.

Quando chego à Starbucks, espero que a garota do dia anterior esteja lá. Ou Nathan. Alguém que me diga "rá, rá, foi uma brincadeira!" Mas nenhum deles está lá. Em vez disso, há um cara. Um jogador de futebol imenso. Não faz meu tipo. É quase assustador no tamanho. Mas parece meigo quando acena para mim.

Mais uma vez, minha perspectiva muda quando olho nos seus olhos. Todas as suposições desaparecem.

Respiro fundo. Sei que preciso resolver isso. Tento me lembrar do meu plano.

— Muito bem — digo assim que chego perto da mesa e me sento. — Antes de dizermos qualquer coisa, preciso ver seu celular. Quero ver cada uma das ligações que você fez na semana passada e cada telefonema que recebeu. Se isso não for uma grande brincadeira, então não tem nada a esconder.

Não consigo imaginar que, depois de ficar comigo e ser tão fofo, Justin armaria uma coisa dessas. Mas preciso ter certeza de que não tem o número dele no celular. Quero ver se tem alguma mensagem de texto ou ligação de ontem.

Dou uma olhada. Checo os contatos. Não encontro nenhuma ligação do dia anterior. As duas mensagens de texto são de seus amigos. Não tem nada sobre mim em parte alguma.

Então é isso.

Devolvo o celular e digo que é hora de fazer as perguntas. Começo querendo saber o que eu vestia naquele dia na praia.

A preocupação brilha em seus olhos.

— Não sei — responde ele depois de meio minuto. — Você se lembra do que Justin estava vestindo?

Tento lembrar. Me lembro da sensação, de como foi maravilhoso. Não das roupas.

— Bom ponto — retruco. — Nós transamos?

Ele balança a cabeça.

— Usamos o cobertor da pegação, mas não transamos. Nos beijamos. E foi o suficiente.

Noto que ele usa a expressão *cobertor da pegação*. E percebo que ele faz isso de maneira natural.

— E o que eu disse antes de sair do carro? — pergunto.

— É assim que o dia termina numa boa.

— Correto. Rápido: qual é o nome da namorada do Steve?

— Stephanie.

— E a que horas a festa acabou?

— Às 23h15.

— E quando você estava no corpo daquela garota que levei para todas as minhas aulas, o que estava escrito no bilhete que você me passou?

— Era alguma coisa do tipo: *as aulas aqui são tão chatas quanto na minha escola.*

— E como eram os bótons na sua mochila aquele dia?

— De gatinhos de anime.

Tento pensar num meio pelo qual ele pudesse saber de tudo isso, de todas essas diferentes pessoas. A não ser que ele seja capaz de ler a minha mente, não tem explicação.

— Bem — começo —, ou você é um mentiroso excelente ou troca de corpo todos os dias. Não tenho ideia de qual seja a verdade.

— É a segunda opção. — Ele me garante. Então volta a assumir um ar preocupado. — Vamos lá para fora — murmura ele. — Acho que estamos com uma plateia indesejada.

Não consigo ver a pessoa de quem ele está falando, mas dá para ver outras pessoas que poderiam facilmente estar escutando nossa conversa. Ainda assim, a sugestão é um pouco "entra-na-minha-van" demais para o meu gosto.

— Se você fosse uma líder de torcida baixinha e magrinha de novo, eu até poderia ir — digo a ele. — Mas... não tenho certeza se tem noção disso, hoje você é um cara grande e assustador. Estou ouvindo a voz da minha mãe em alto e bom som na minha cabeça: *Nada de cantos escuros*.

Ele aponta na direção da janela, para um banco ao lado da rua.

— Ele é totalmente público, só que não tem ninguém para nos ouvir.

— Ótimo — digo.

Estou tentando pensar em novas perguntas enquanto saímos. Eu não tomei café, mas não é a hora certa de parar e pedir um *latte*.

Ele parece nervoso. E, para ser sincera, sei que não é o nervoso de um assassino em série. Parece que a única coisa que poderia ser assassinada no momento são as esperanças dele. Nunca vi um garoto ter esperanças de modo tão evidente. Eu me pergunto se ele sabe que está revelando tanto.

Distância. Deixo que ele sente primeiro para que eu possa manter um pouco de distância. Para que possa olhar nesses olhos sem cair dentro deles. Para que consiga manter um pouco de discernimento.

Quero saber mais, e, para isso, tenho que perguntar mais. Se ele vai me convencer, vai ter que me contar muito mais.

— Então — retomo o assunto. — Você está dizendo que tem sido assim desde o dia em que nasceu?

Ele hesita por um breve instante. Tenho a sensação de que ele não costuma conversar muito sobre o assunto.

Bem, eu também não.

— Sim — diz ele baixinho. — Não consigo me lembrar de já ter sido diferente.

— E como foi? Não ficou confuso?

Mais uma vez, ele pensa por um segundo, depois, responde:

— Acho que me acostumei. Tenho certeza de que, no início, acreditei que fosse apenas o modo como a vida de todo mundo funcionava. Quero dizer, quando se é um bebê, não se importa realmente com quem está cuidando de você, desde que alguém esteja. E, quando eu era pequeno, pensava que era um tipo de jogo, e minha mente aprendeu a acessar, sabe, a examinar naturalmente as lembranças do corpo que ocupava. Então eu sempre soube qual era meu nome e onde eu estava. Só com 4 ou 5 anos foi que comecei a perceber que era diferente, e, com 9 ou 10, descobri que realmente queria que isso parasse.

— Você quis que parasse? — pergunto. A ideia de deixar o próprio corpo parece quase engraçada para mim. Um alívio.

— Claro — retruca ele. — Imagina o que é sentir saudade de casa, mas sem ter uma casa. Era assim comigo. Eu queria ter amigos, mãe, pai, um cachorro... mas não podia me apegar a nenhum deles mais do que por um dia. Era terrível. Me lembro de gritar e chorar em algumas noites, implorando para que meus pais não me fizessem ir dormir. Eles nunca entendiam do que eu tinha medo. Pensavam que era de um monstro debaixo da cama ou um truque para ouvir mais histórias na hora de dormir. Eu não podia explicar de verdade, não de um jeito que fizesse sentido para eles. Falava que não queria dizer adeus, e eles me garantiam que não era um adeus. Que era só um boa-noite. Eu respondia que era a mesma coisa, mas eles achavam que eu só estava sendo bobo.

Agora isso não parecia nem um pouco divertido. Parecia solitário. Ele emenda:

— No fim, acabei aceitando. Percebi que esta era minha vida, e que não havia nada que eu pudesse fazer. Não podia nadar contra a maré, por isso decidi nadar com ela.

Não consigo compreender. Sem amigos. Sem pessoas na sua vida de um dia para o outro.

Tão solitário.

— Quantas vezes você já contou essa história? — pergunto a A.

— Nenhuma, juro. Você é a primeira.

Você é a única. Por que estou pensando em Justin agora? Por que estou pensando no momento em que, bêbado de vinho, no banco do carona no meu carro, ele falou essas palavras para mim? Eu nem estava furiosa nem nada. Nem me importei de dirigir. Em vez de *obrigado*, foi isso que ele disse. E estava grato ao dizer isso. Muito grato mesmo.

Mas não consigo pensar nisso. Ao contrário, volto para a história de A.

— Você tem que ter pais, não é? — indago. — Quero dizer, todos nós temos.

Ele dá de ombros.

— Não tenho ideia. Acho que sim. Mas não tenho ninguém a quem perguntar. Nunca conheci ninguém como eu. Não que eu tivesse como saber.

Nem sempre me dou bem com meus pais, mas ainda fico feliz por eles estarem por perto.

Acho que ele vai me contar mais sobre como é não ter pais, não ter raízes. Mas ele me surpreende.

— Eu vi coisas — diz.

Espero que ele fale mais. Que me diga o que isso significa, o que viu. Mas tenho que me lembrar: ele é novo nisso. Ainda está muito inseguro.

— Continue — incentivo.

Permissão. Ele sorri, feliz com isso. Quero abraçá-lo, no mínimo, pelo sorriso.

— É só que... sei que parece um modo horrível de se viver, mas já vi tantas coisas. É tão difícil ter uma ideia do que é a vida quando se está num único corpo. Você fica tão preso a quem você é. Mas quando quem você é muda todos os dias, fica mais próximo da universalidade. Mesmo dos detalhes mais triviais. Você percebe como as cerejas têm gostos diferentes para pessoas diferentes. Que o azul parece diferente. Você vê todos os estranhos rituais que os garotos têm para demonstrar afeição sem admitir. Aprende que se um dos pais lê para o filho no fim do dia, é um sinal de que é um bom pai porque você viu muitos outros pais que não têm tempo para isso. Aprende o verdadeiro valor de um dia, porque todos eles são diferentes. Se você perguntar à maioria das pessoas qual é a diferença entre segunda e terça, provavelmente vão responder dizendo o que comeram no jantar à noite. Eu não. Ao enxergar o mundo de tantos ângulos, tenho uma noção maior de sua dimensão.

— Mas você nunca consegue ver as coisas ao longo do tempo, não é? — pergunto. — Não que eu queira desmerecer o que acabou de dizer, porque acho que entendo. Mas você nunca teve um amigo que conheceu todos os dias durante dez anos. Nunca observou seu bichinho de estimação envelhecer. Nunca percebeu como o amor dos pais fica estranho com o passar do tempo. E nunca esteve num relacionamento por mais de um dia, sem falar por mais de um ano.

— Mas vi coisas — diz ele. — Observei. Sei como funciona.

— De fora? — Estou tentando realmente compreender a situação, mas é difícil. O azul parece diferente. — Não acho que se possa conhecer pelo lado de fora.

— Acho que você subestima o quanto algumas coisas podem ser previsíveis num relacionamento.

Eu deveria saber que chegaríamos a esse ponto. Deveria saber que isso viria à tona. Afinal, ele me conheceu quando era Justin. Ele conhece a questão. Ou acha que conhece.

Tenho que deixar claro.

— Eu amo Justin — digo. — Sei que você não entende, mas eu o amo.

— Não deveria. Eu o vi por dentro. Eu sei.

— Por um dia — observo. — Você o viu por um dia.

— E, por um dia, viu quem ele poderia ser. Você se apaixonou mais por ele quando ele era eu.

Isso foi muito duro de ouvir. Não sei se é verdade ou não. Se tivesse me perguntado ontem, talvez sim. Se me perguntar agora, depois dos biscoitos da bandeirante, talvez não.

Ele busca a minha mão. Mas não posso fazer isso. É me comprometer demais.

— Não — digo. — Não faça isso.

Ele não faz.

— Eu tenho namorado — emendo. — Sei que não gosta dele, e tenho certeza de que há momentos em que também não gosto dele. Mas essa é a realidade. Agora, admito, você me convenceu de que realmente é a mesma pessoa com quem me encontrei em cinco corpos diferentes. Tudo isso significa é que provavelmente sou tão doida quanto você. Sei que diz que me ama, mas não me conhece realmente. Só me conhece há uma semana. E preciso de um pouco mais do que isso.

— Mas você não sentiu naquele dia? Na praia? Não parecia que tudo estava certo?

Sim. Tudo dentro de mim pula ao ouvir aquela única palavra: *sim*. Ela parece certa. Mas foi uma sensação. Pura sensação. Ainda não consigo falar a respeito de um fato.

Mas também não posso segurar minha resposta. Por isso, digo a ele:

— Sim, mas não sei por quem estava sentindo aquilo. Mesmo se eu acreditasse que era você, precisa entender que minha história com Justin interfere nisso. Eu não teria me sentido daquele jeito com um estranho. Não teria sido tão perfeito.

— Como sabe?

— Esse é o ponto: não sei.

Eu não devia ter deixado Justin lá, no jardim. Não devia ter dado uma desculpa para sair. Isso é perigoso demais porque nada disso pode ser um fato.

Baixo o olhar para meu celular. Não estou aqui há muito tempo, mas falta pouco para ser tempo demais.

— Tenho que voltar até a hora do jantar — digo. Tecnicamente está correto. Se quero voltar a tempo, tenho que ir agora.

Estou achando que ele vai se opor. Justin faria isso. Deixaria claro que queria que eu ficasse.

Mas A me deixa ir.

— Obrigado por ter vindo até aqui — diz A.

Será que eu deveria dizer que "foi um prazer"? O que isso significa? Prazer de quê?

— Será que a verei de novo? — pergunta A.

Não tenho coragem de dizer que não. Porque há uma parte do meu coração que quer ficar, e que vai ficar com ele até eu voltar e buscá-la.

Faço que sim com a cabeça.

— Vou provar a você — diz ele. — Vou mostrar o que isso realmente significa.

— Isso o quê?

— O amor.

Não. Isso me dá medo.

Tudo isso me dá medo.

Mas não digo a ele. Em vez disso, digo adeus; o tipo de adeus que nunca, jamais, é um ponto final.

Capítulo Nove

Eu me lembro do modo como todo mundo reagiu quando fiquei com Justin, quando nos tornamos assunto. Ninguém achou que eu estava prestando atenção, mas estava.

Rebecca me disse que eu podia arrumar coisa melhor. Me falou que Justin nunca seria capaz de se importar com alguém porque ele não se importava nem com ele mesmo. Falou que eu merecia ficar com alguém que não fosse tão cheio de merdas. Respondi que não conhecia ninguém que não tivesse suas merdas, a começar por ela. Rebecca disse que ia fingir que eu não tinha dito isso. E que eu era mais inteligente do que eu acreditava ser, mas que preferia parecer boba, tomando decisões ruins. Respondi que, fosse como fosse, eu amava Justin, e usar a palavra *amor* surpreendeu a nós duas. Me mantive firme; ela recuou.

Preston disse que estava contente por mim, e, quando perguntei por quê, respondeu que eu tinha encontrado alguma coisa importante. Ele não achava que Justin não merecia o meu amor, porque acreditava que todo mundo merecia o amor. "Ele precisa de você, e isso não é uma coisa ruim", foi o que Preston disse. "Todos nós precisamos de um lugar para depositar nosso amor." Me lembro de gostar dessa ideia, de que eu tinha essa quantidade de amor que precisava depositar em algum lugar, e tinha decidido depositar um pouco dele em Justin.

Steve disse que Justin era ok.

Stephanie falou que não tinha certeza disso.

Não acho que nenhum neles (nem mesmo Preston) imaginou que fosse durar mais do que um mês. Qualquer amor que eu tinha depositado em Justin uma hora se acabaria, consumido numa fogueira, abandonado num acostamento.

E, se essa era a reação deles a Justin, imaginem o que iam dizer se eu contasse sobre A.

O pensamento não vai sair da minha mente:

Se isso é possível, o que mais é possível?

Chego na escola e vou até o meu armário. Somente quando estou diante dele percebo que não parei para procurar Justin.

E então, mais estranho ainda: não saio à procura de Justin.

Espero para ver quanto tempo ele leva para vir me procurar.

Não vem entre o primeiro e o segundo tempo.

Nem antes do almoço.

Mesmo na hora do almoço, eu me sento entre Preston e Rebecca e, em vez de sentar à minha frente, ele se senta mais longe.

Só no fim do almoço ele se dirige a mim.

E o que diz é:

— Estou tão cansado.

Sei que não sou eu quem vai acordá-lo.

* * *

Eu me pego imaginando quem A é hoje. Onde A está.

E, ao mesmo tempo, me pergunto se todos os As que encontrei estão no mesmo recinto, rindo de mim. Sem acreditar como uma garota pode ser tão idiota. Olhando meu rosto no vídeo repetidamente. Desafiando-se uns aos outros a prosseguir.

Não é isso, digo a mim mesma.

Mas o que mais é possível?

Checo meu e-mail depois do almoço e descubro um recado dele (dela?).

Rhiannon,

hoje você iria me reconhecer. Acordei como o irmão gêmeo de James. Pensei que isso me ajudaria a entender as coisas, mas até agora não tive sorte.

Quero te ver de novo.

A

Não sei o que dizer em relação a isso.

Verdade ou pegadinha?

Sim, quero ver A de novo.

Sim, estou com medo.

Não, isso não faz sentido.

Mas o que faz? Passei a tarde inteira perguntando isso a mim mesma. Será que faz sentido Preston ser considerado O Gay quando nenhum de nós é visto como O Hétero? Será que faz sentido o pai de Stephanie ter surtado quando ela (brevemente) namorou Aaron porque Aaron é negro? Será que faz sentido Justin e eu sermos capazes de ficar tão próximos quanto humanamente possível, e ainda não conseguirmos imaginar alguma coisa para dizer um ao outro quando nos separamos e caminhamos pelos corredores da escola? Será que faz sentido que o Sr. Myers passe a vida ensinando o ciclo gestacional de um sapo a adolescentes que, em sua maioria, não estão nem aí pra isso?

Será que faz sentido que algumas pessoas tenham tudo que querem porque são bonitas? Será que seríamos pessoas mais legais — ou, ao menos, um pouco mais humildes — se tivéssemos que trocar de corpo todos os dias?

— No que está pensando?

Justin me encontrou no corredor do meu armário, perdida em pensamentos.

— Não é nada — digo a ele. — Só estava longe.

Ele deixa para lá.

— Olha só — fala. — O que está fazendo agora?

Estamos no fim do dia. Não tenho ideia do que estou fazendo. Eu poderia ter dirigido até a Starbucks e me encontrado com o gêmeo do cara de ontem. Mas como eu teria sabido que era realmente o gêmeo? E se fosse o mesmo cara de novo? Não dá para saber realmente.

Subitamente fico desconfiada.

Realmente desconfiada.

E me pergunto se amanhã ele vai dizer que é trigêmeo.

Ou que ficou no mesmo corpo no fim das contas.

Soa um alarme. Estou começando a ficar aborrecida. Irracionalmente aborrecida. Ou talvez racionalmente aborrecida.

— Você sequer está me ouvindo?

Não estou. Mas preciso ouvi-lo. Porque Justin é meu namorado e ele não faz ideia do que está se passando dentro da minha cabeça.

— Sem planos — aviso.

Nós dois sabemos o que vem em seguida. Mas ele não vai falar. Ele quer que eu diga.

Então eu digo.

— Quer dar uma volta?

— Sim. Claro. Tanto faz.

Vamos para sua casa. Justin assiste a um episódio antigo de *Game of Thrones*.

— Esse é aquele em que alguém morre? — pergunto, quando o episódio começa. Estou brincando. Todos os episódios são o episódio em que alguém morre.

— Engraçadinha — diz ele.

Checo meu e-mail. Nenhuma mensagem nova de A.

Como se meu silêncio pudesse forçá-lo a confessar.

— Guarda isso — pede Justin. — Está me distraindo.

Guardo e fico ali sentada. A cabeça de alguém é estraçalhada.

Nós não transamos.

Só depois de três episódios, quando estou me preparando para ir embora, ele me diz o que está pensando.

— Odeio médicos pra cacete — diz ele.

Fico um pouco confusa. Não vejo nenhum médico em *Game of Thrones*; teria sido muito melhor se houvesse.

— Tem alguma razão particular pela qual você odeia médicos neste exato momento? — pergunto.

— Tem, porque eles vão deixar a minha avó morrer. Vão fazê-la comer o pão que o diabo amassou, e vão nos fazer pagar por isso, e, no final das contas, ela vai morrer de qualquer jeito. Sempre é isso que eles fazem. Hospitais não ganhariam dinheiro sem pessoas doentes, certo? Eles simplesmente adoram essa merda.

— Sua avó está doente? — pergunto.

— Está. Vovô telefonou ontem à noite. Disse que é um câncer grave.

— Você está bem?

— Como assim "você está bem"? Não sou eu quem está com câncer.

Quero perguntar a ele: *Quer falar sobre isso?*, mas a resposta é bem óbvia. Ele não quer a minha compaixão. Não quer me dizer que está triste. Ele quer apenas que eu esteja ali enquanto ele coloca a raiva para fora. Então é isso que faço. Deixo que ele grite sobre os médicos e sobre o fato de que é o avô quem fuma, mas, veja só quem acabou tendo câncer. Deixo que ele critique a reação dos pais. Justin está furioso com eles por não largarem tudo para vê-la, quando, na verdade, o que ele realmente está dizendo é que *ele* quer largar tudo para vê-la. Mas ele não vai dizer isso. Não para mim. Nem para ele mesmo.

Eu fico até ele se cansar. Fico até ele mudar de assunto. Fico até ele decidir assistir ao quarto episódio.

Vou estar aqui quando ele quiser lidar com isso. Justin sabe e neste momento isso é o melhor que posso fazer.

Quando chego em casa, minha mãe está sentada no lugar de sempre, assistindo ao noticiário no canal de sempre. Se a história é muito triste — uma garota desaparecida, um garoto preso num poço —, ela vai conversar com a tela; murmúrios baixinhos de solidariedade: *Ah, isso é péssimo* ou *Meu Deus, que horror*!

Imagino o belo apresentador olhando para esta sala, vendo minha mãe sentada na cadeira e dizendo as mesmas coisas. Porque, convenhamos, ela mesma não caiu no poço que merecia? Ela mesma não encontrou sua própria maneira de desaparecer? Liza costumava incentivá-la dizendo que ela precisava sair mais; uma vez disse que seria bom arrumar amigos. Mas agora que é a minha vez, me dou conta de que desisti. Deixá-la em paz provavelmente é o único meio que tenho de fazê-la feliz. Foi isso que meu pai fez durante todos esses anos, e parece que funcionou muito bem para ele.

Penso em telefonar para Liza, em contar o que está acontecendo *Você é maluca que nem ela*. Provavelmente é o que me diria.

Mas minha mãe não é maluca. Ela simplesmente não se importa mais.

E gosta de assistir aos seus programas, eu acho.

Quero te ver de novo.

Não acho que Justin já tenha dito isso para mim. Mas ele nunca precisou dizer, precisou? Nunca houve dúvida de que ele me veria de novo. Nunca houve necessidade de querer me ver.

Começo outro e-mail.

A,

só quero te ver de novo se isso for real.

Rhiannon

Mas não mando o e-mail.

Capítulo Dez

Acordo e escrevo outro e-mail.

A,

Então, quem você é hoje?

Que pergunta estranha de se fazer. Mas acho que faz sentido. Se é que alguma coisa faz.

Ontem foi um dia difícil. A avó do Justin está doente, mas, em vez de admitir que está chateado com isso, ele simplesmente xinga mais o mundo. Estou tentando ajudá-lo, mas é complicado.

Não sei se você quer saber disso ou não. Sei como se sente sobre Justin. Se quiser que eu mantenha essa parte da minha vida escondida de você, posso fazer isso, mas não acho que seja o que você quer.

Me conte como está sendo seu dia.

Rhiannon

Desta vez eu envio. Tento agir como se fosse um e-mail normal que eu mandaria para um amigo normal. Então tento ter um dia normal, em parte, para entender como é de verdade um dia normal. No início, dá certo. Vou para a escola. Assisto às aulas. Na hora do almoço me sento ao lado de Justin. Ele não demonstra qualquer emoção.

No fim do almoço, checo a caixa de entrada.

Rhiannon,

Hoje também está sendo um dia difícil pra mim. A garota em cujo corpo estou não está nada bem. Ela odeia o mundo. Odeia a si mesma. Tem um monte de problemas, a maior parte que ela mesma cria. Isso é muito complicado.

Quanto a você e Justin, ou sei lá... Quero que você seja sincera comigo. Mesmo que me magoe. Embora eu preferisse que não magoasse.

Com amor,
A

Tento voltar ao meu estado normal. Tento imaginar onde A está, a aparência desse corpo. Justin tem que trabalhar, portanto, vou ficar sozinha depois da escola. Checo de novo a caixa de entrada e encontro um pedido de ajuda.

Eu preciso muito conversar com você agora. A garota em cujo corpo estou quer se matar. Não estou brincando.

Tem um número de telefone. Ligo imediatamente.

Sei que não é uma brincadeira. Tenho certeza de que há pessoas que poderiam brincar com uma coisa assim, mas sei que A não é uma delas.

Simplesmente sei.

A voz que atende é de uma garota.

— Alô? — Ela fala um pouco como eu.

— É você? — pergunto.

— Sim. Sou eu.

— Recebi seu e-mail. Caramba.

— Pois é. Caramba.

— Como sabe?

— Está tudo no diário dela; todas essas maneiras de se matar. É muito... explícito. E metódico. Não posso nem pensar muito sobre isso... existem tantos meios de morrer, e é como se ela tivesse pesquisado cada um. E ela estabeleceu um prazo para si mesma. Seis dias.

Sinto um buraco dentro de mim. Sinto que a garota que eu fui um dia está se conectando com a situação. Tento me concentrar no presente.

— Coitada — digo a A. — O que vai fazer?

— Não tenho ideia. Ela parece tão perdida. Tão deprimida.

— Você não tem que contar para alguém? — sugiro.

— Não tive como treinar para isso, Rhiannon. Realmente não sei.

Eu já estive nessa situação, é o que quero dizer. Mas é assustador demais.

— Onde você está? — pergunto.

A me diz onde está, e não fica muito longe. Digo que posso estar lá em pouco tempo.

— Você está sozinho?

— Sim. O pai dela não chega antes das 19h.

— Me dê o endereço — peço.

Ele passa, e eu emendo:

— Daqui a pouco estarei aí.

Não conheço esta garota. A não me disse muita coisa. Mas talvez por isso seja mais fácil preencher as lacunas comigo mesma.

Eu não deveria pensar assim, mas não consigo evitar: *eu seria essa garota se não tivesse conhecido Justin.*

As coisas estavam ruins nesse nível. Ou talvez pareciam ruins nesse nível. Agora não sei mais. Não consigo distinguir. Tudo que sei é que eu estava convencida de que ninguém ligaria se eu morresse. Eu tinha fantasias elaboradas sobre meu funeral supersimples: ninguém presente além dos meus parentes. Nenhum garoto chorando na primeira fila. Ninguém que pudesse se levantar e falar sobre mim como se realmente me conhecesse.

Eu sabia que não ia colocar em prática a ideia. Mas também sabia que poderia. Eu acalentava a ideia de que seria capaz.

Quando pensamos estar em busca da morte, quase sempre estamos, na verdade, em busca do amor.

Sem dúvida era esse o meu caso. Porque Justin chegou e me deu o sentido que eu procurava. Justin se tornou o cara que desejei que chorasse a minha morte, e isso levou a outros amigos, a outras pessoas que chorariam a minha morte. Consegui encher meu funeral de gente até não querer mais um funeral.

Mas entendo que nem sempre é o caso.

Entendo que algumas garotas não têm isso.

Entendo que, neste momento, dirijo ao encontro de uma dessas garotas. Não por causa do que A me contou, mas pelo som da voz dela. Do medo.

Eu o reconheço.

O trajeto é curto, mas tento traçar um plano.

Não estou pensando em A realmente. Não estou me perguntando por que A, que viveu em tantos corpos, não sabe o que fazer. Não estou surpresa por saber mais do que A sabe.

Estou apenas dirigindo e pensando o mais rápido que consigo.

* * *

Encontro a casa. É uma casa normal. Toco a campainha. Soa como uma campainha normal.

Ela atende, e, desde o momento que a vejo, sei que se trata de outra garota desaparecendo, que está tentando desesperadamente desaparecer. Os sinais disso tatuam seu corpo — é um corpo usado e gasto. É difícil para pessoas que não são saudáveis fingirem que são, sobretudo, quando elas deixam de se importar se outras pessoas vão notar.

A única diferença são seus olhos. Ainda estão vivos.

Sei que não é ela.

Agora, tenho toda certeza de que isso está realmente acontecendo. Sem truques. Apenas a verdade. Muitas sensações, mas no centro disso... um fato.

— Obrigado por vir — diz A.

Vamos até o quarto da garota. É um buraco, como se ela tivesse destruído tudo e se permitido viver entre os destroços. As roupas estão espalhadas por toda parte, e não dá para distinguir entre as limpas e as sujas. Ela quebrou o espelho. Tudo nas paredes está prestes a rasgar. Ela poderia muito bem cortar o pulso e escrever FODA-SE nas paredes.

Não é uma bagunça. É raiva.

Tem um caderno na cama. Eu o abro. Sei o que vou encontrar, mas ainda assim é como um soco no estômago.

É assim que se apunhala.

É assim que se faz sangrar.

É assim que se faz sufocar.

É assim que se joga de algum lugar.

É assim que se queima.

É assim que se envenena.

É assim que se morre.

Não são hipóteses. Isso não é ela sendo dramática. Isso é ela encontrando fatos que combinem com as sensações. Para acabar com as sensações.

Tudo isso é tão errado. Quero sacudi-la. Quero dizer para se afastar do funeral.

E tem o prazo no final. Praticamente amanhã.

A ficou em silêncio enquanto eu estava lendo. Agora ergo o olhar para ela.

— Isso é sério — digo. — Eu já... pensei nisso. Mas nunca desse jeito.

Estou em pé desde o momento que cheguei, com o caderno na mão. Então pouso o caderno e também me sento. Preciso me sentar. Apoio na beirada da cama, e A senta ao meu lado.

— Você tem que impedi-la — digo. Eu, que tenho certeza de tão poucas coisas, tenho certeza disso.

— Mas como? — pergunta A. — Será mesmo meu direito? Ela não deveria decidir sozinha?

Não era o que eu esperava que A dissesse. É tão ridículo. Tão ofensivo.

— Mas e aí? — pergunto, sem me preocupar em disfarçar a raiva na voz. — Simplesmente vai deixar que ela morra? Só porque não quis se envolver?

Ela segura a minha mão. Tenta me acalmar.

— Não temos certeza se o prazo é real. Isso poderia simplesmente ser seu jeito de se livrar dos pensamentos. Pôr no papel para não concretizar.

Não. Isso é desculpa. Não é hora para desculpas. Devolvo a dúvida:

— Mas você não acredita nisso, acredita? Você não teria me ligado se acreditasse.

Ela responde com seu silêncio, por isso, sei que tenho razão.

Baixo o olhar e vejo sua mão na minha. Sinto o toque e deixo que signifique mais do que um gesto de consolo.

— É estranho — digo.

— O quê?

Aperto sua mão uma vez, depois, retiro a minha.

— Isso.

Ela não entende.

— Do que está falando?

Embora seja uma situação diferente, embora estejamos em uma situação de emergência, ela ainda olha para mim daquele jeito. Dá para ver que sente alguma coisa por mim. Percebo isso.

Eu tento explicar.

— Não é como no outro dia. Quero dizer, a mão é diferente. Você está diferente.

— Mas não sou diferente.

Eu queria poder acreditar nisso.

— Não pode dizer isso — digo a ela. — Sim, você é a mesma pessoa por dentro, mas o exterior também conta.

— Você parece a mesma pessoa, não importa com quais olhos eu veja. Sinto a mesma coisa.

Se isso é possível, o que mais é possível?

Não consigo imaginar como deve ser viver desse jeito.

A está pedindo para eu imaginar. Sei que ela (ele?) está. Mas é difícil.

Volto para o argumento sobre esta garota, sobre não interferir.

— Você nunca se envolve na vida das pessoas? — pergunto. — Das pessoas que está habitando?

Ela balança a cabeça.

Mas há uma contradição aqui, não há?

— Você tenta deixar a vida delas do jeito que encontrou — digo.

— Isso.

— Mas e quanto ao Justin? O que tornou a vida dele tão diferente?

— Você.

Não posso acreditar nessa resposta. Não é possível que essa resposta sirva.

— Não faz sentido — retruco.

Então, como se em resposta aos meus pensamentos, ela se inclina e me beija. Não estava esperando por isso. Não estava esperando o toque de seus lábios, a aspereza da pele ressecada. Não estava esperando seus dedos, leves, roçando contra o meu pescoço.

Eu não tenho certeza de quem estou beijando.

Realmente não tenho certeza.

Porque se for A, a mesma pessoa que me beijou na praia, é uma coisa. Mas, se for esta garota, a coisa é outra. Ela não quer ser beijada por mim. Esta garota não é um personagem de contos de fadas que pode ser curado com um beijo. Ela precisa de muito mais ajuda do que isso. Eu sei.

Depois de deixar isso acontecer durante um minuto, eu me afasto, ainda mais confusa do que antes.

— Isso é definitivamente estranho — digo.

— Por quê?

Sinto que deveria ser óbvio.

— Porque você é uma garota? Porque continuo tendo um namorado? Porque estamos conversando sobre o suicídio de outra pessoa?!

— No seu coração, isso importa?

Sei a resposta que ela quer. Mas não é a verdade.

— Sim — digo a ela. — Importa sim.

— Qual parte?

— Todas. Quando beijo você, não estou beijando você de verdade, sabe. Você está aí dentro, em algum lugar. Mas estou beijando o exterior. E neste momento, embora eu consiga sentir você embaixo disso, tudo que recebo é tristeza. Beijo essa garota e sinto vontade de chorar.

— Não é isso que eu quero.

— Eu sei. Mas é o que está aí.

Não consigo ficar na cama. Não posso continuar esta conversa. Não vim até aqui para conversar sobre nós dois. Vim porque precisamos salvar a vida desta garota.

Fico de pé e tento nos trazer de volta ao eixo.

— Se ela estivesse sangrando na rua, o que faria? — pergunto.

A parece decepcionado. Não dá para saber se é porque voltei à conversa de antes ou porque sabe que precisa tomar uma decisão.

— Não é a mesma situação — diz.

Não é bom o suficiente.

— E se ela fosse matar outra pessoa? — sugiro em tom de desafio.

— Eu a entregaria à polícia.

A-há.

— Então qual é a diferença?

— É a vida dela. Não a de outra pessoa.

— Mas ainda é uma morte.

— Se ela realmente deseja fazer isso, não há nada que eu possa fazer para impedir.

Se A não estivesse no corpo de outra pessoa, talvez eu tentasse dar um tapa na sua cara e botar um pouco de juízo em sua cabeça; esta lógica é muito doentia. Você não pode gritar por socorro e depois fingir que é só um espectador.

— Muito bem — diz A antes que eu possa continuar —, criar obstáculos pode ajudar. Envolver outras pessoas pode ajudar. Conseguir os médicos certos para ela pode ajudar.

— Como se ela tivesse câncer ou estivesse sangrando na rua.

Percebo que parece assimilar tudo. Ainda me surpreende o fato de que nunca tenha tido que lidar com isso antes.

— Então... a quem contar? — pergunta ela.

— A um orientador educacional, talvez? — sugiro.

Ela olha para o relógio.

— A escola está fechada. E, lembre-se, nós só temos até a meia--noite.

— Quem é a melhor amiga dela? — pergunto.

Mas esse é o problema, não é? É o que A confirma: a garota não tem ninguém.

— Namorado? Namorada? — Tento.

— Não.

— Uma linha direta para suicidas?

— Se telefonarmos, vão dar conselhos a mim, não a ela. Não tenho como saber se ela vai se lembrar disso amanhã ou se terá algum efeito. Acredite, já pensei em todas essas opções.

— Então tem que ser o pai dela, certo?

— Acho que ele desistiu há algum tempo.

Sempre me senti como uma especialista em pais que desistem. O interessante é que agora descubro outra verdade oculta: mesmo que pareçam muito distantes, eles raramente desistiram totalmente. Se já tivessem desistido, teriam ido embora.

— Bem, você precisa fazê-lo voltar — digo.

Porque isso tem que ser possível. Talvez não seja fácil. Mas tem que ser possível.

— O que eu digo? — pergunta A.

— Você diz: "Pai, quero me matar." Vai até lá e diz isso.

Isso acordaria meus pais. Eu sei que sim.

— E se ele me perguntar por quê?

— Você diz que não sabe. Não se comprometa. Ela vai ter que pensar nisso a partir de amanhã.

— Você pensou nisso no caminho, não foi?

— Foi uma viagem agitada — respondo, embora a verdade é que a maior parte da ideia esteja surgindo agora.

— E se ele não se importar? E se não acreditar?

— Então você pega as chaves do carro dele e vai até o hospital mais próximo. Leve o diário.

Sei que é pedir muito.

Ela ainda está ali na cama. Parecendo perdida. Preocupada.

— Vem cá — digo, e volto a me sentar ao lado dela na cama. E dou nela o maior abraço que consigo. Ao olhar para ela, daria para pensar que seu corpo se quebraria com meus braços ao redor. Mas é mais forte do que parece.

— Não sei se consigo fazer isso — murmura A.

— Você consegue. Claro que consegue — digo.

Repassamos o plano mais uma vez. Então nós dois sabemos que é hora de eu ir embora. Estar em casa quando seu pai chegar só tornaria as coisas mais confusas.

É difícil ir embora. É difícil ser uma parte da história desta garota, e depois abandoná-la.

Quando estou saindo, percebo que sequer sei seu nome, por isso, pergunto a A.

— Kelsea — responde.

— Muito bem, Kelsea — repito, imaginando que ela pode me ouvir —, foi bom conhecer você. E espero mesmo, de verdade, que você fique bem.

Mas não dá para ter certeza de que ficará, dá?

Capítulo Onze

Quando chego em casa, tenho que me distrair. Ligo o computador e fico vendo todos esses sites idiotas que gosto de olhar quando meu cérebro não suporta algo mais profundo. Não espero encontrar nada que tenha a ver comigo. Por isso, quando vejo, fico em choque.

Apenas uma janela nova. Um clique. E lá está: o falso primo do Steve, Nathan, olhando para mim.

O DEMÔNIO ESTÁ ENTRE NÓS!

Primeiro, acho que é uma brincadeira. Mas como? Não é o site feito por algum estudante ou coisa assim. É de um jornal de Baltimore. Não é um bom jornal, mas ainda assim.

Sem dúvida, é Nathan. Se não estou bem certa com a foto, o nome está bem ali no artigo: *Nathan Daldry, 16 anos*. Ele afirma ter sido possuído pelo demônio seis noites atrás. Acordou após a meia-noite no acostamento. E não tem ideia do que aconteceu com ele.

Mas eu tenho. Foi na noite em que dancei com ele.

Leio o artigo com uma estranha sensação de torpor. Ele não é o único que afirma ter sido "possuído". Outras pessoas dizem que o diabo entrou em seus corpos e as obrigou a fazer coisas ruins.

Mas Nathan não especifica realmente que coisas ruins teve que fazer. Ele simplesmente parte do princípio de que qualquer coisa da qual não consiga se lembrar é ruim.

O diabo. Estão dizendo que A é o diabo.

Mas o diabo não teria ajudado Kelsea. O diabo não teria ficado tão apavorado.

Não sei o que A é, mas A não é o diabo.

Penso em Nathan com aquela gravata. Parado ali na festa, constrangido. E me pergunto o quanto daquela pessoa era A e o quanto era Nathan. Eu me pergunto o que o fez pensar que foi possuído. Parece que as pessoas estão fazendo um grande alarde em cima da história, e há até um reverendo como porta-voz do garoto. Será que Nathan está atrás de atenção? Ou será que ele verdadeiramente não sabe?

Depois do jantar, pesquiso um pouco mais. A história de Nathan se espalhou. Se A deixou o corpo dele pouco antes da meia-noite, ele deve ter acordado sem se lembrar de mim ou da festa. Ou será que se lembrou da festa e teve que inventar uma desculpa para o policial que o encontrou dormindo no acostamento?

Eu queria saber o sobrenome de Kelsea para poder procurar por ela também. Não que eu pense que ela vai atualizar o status hoje para dizer *Está tudo bem!* Não consigo imaginar o que A está passando. O que A tem que fazer. Mas estou certa de que A está fazendo.

Porque A não é o diabo. E A também não é um anjo.

A é apenas uma pessoa.

Acho que sei disso. A é apenas uma pessoa.

Justin me manda uma mensagem de texto quando sai do trabalho.

Quer me encontrar?

Não quero. Por isso digo que estou cansada.

Ele não responde a mensagem.

* * *

Continuo pensando em Kelsea durante a noite toda, me perguntando o que acontece depois que A se for.

De manhã, não consigo suportar. E me dou conta de que ainda tenho o número de telefone da casa deles. Posso ligar para ter certeza de que ela está bem. Posso fingir que liguei para o número errado. Só quero ouvir a voz de alguém. Quero ser capaz de saber pelo som da voz dela ou do pai.

São nove da manhã. Ninguém atende.

Ligo de novo. Não pode ser que estejam dormindo. O telefone teria acordado os dois.

Eles não estão em casa.

Mando um e-mail para A:

A,

espero que tenha dado tudo certo ontem. Acabei de ligar para a casa dela, mas não tem ninguém. Você acha que foram procurar ajuda? Estou tentando considerar isso um bom sinal.

Enquanto isso, tem um link que você precisa ver. Está fora de controle.

Onde você está hoje?

R

Acho que ele precisa saber o que o Nathan está dizendo, e que as pessoas estão dando ouvidos a ele.

Eu me pergunto se ele já lidou com esse tipo de coisa antes.

E então recuo e me dou conta do quanto é estranho que eu tenha aceitado tudo isso. Quero dizer, ainda quero mais provas. E é daí que vem a ideia do que vou fazer em seguida.

Começo a pesquisar novamente na internet.

* * *

Mais ou menos uma hora depois, chega um e-mail de A.

Rhiannon,

acho que é um bom sinal. Agora o pai de Kelsea sabe o que está acontecendo, e, antes de eu ir embora, ele estava resolvendo o que fazer. Então, se não estão em casa, provavelmente foram atrás de ajuda. Obrigado por aparecer — eu teria feito as coisas erradas sem você.

Tenho certeza de que você sabe disso, mas vou dizer assim mesmo: não sou o diabo. Nathan teve uma péssima reação à minha saída de seu corpo: não foram as melhores circunstâncias, e me sinto mal por isso. Mas ele pulou (ou foi empurrado) em direção à conclusão errada.

Hoje sou um garoto que se chama Hugo. Vou a uma parada em Annapolis com alguns amigos dele. Você pode me encontrar lá? Tenho certeza de que consigo dar um jeito de me afastar um pouquinho, e sem dúvida eu adoraria ver você. Me avise se virá. Ou se você não conseguir falar comigo (não sei se vou conseguir checar a caixa de entrada), procure por um garoto brasileiro com uma camiseta "vintage" da Avril Lavigne. Suponho que, dentre suas camisetas, essa é a menos provável de ser usada por outra pessoa.

Espero te ver.

Com amor,
A

Annapolis é longe. Não muito longe, mas longe. Especialmente se não há como saber se vou vê-lo.

Não tenho energia para ficar atrás de mais ninguém.

E tem outra coisa que quero fazer.

* * *

Justin me manda uma mensagem de texto por volta das 11 horas. Acredito que tenha acabado de acordar. E temo o contrário, porque, se tiver acordado mais cedo, talvez tenha me visto perto de sua casa.

O que você está fazendo?, pergunta ele agora.

Resolvendo umas coisinhas aqui, digito em resposta. *Vejo você mais tarde?*

Ele deixa a mensagem sem resposta por uns bons dez minutos:

Claro.

Ótimo, respondo.

Tenho que ser cuidadosa.

Annapolis, continuo pensando enquanto dirijo.

Mas pego um caminho diferente.

Quando estou subindo os degraus da frente, percebo como devo parecer ridícula. A ideia tinha mérito quando era apenas uma ideia. Ao virar esta coisa real que estou fazendo, o ato está no lado mais ridículo da sanidade.

Não há equipes de tevê nem nada assim do lado de fora. Nem repórteres. Ninguém para notar a garota com a mochila no ombro conforme ela caminha até a porta da frente.

Simplesmente preciso saber. Vai levar só um minuto. Tenho certeza disso.

Tem que ser ele a atender a porta. É sábado, portanto, qualquer um poderia estar em casa.

Toco a campainha e respiro fundo. Continuo ensaiando na minha mente.

Então a porta abre e lá está ele.

O mesmo corpo esquisito. O mesmo cabelo preto bagunçado. Sem gravata.

E sem sinal de reconhecimento em seus olhos.

— Posso ajudar? — pergunta ele.

Dou um segundo para ele olhar para mim. Olhar de verdade.

Sou a garota com quem você dançou.

Sou a garota com quem você passou aquela noite.

Você cantou para mim.

Mas ele não fez nenhuma dessas coisas, fez? Ele está olhando para mim como se nunca tivesse me visto. Porque ele nunca me viu antes.

— Estou ajudando minha irmã a vender biscoitos das escoteiras — digo, acenando com a cabeça para a mochila no ombro. — Posso te oferecer algum deles?

— Quem é? — pergunta uma voz atrás de Nathan. A mãe dele, tem que ser a mãe, caminha até entrar em foco, parecendo desconfiada.

— Biscoitos das escoteiras — digo. — Tenho chocomenta, rosquinhas e recheados com manteiga de amendoim.

— Você não é velha para ser uma escoteira? — pergunta a Sra. Daldry.

— Ela está ajudando a irmã dela — resmunga Nathan.

Você não sabe quem eu sou?, quero perguntar.

Mas, quando ele disser "não", o que vou dizer em seguida? Como posso começar a explicar?

A mãe de Nathan relaxa um pouco.

— Você quer uma caixa? — pergunta ela ao filho. — Não vemos uma desde que a garota dos Hayes se mudou.

— Que tal os de manteiga de amendoim? — sugere Nathan.

A mãe faz que sim com a cabeça, depois, me diz:

— Vou pegar o dinheiro.

Espero que Nathan me pergunte alguma coisa: onde eu moro, onde está a minha irmã, qualquer coisa. Em vez disso, ele parece constrangido por ficar preso ali comigo. Não porque ele se lembra do tempo que passamos juntos, mas porque sou uma garota e estou na sua casa.

Começo a cantarolar baixinho "Carry On". Olho uma última vez em busca de algum sinal dele.

Nada.

A diferença também está lá nos olhos de Nathan. Não fisicamente, mas no modo como ele olha. No que o olhar está dizendo para mim. Não há empolgação. Não há saudade. Não há conexão.

Sua mãe volta e me dá o dinheiro. Entrego uma caixa com biscoitos, e é isso. Acabou. Ela me agradece, e agradeço a ela.

Nathan volta para sua vida. Fico imaginando se ele já se esqueceu de que eu estava ali.

Volto para o carro.

Pizza?, É a mensagem de texto de Justin.

Annapolis?, É o que a minha mente pergunta.

Checo o e-mail antes de dar partida na ignição.

Nada de A.

Não vou percorrer uma cidade procurando uma camiseta da Avril Lavigne.

Digo a Justin que vou passar de carro e pegá-lo.

— Por que você demorou tanto? — pergunta ele assim que chego.

Não me dou conta de que não comentei o quanto estava longe.

— Estava resolvendo umas coisas para minha mãe — respondo. Ele não vai acreditar se eu disser "resolvendo umas coisas *com* a minha mãe". Dizer que estou fazendo algo "para ela" é mais razoável.

Parece que ele não dormiu muito bem. No entanto, percebo que talvez ele tenha esse aspecto. Tento me lembrar da última vez em que o vi totalmente acordado. Então, penso, *Duh, foi na praia.*

Claro que foi.

— Alô? — diz ele.

Merda, perdi alguma coisa.

— Desculpa — falo. — Só estou cansada. Um pouco lerda.

— Já ouvi isso antes — retruca Justin bruscamente. E me dou conta de que, sim, eu falei praticamente a mesma coisa para ele na noite passada. — Por que tão cansada?

— É a vida — respondo.

Ele me lança um olhar.

Não está caindo.

Saímos para comer pizza. Depois de encher a barriga, ele começa a falar.

— Estou cagando para o que você está fazendo, mas, pelo menos, tenha a decência de me avisar quanto tempo vai demorar. É *grosseiro* me deixar esperando.

Digo a ele que sinto muito.

— Sei, sei. Eu sei que você sente muito, mas o que isso significa de verdade? No final das contas, essa palavra não é só uma desculpa qualquer? Tipo, meu pai pode ser o filho da mãe mór com a minha mãe e dizer para ela que eu e ela somos uma grande perda de tempo, e depois voltar e falar: "Eu sinto muito, não estava falando sério", como se depois disso estivesse tudo bem e tudo tivesse sido apagado. E ela vai aceitar as desculpas. Vai dizer que *ela* é que sente muito. Então, somos essa grande família que vive pedindo desculpas, e a merda sobra toda pra mim porque me recuso a participar disso. Já aguento tudo isso deles, e agora você está fazendo a mesma coisa. Não transforme a gente no Steve e na Stephanie porque você sabe que nós dois merecemos mais do que isso. Você e eu não fazemos joguinhos e não disfarçamos as coisas com *sinto muito* por isso e *sinto muito* por aquilo. Se não quer me contar o que está aprontando, tudo bem. Mas, porra, se você diz que está chegando, tem que chegar. Não me faça esperar como se soubesse que não tenho coisa melhor para fazer. Fiquei sentado ali feito um babaca esperando você.

Eu quase digo novamente que *sinto muito*. Quase.

— E, se você estiver curiosa, meu pai finalmente levantou a bunda da cadeira para ver a minha avó. Falei para ele que queria ir junto, e ele respondeu que não era a hora certa. E eu falei, tipo, "quando é que vai ser a hora certa, depois que ela morrer?" Ele ficou puto com isso. E eu queria dizer: *Como é a sensação de fracassar como pai e como filho, hein, papai? Qual é sua responsabilidade nisso?* Mas ele estava com a cara de basta-me-dar-uma-razão-para-eu-te-bater. Ele nunca me bate, mas, olha, como ele quer...

— Ela melhorou? — pergunto.

— Não. Ela não "melhorou". Caramba.

Justo. Preciso me concentrar. E, quando me concentro, vejo a dor que ele está sentindo. A avó é a única pessoa na família que ele ama de verdade. O sangue dela é o único que ele quer nas veias. Sei disso porque ele já me contou. Tenho que parar de tratar o assunto como se ele não tivesse motivo para ficar com raiva.

— Você devia telefonar para ela — digo. — Eles não podem te impedir de ligar. Seu pai já está lá?

Ele balança a cabeça.

— Provavelmente ainda está no avião.

Estico o braço sobre a mesa e pego o telefone.

— Então seja mais rápido que ele.

Quase sempre, amar parece ser uma tentativa de descobrir o que a outra pessoa deseja e dar isso a ela. Algumas vezes, é impossível. Mas outras vezes é muito simples. Como agora. Ele não tem palavras para me agradecer, mas quando ofereço o telefone, ele o segura por um instante e me faz perceber que fiz a coisa certa.

Pouco depois de ele discar, digo que posso sair para dar um pouco de privacidade a ele.

— Não — pede ele. — Quero você aqui.

Em seguida:

— Eu *preciso* de você aqui.

Então fico e observo enquanto ele conversa com a avó como se tudo fosse ficar bem. Nem passou perto de dizer *adeus*, embora provavelmente ele tenha essa palavra em mente na maior parte do tempo.

Depois de desligar, ele põe o telefone de volta na mesa e diz:

— Uau! Essa foi difícil.

Eu queria estar ao lado dele, e não à sua frente. Encosto os meus joelhos nos dele.

— Está tudo bem — diz, e então pega uma fatia de pizza e continua a comer.

Estou quase perguntando o que sua avó falou, mas então o telefone toca, e é Steve, avisando sobre uma festa na casa da Yonni Pfister.

— Já estamos lá — responde Justin. Depois de desligar, ele me conta onde estamos indo.

Annapolis. Não consigo deixar de pensar nisso. Mas não passaremos nem perto de Annapolis.

Diga o nome de qualquer cidade um monte de vezes, e logo ela parecerá um lugar imaginário.

Rebecca está na festa e me procura até encontrar.

— Acho que nossos namorados estão fumando muita maconha — diz ela.

— Sorte a nossa — comento.

Ela olha para mim com surpresa e dá risada.

— Você realmente acabou de dizer isso? Bom para você!

Não conte ao Justin, quero dizer. Mas sei que ela não vai. Ela poderia contar ao Ben, mas ele também não vai contar.

Será que sou a única que realmente gosta de Justin?

— O que está acontecendo? — Rebecca me pergunta.

— Só estou cansada — retruco.

— Sei, mas cansada de quê?

Ela está verdadeiramente interessada. Ela verdadeiramente se importa. Rebecca é minha amiga.

Não conto nada.

Saio de fininho da festa antes que seja tarde demais, e telefono para a casa de Kelsea.

Desta vez, alguém atende.

— Alô? — A voz é rouca. Cansada.

— Oi, a Kelsea está? — pergunto. Só quero ouvir a voz dela. Só quero saber se ela está bem.

— Quem está falando?

Tento pensar em um nome que não seja o meu.

— É Mia. Sou amiga dela?

— Olha, Kelsea não está aqui no momento. E não vai usar o telefone por alguns dias. Mas, se você deixar uma mensagem na caixa postal tenho certeza de que ela vai retornar. É só esperar um pouquinho.

Arrisco e pergunto:

— Ela está bem? Só estou um pouco... preocupada.

— Ela está em um lugar recebendo ajuda — diz ele. — Vai ficar tudo bem. — Ele faz uma pausa; é um terreno novo para ele. — Eu sei que vai significar muito para ela ter notícias dos amigos. Foi gentileza sua telefonar.

Ele não vai me contar mais nada, e está tudo bem. Já sei o bastante.

— Obrigada — agradeço. Quero dizer a ele que fez a coisa certa. Mas não quero chamar muito a atenção.

Eu já sou a amiga que não está verdadeiramente presente.

* * *

Chego tarde em casa. Tenho que acompanhar Justin até a porta porque ele está doidão. Eu me pergunto se sua mãe está acordada.

— Obrigado — diz ele baixinho. — Minha avó é uma senhora incrível, e você também não é de todo má.

— Não dê trabalho para sua mãe — peço a ele.

Ele ergue o dedo numa saudação.

— Sim, senhora. — Então se inclina e me dá um beijo de boa-noite. Fico surpresa, e ele pode perceber que fico surpresa.

— Boa noite, senhora — diz ele. Depois, desaparece para dentro de casa.

Mando um e-mail para A quando chego na minha casa.

A,

desculpe por não ter podido ir a Annapolis; tive que resolver umas coisas.

Quem sabe amanhã?

R

Capítulo Doze

É domingo. Justin vai demorar a acordar. Não fizemos planos, e meus pais não vão sair de casa.

Estou livre.

Digo a minha mãe que tenho coisas a fazer, então mando um e-mail para A e pergunto se ele quer ser uma dessas coisas.

Sim, ele escreve em resposta. *Um milhão de vezes sim.*

Eu vou fazer isso, digo a mim mesma enquanto preparo tudo e elaboro planos.

Não vou pensar nisso.

Não vou pensar no que significa.

Simplesmente vou fazer isso, ficar com A e ver o que isso significa à medida que acontece.

A me disse que hoje ele (ela?) é uma garota chamada Ashley. Peguei as indicações até sua casa. Sei que ela estará à minha espera.

Acho que estou imaginando a garota que A era quando a (o?) vi pela primeira vez. Bonita, mas não tão absurdamente bonita. Alguém de quem eu poderia ser amiga. Alguém que eu poderia ser.

Mas, caramba, não esta garota.

Ela sai da casa, e eu fico tipo: *Que videoclipe é esse que eu estou vivendo?* Porque a garota é absurdamente gata. Do tipo que deveria viajar com backing vocals. E fotógrafos. E três estilistas. E um cachorrinho. E o Jay-Z.

É o tipo de garota que você nunca vê na vida real. Quase dá para fingir que garotas assim não existem de verdade. Que são criadas em computador pelas revistas de moda para fazer você se sentir um lixo.

Mas a questão é que esta garota é *real*.

E eu sei que não devia me importar; isso não é um concurso. Mas, falando sério? Já me sinto gorda, e ela ainda nem saiu do carro.

A única coisa que ela não tem é um *andar*. Uma garota assim deveria ter um jeito de andar. Mas acho que isso tem a ver com A dentro dela. Andando a passos pesados quando deveria estar desfilando.

Quando a garota entra no carro e a vejo de perto, tenho que rir. Até sua pele é perfeita, e tudo que estou pedindo é uma porcaria de uma simples espinha.

— Você está brincando — digo.

Ela torna sexy o gesto de botar o cinto de segurança. Meu Deus.

Ela me vê rindo e pergunta:

— O quê?

Ela não entendeu.

— O *quê?* — repito. Como se A não percebesse como está incrível hoje.

A garota ergue a mão, defendendo a própria reação.

— Você tem que entender. Você é a primeira pessoa que me conhece em mais de um corpo. Não estou acostumado a isso. Não sei como você vai reagir.

Muito bem. Talvez eu tenha me esquecido disso. Mas ainda assim.

— Desculpe — digo. — É só que você é uma garota negra me-galinda. É muito difícil formar uma imagem mental sua. Continuo tendo que modificá-la.

— Me imagine como você quiser. Porque é provável que essa imagem seja mais verdadeira do que qualquer um dos corpos nos quais você me vê.

Ela faz parecer fácil. Mas não é. Especialmente com uma garota bonita.

— Acho que minha imaginação precisa de um pouco mais de tempo para se acostumar a essa situação, OK?

Ela faz que sim com a cabeça. Até o aceno é impressionante. Não é nem um pouco justo.

— OK. Então, aonde vamos?

Pensei um pouco sobre isso. E não vou mudar de plano somente por causa do corpo no banco do carona.

— Como já estivemos na praia — digo —, pensei que hoje pode-ríamos ir até o bosque.

Melhor não pensar nisso.

Enquanto dirijo, tudo que consigo fazer é pensar nisso. Nela. Em A dentro do corpo dela. Estamos conversando; estou contando sobre o telefonema para o pai de Kelsea e a festa da noite passada, e ela me conta sobre a parada da qual participou ontem, no corpo de um garoto gay com um namorado. Mas, mesmo enquanto conversamos, minha mente está a mil com todo tipo de pensamentos. E o que é patético é que sei que, se A se parecesse com Nathan hoje, eu não teria nenhum desses pensamentos. Pareceria normal porque eu estaria saindo com um garoto normal.

Mas isso é muito diferente. Diferente demais. Mesmo que, quando ela olhe para mim, eu consiga sentir A lá dentro, não é fácil separar os dois. E não é fácil entender que isso faz parte da loteria. Em alguns dias, A vai ter esta aparência.

Não vejo onde eu poderia me encaixar numa vida assim.

Não quero beijá-la. Eu nunca poderia beijá-la.

Então tem isso.

Mas posso falar com ela e não me preocupar em estar falando demais, falando muito pouco ou dizendo a coisa errada. É como se a minha vida normalmente fosse vivida sob o véu do julgamento e A conseguisse retirá-lo, vendo a mim mais verdadeiramente do que qualquer outra pessoa vê.

Digo a mim mesma para ter consciência disso. Para me lembrar disso. Para não ficar tão presa ao fato de que ela é muito atraente e esquecer todo o resto.

Vamos até o parque nacional que eu sei que tem bancos de piquenique. Planejei um piquenique para duas pessoas e, mesmo que Ashley pareça comer meia refeição por dia, torço para que A encontre um modo de comer como o restante de nós, seres humanos. Há algumas pessoas no parque, mas tento evitá-las. O dia de hoje é para ser nosso.

Meu celular está desligado. Estou aqui. Agora.

— Adoro este lugar! — A me diz.

— Você nunca esteve aqui antes? — pergunto.

Ela balança a cabeça.

— Não que me lembre. Embora seja possível. A certa altura, todas as lembranças viram um borrão. Em muitos dias eu realmente não prestei atenção.

Sei que ela está prestando atenção agora. Ela sorri para mim quando desligo o carro. E me observa ir até o porta-malas. A garota parece encantada quando retiro a cesta de piqueniques.

A cesta vem com um cobertor que estendo sobre a mesa de piquenique como uma toalha (porque, sendo sincera, não gosto de ficar sentada no chão se tem a opção de uma mesa). Então tiro toda a comida que eu trouxe; nada de mais, só um monte de porçõezinhas tipo: batatas fritas, molho, queijo, pão, homus e azeitonas.

— Você é vegetariana? — pergunta A.

Faço que sim com a cabeça.

— Por quê?

Estou tão cansada desta pergunta. Essa pergunta não deveria estar sendo feita para quem come carne? E é sempre como se esperassem uma resposta maluca. Então decido dar a resposta mais maluca que consigo pensar.

Mantenho a expressão séria e respondo:

— Porque tenho essa teoria de que, quando nós morremos, todos os animais que nós comemos têm uma chance de nos comer. Se você é carnívoro e somar todos os animais que comeu... bem, vai ser um longo tempo no purgatório sendo mastigado.

É engraçado ver os traços perfeitos de Ashley se contorcerem numa careta.

— Sério? — pergunta ela.

Dou risada.

— Não. Só estou cansada da pergunta. Quero dizer, sou vegetariana porque acho que é errado comer outras criaturas conscientes. E é ruim para o meio ambiente.

— Justo — retruca ela.

Não sei bem se eu a persuadi.

Talvez com o tempo eu consiga, reflito.

Então, penso: *Como é que é?*

Eu não deveria imaginar algo a longo prazo. É apenas um dia depois outro dia e mais outro. Talvez.

Quando as coisas ficam ruins com Justin, a pergunta que me flagro respondendo é: Qual é o objetivo disso? Tipo, por que passar por tudo isso? Por que tentar comprimir duas pessoas no formato de um casal? Será que aquilo que ganhamos vale mais do que aquilo que perdemos?

Agora estou me perguntando as mesmas coisas sobre A. Estamos conversando sobre comidas favoritas, as melhores refeições que já tivemos, as comidas que mais detestamos... Quando ela me faz todas essas perguntas, eu me divirto em responder e, quando faço as perguntas, me divirto com as respostas que ela me dá. Se fosse um encontro, estaria indo muito bem. Mas uma parte de mim se mantém à parte, observando o momento enquanto ele acontece, e essa parte está perguntando: O *que é isso? Qual é o sentido disso?*

Quando terminamos de comer, guardamos a comida que sobrou na cesta e a devolvemos ao porta-malas. Então, sem discutir sobre o que vamos fazer em seguida, caminhamos até o bosque. As trilhas não são óbvias: encontramos o nosso caminho em meio às árvores nos embrenhando entre elas, procurando espaços mais amplos, clareiras.

Quando estamos a sós, caminhando assim, toda a conversa que está acontecendo do lado de fora se muda para o centro de nossa mente. O *que é isso?* Sei que não posso responder sozinha:

— Preciso saber o que você quer — digo.

Ela não parece surpresa com meu pedido. Se fosse Justin, sei que eu ouviria um O *que foi que deu em você?* Mas A responde sem perder tempo.

— Quero que a gente fique junto — diz ela (ele?).

Ela fala como se fosse fácil, mas, de forma alguma minha cabeça consegue transformar isso em uma coisa fácil. Não quando A está num corpo diferente todos os dias. Eu sei que posso conversar com qualquer um deles. Mas, quando a questão é química, quando se trata de tornar viva essa parte de mim — sei que isso vai funcionar em alguns dias e em outros não. Como agora. A tem que entender isso.

— Mas a gente não pode ficar junto — falo. Fico impressionada como pareço calma. — Você entende, não é?

— Não — responde ela. — Não entendo.

Frustrante. É como conversar com uma criança que ainda acredita que falar em voz alta pode tornar algo real. Queria poder sentir as coisas desse jeito.

Paro de caminhar e ponho a mão em seu ombro. Dói dizer a verdade, sobretudo, porque ela não parece pronta para ouvi-la.

— Você precisa entender — digo a ela. — Posso ter carinho por você. Você pode ter carinho por mim. Mas não podemos ficar juntos.

— Por quê?

— Por quê? — É exasperante ter que dizer isso com todas as letras. — Porque um dia você poderia acordar do outro lado do país. Porque me sinto como se estivesse encontrando uma pessoa nova sempre que te vejo. Porque você não pode estar ao meu lado sempre que eu precisar. Porque não acho que possa gostar de você independentemente de qualquer coisa. Não assim.

— Por que não pode gostar de mim desse jeito?

— Porque é coisa demais. Neste exato momento, é perfeita demais. Não consigo me imaginar com alguém assim... como você.

— Mas não olhe para ela. Olhe para mim.

Estou olhando. Eu *estou* olhando para ela.

— Não consigo enxergar além dela, está bem? — retruco. — E também tem Justin. Tenho que pensar nele.

— Não. Não tem.

Isso me deixa com raiva. Não importa o que eu tenha com Justin, isso não pode ser dispensado com uma única frase.

— Você não sabe de nada, OK? Quantas horas você o habitou? Catorze? Quinze? Você realmente conheceu tudo a respeito dele enquanto estava lá? Tudo a meu respeito?

— Você gosta dele porque ele é um garoto perdido. Acredite, já vi isso antes. Mas sabe o que acontece com as garotas que gostam dos garotos perdidos? Elas se perdem também. Não tem erro.

Não quero ouvir isso.

— Você não me conhece...

— Mas sei como funciona! — Sua voz é alta, segura. — Sei como ele é. Não liga para você tanto quanto você liga para ele. Não liga para você tanto quanto eu ligo.

Não consigo ouvir isso. Qual é o sentido de ouvir isso?!

— Pare! Apenas pare.

Mas ela não vai parar.

— O que acha que aconteceria se ele me encontrasse nesse corpo? Se nós três saíssemos? Quanta atenção acha que ele te daria? Porque ele não se importa com quem você é. Acho que é mil vezes mais atraente do que Ashley. Mas realmente acha que ele conseguiria se controlar se tivesse uma chance?

— Ele não é esse tipo de cara — digo. Porque não é.

— Tem certeza? Tem certeza mesmo?

— Muito bem — falo. — Vou ligar para ele.

Não sei por que estou fazendo isso, mas estou fazendo. Pego o celular. Ligo o aparelho. Digito seu número.

— Oi. — Ele atende.

— Oi! — Estou alegre demais. Diminuo um pouco o tom. — Não sei o que planejou para hoje, mas uma amiga está na cidade e eu adoraria que vocês dois se encontrassem. Quem sabe a gente podia jantar?

— Jantar? Que horas são?

— São duas da tarde ainda. Que tal às seis? No Clam Casino? Eu pago.

— Está bem. Parece bom.

— Ótimo! Nos vemos então!

Desligo antes que ele possa me perguntar quem é a minha amiga. Vou ter que pensar numa história.

— Satisfeito? — pergunto a A.

— Não faço ideia — retruca ela.

— Nem eu.

Porque agora que estou pensando nisso, me pergunto o que acabei de fazer.

— Quando vamos nos encontrar?

— Às 18h.

— Está bem — diz ela. — Nesse meio-tempo, quero te contar tudo, e quero que me conte tudo em troca.

Tudo.

Começo com meu nascimento. Meu pai estava longe por causa do trabalho, e minha mãe sozinha no hospital. Ela sabia que ia ser uma menina. Certa noite, depois de algumas cervejas, meu pai me contou a história de como ela escolheu meu nome durante o parto. Como se eu pudesse ouvi-la me chamando. Como se ele tivesse estado no quarto naquele momento e soubesse o que ela havia dito.

Nós nos mudamos várias vezes quando eu era bem pequena, mas não me lembro muito disso. Minha primeira lembrança, na verdade, é de Liza se escondendo comigo debaixo da cama dos nossos pais. Eu me lembro de dizer a ela para ficar em silêncio. E de ver os pés deles, ouvir as vozes procurando por nós. Não me lembro de ser encontrada.

Dou a A todos esses pequenos detalhes, que são como pecinhas de Lego, e não tenho a menor ideia do que eles constroem. Mas posso ver A juntando tudo, e por vontade própria.

Pergunto quando foi que ele soube, pela primeira vez, que era do jeito que é. A me conta que só até uns 4 ou 5 anos, apenas imaginava que era normal — pensava que todo mundo acordava todos os dias com novos pais, uma nova casa, um novo corpo. Porque, quando se é criança, as pessoas estão dispostas a reapresentar o mundo para você diariamente. Se você entende alguma coisa errado, irão corrigi-lo. Se há uma lacuna, irão preenchê-la para você. Não se espera que você saiba tanto assim da sua vida.

— Nunca foi um grande problema — diz A. — Não penso em mim como um garoto ou garota. Nunca pensei. Só penso em mim como garoto ou garota por um dia. Era como vestir uma roupa diferente. No final das contas, o que acabou me criando problema foi o conceito de "amanhã". Porque, depois de um tempo, comecei a perceber que as pessoas continuavam a falar sobre fazer coisas no dia seguinte. Juntas. E, se eu questionasse, me olhavam de um jeito estranho. Para todas as outras pessoas, parecia haver um amanhã em comum. Mas não para mim. E eu dizia: *Vocês não vão estar lá*, e elas respondiam: *Claro que vamos*. Então eu acordava, e elas não estavam lá. E meus novos pais não tinham ideia do motivo da minha chateação.

Tento imaginar como é passar por isso, mas, na verdade, não consigo. Não acho que um dia poderia me acostumar.

A continua:

— Só havia duas opções: ou algo estava errado com todas as outras pessoas ou algo estava errado comigo. Porque ou elas estavam se enganando ao pensar que havia um amanhã em comum, ou eu era a única pessoa a ir embora.

— Você já tentou ficar? — pergunto.

— Com certeza. Mas não me lembro disso agora. Me recordo de chorar e de protestar... já te contei sobre isso. Mas do restante? Não tenho certeza. Quero dizer, você se lembra de muita coisa de quando tinha 5 anos?

Entendo seu ponto de vista.

— Não muito. Eu me lembro da minha mãe levando a mim e à minha irmã à loja de calçados para comprar sapatos novos antes de começar o jardim de infância. De aprender que a luz verde significava "siga", e que a vermelha queria dizer "pare". Eu me lembro de pintar com essas cores, e de a professora ficar meio confusa na hora de explicar a luz amarela. Acho que ela nos disse para agir como se fosse a vermelha.

— Aprendi a escrever rapidamente. Lembro que as professoras ficaram surpresas com o fato de eu saber as letras. E creio que também ficaram surpresas no dia seguinte, quando eu esqueci.

— É provável que uma criança de 5 anos não percebesse que passou um dia ausente.

— Provavelmente. Não sei.

Não consigo deixar de pensar nas pessoas cujo corpo A pega por um dia. Eu me pergunto o que elas sentem no dia seguinte. Penso em Nathan me encarando sem expressão. Mas, sobretudo, penso em Justin.

— Fico perguntando a Justin sobre isso, sabe — digo. — Sobre o dia em que você foi ele. E é incrível como as falsas lembranças são claras. Ele não discorda quando digo que fomos à praia, mas também não se lembra disso de verdade.

— James, o gêmeo, ficou assim também. Não percebeu nada de errado. Mas quando perguntei sobre ter encontrado você para tomar um café, ele não se lembrava de nada. Lembrava de ter ido à Starbucks. Sua mente tinha ciência do tempo. Mas não foi isso que realmente aconteceu.

— Talvez eles se recordem do que você quer que lembrem.

— Já pensei nisso. Queria saber com certeza.

Caminhamos em silêncio por um minuto, então paramos diante de uma árvore com uma escada de corda. Não posso deixar de tocar num de seus nós. A toca o outro lado e passa a mão ao redor da minha. Mas continuo me movendo. Em círculos.

— E quanto ao amor? — pergunto. — Você já se apaixonou?

É o meu jeito de perguntar: será que é possível? Será que alguma dessas coisas é possível?

— Não sei se você chamaria isso de amor — diz A. — Já gostei, com certeza. E houve dias nos quais realmente lamentei por ir embora. Tentei encontrar uma ou duas pessoas, mas não funcionou. O mais perto que cheguei foi desse cara, Brennan.

A para. Olha novamente para a árvore, para os nós.

— Me conte sobre ele — peço.

— Faz um ano. Eu estava trabalhando num cinema, e ele, visitando os primos na cidade. Quando foi pegar a pipoca, nós flertamos um pouco e acabou se formando essa... faísca. Era um cinema pequeno, com uma única sala, e enquanto o filme rolava, o trabalho ficava bem devagar. Acho que ele perdeu a segunda parte do filme porque voltou e começou a conversar mais comigo. Acabei tendo que contar o filme para ele poder fingir que estivera lá dentro na maior parte do tempo. No fim, ele pediu meu e-mail, e eu inventei um.

— Como fez comigo — comento. Então Nathan tinha um pouco mais de noção do que estava fazendo do que eu pensava.

— Exatamente como fiz com você. Na mesma noite ele mandou uma mensagem, e no dia seguinte voltou para o Maine, o que foi ideal porque então o restante do nosso relacionamento poderia ser via internet. Eu estava usando um crachá, por isso tive que dizer a ele meu primeiro nome, mas inventei o sobrenome e criei um login usando algumas fotos do perfil do garoto de verdade. Acho que o nome era Ian.

Fico surpresa com isso, que A fosse um garoto apaixonado por outro garoto. Talvez porque seja a voz de uma garota me contando a história. Ou talvez porque eu imagine *garota* quando ouço *namorado*. Sei que isso não é correto, mas é até onde meus pensamentos alcançam.

Após expressar a minha surpresa, ela me pergunta se isso importa. Digo que não. E, enquanto me conta o restante da história (que tentou manter as coisas via internet, mas que ele queria que se encontrassem, e que ela sabia que nunca poderiam, por isso, terminou), tento me convencer de que isso realmente *não* importa. E acho que não importa para ela (ele). Mas importa para mim. Ao menos, um pouquinho.

Enquanto Ashley conclui a história de Brennan, A me diz:

— Depois disso, me prometi que não iria mais me meter em confusões virtuais, por mais fáceis que parecessem. Qual é o sentido de uma coisa virtual se não termina sendo real? Eu nunca ia poder oferecer algo real a alguém. Só poderia oferecer uma ilusão.

— Como fingir ser o namorado de uma pessoa? — Não consigo deixar de dizer.

— Sim. Mas precisa entender que você foi a exceção à regra. E eu não queria que se baseasse em mentiras. Por isso você foi a primeira pessoa a quem já contei.

Sei que isso deveria ser o maior dos elogios, mas quero saber o que fiz para merecê-lo. Quero saber como A sabe que sou a pessoa certa para contar. Quero saber o que isso significa.

Digo a ela:

— O engraçado é que você fala como se fosse algo raro ter feito isso só uma vez. Mas aposto que um monte de gente passa a vida inteira sem dizer a verdade. E essas pessoas acordam no mesmo corpo e na mesma vida todas as manhãs.

Agora ela está curiosa.

— Por quê? O que você não está me contando?

Eu te conheço há menos de duas semanas, acho. Queria poder baixar a guarda completamente em tão pouco tempo. Mas, mesmo se A pensa que mereci o gesto, não estou nem perto de acreditar que ela mereceu. Não por causa de quem ou do que ela é. Mas porque é muito cedo.

Entendo que sua vida tem um conjunto de regras. Mas a minha vida também tem regras.

Eu a olho diretamente nos olhos. Não estou zangada e quero ter certeza de que ela sabe que não estou zangada. Mas *estou* séria.

— Se não estou te contando algo, é por alguma razão. Só porque você confia em mim, não quer dizer que tenho que confiar em você automaticamente. Não funciona assim.

— É justo — diz ela. Mas dá para ver que ela também está um pouquinho decepcionada.

— Sei que é. Mas já chega disso. Fale sobre... não sei... o terceiro ano.

Não faz sentido falarmos mais sobre nós. Precisamos conversar sobre nós individualmente por um pouco mais.

Não de maneira inteiramente individual, é claro. Nós duas já tivemos medo de algum professor. Ficamos perdidas em parques de diversão. Tivemos brigas injustas, de puxar o cabelo com os irmãos. Crescemos vendo os mesmos programas de tevê, porque temos a mesma idade. Mas, embora nós duas sonhássemos em acordar no corpo da Hannah Montana e na vida da Hannah Montana, A realmente acreditava que o sonho poderia se tornar realidade.

Pergunto sobre todas essas vidas, todos esses dias, e do que A consegue se lembrar. O resultado é como uma série de fotos polaroides: uma exibição de slides com fragmentos e pedaços e rostos em constante mudança. Todas as primeiras coisas: a primeira neve, o primeiro filme da Pixar, o primeiro bichinho de estimação malvado, o primeiro *bullying* sofrido. E outras coisas que eu não teria nem percebido que eram coisas; o tamanho dos quartos, as estranhas dietas que os pais impõem aos filhos, a necessidade de cantar na igreja mesmo sem saber as músicas ou as palavras. Descobrir alergias, doenças, problemas de aprendizado, gagueiras. E viver o dia com essas coisas. Sempre viver outro dia.

Tento acompanhar. E oferecer algumas das minhas primeiras experiências, algumas das minhas surpresas. Mas elas não parecem nem novidades nem surpreendentes.

Conversamos sobre família. Ela me pergunta se odeio a minha mãe.

— Não — digo a ela. — Não é isso. Amo a minha mãe, mas também quero que ela melhore. Quero que pare de desistir.

— Não consigo nem imaginar como é isso. Voltar para casa para os mesmos pais todos os dias.

— Não tem ninguém que consiga deixar você com mais raiva, mas também é impossível amar mais alguém. Sei que não faz sentido, mas é a verdade. Ela me decepciona todos os dias em que fica lá sentada. Mas sei que ela faria qualquer coisa por mim se fosse preciso.

É estranho dizer isso em voz alta. Não é algo que eu diria à minha mãe, ou sequer pensaria em sua presença. Mas talvez eu devesse. Não sei.

Embora eu tenha medo da resposta, pergunto a A se ela sempre esteve por aqui ou se pula para corpos em locais muito distantes. Em outras palavras, quero saber se um dia ela vai estar longe demais para eu vê-la, se poderia acordar do outro lado do mundo.

— Não é assim que funciona — explica ela. — Sinceramente não sei por que funciona do jeito que funciona, mas sei que nunca acordo muito longe de onde eu estava no dia anterior. É como se houvesse um sistema, mas eu não saberia te dizer qual. Uma vez tentei mapear as distâncias entre os corpos. Tentei ver se fazia sentido matematicamente. Mas era uma bobagem matemática. A mudança se dá ao acaso, mas de forma limitada.

— Então você não vai embora? — pergunto.

— Não ao acordar. Mas, se o corpo no qual estou for a alguma parte, eu vou junto e esse local se torna meu novo ponto de partida. Foi assim que vim para cá, para Maryland. Essa garota na qual acordei um dia tinha uma excursão para Washington, mas como seu grupo estava meio sem grana, ficaram nos arredores da cidade. Na manhã seguinte, não acordei de volta em Minnesota. Ainda estava em Bethesda.

— Bem, não faça nenhuma excursão nos próximos dias, está bem? — falo em tom de brincadeira, mas é sério.

— Nada de excursões — concorda ela, e então me pergunta sobre minhas viagens. Eu digo que, na verdade, não fui a lugar algum desde que viemos para Maryland. Mesmo Washington é uma viagem longa. Meus pais gostam de ficar num lugar só.

Ela me pergunta aonde quero ir. Respondo que a Paris. É uma resposta ridícula porque sinto que seria a resposta de qualquer garota.

— Eu também sempre quis ir a Paris — diz A. — E a Londres.

— E à Grécia!

— E a Amsterdã.

— Sim, Amsterdã.

Damos voltas seguidas no bosque, planejando viajar pelo mundo. Passo de árvore em árvore, e todos os anos que vivemos parecem estar lá para serem alcançados. Voltamos até o carro e pegamos mais batatas fritas e azeitonas. Então caminhamos um pouco mais, conversamos um pouco mais. Não consigo acreditar na quantidade de histórias, mas elas continuam surgindo porque nossas histórias estão conversando entre si; um relato meu leva a um relato de A, e então uma das histórias de A leva para uma das minhas histórias.

Nunca falo desse jeito, penso. E então percebo que isso é muito próximo do que A estava dizendo antes. *Você é a primeira pessoa a quem já contei.*

Sim, A é a primeira pessoa a quem já contei a maior parte dessas histórias. Porque A é a primeira pessoa que escutou e ouviu, e que quis saber.

Isso pode não ser justo com Justin. Porque quantas vezes realmente tentei contar essas coisas a ele?

Só na praia. Só naquele dia.

Pensar em Justin me faz pensar nos planos idiotas que fizemos para o jantar. Olho para o celular e descubro que as horas passaram. São cinco e quinze.

Não dá nem tempo de cancelar.

— Melhor irmos andando — digo a A. — Justin está esperando por nós.

Nenhuma de nós quer mais fazer isso. Queremos ficar aqui, preservar o momento.

Sinto que cometi um erro.

Sinto que o que estamos prestes a fazer é um grande erro.

Capítulo Treze

Ela tenta conversar comigo durante o trajeto de carro, e eu tento conversar com ela, mas acho que nós duas estamos perdidas, pensando no que estamos prestes a fazer. É horrível enganar Justin dessa forma. E mais horrível ainda que eu esteja morrendo de curiosidade para saber o que ele vai fazer.

Já me acostumei à aparência da Ashley, por isso, me surpreende ver a reação quando chegamos ao Clam Casino. O recepcionista é Chrissy B, um cara que estudou comigo. Ele se formou ano passado, querendo fazer teatro musical. O mais perto que ele chegou até agora é quando alguém pede o prato especial Feliz SiriVersário, e ele e os outros membros do grupo têm que cantar um parabéns pra você envolvendo vários frutos do mar enquanto alguém sopra uma vela dentro de uma concha vazia. O lugar é bem assustador, mas a comida é boa.

Chrissy B dá uma olhada em Ashley, e é como se ele estivesse projetando sobre ela todas as suas entradas num palco. Eu nunca o vi ficar atento tão rápido nem oferecer os menus com tanto constrangimento. É como se eu nem estivesse presente até eu dizer "olá" e perguntar se Justin já chegou. Chrissy B parece irritado por ter que me responder. Mas ele me diz que não, e respondo que vamos esperar. Justin não gosta quando me sento antes de ele chegar. Acho que é porque isso nos compromete a ficar, e, algumas vezes, ele muda de ideia.

Enquanto nós duas o guardamos, dá para notar que as outras pessoas estão olhando para Ashley. Se A percebe, mantém a tranquilidade. Eu não gosto. Alguns dos caras olham tão abertamente, com tanto desejo... Que direito eles têm de fazer isso? Algumas das mulheres olham com admiração, e outras, com desdém. Independentemente do que estejam sentindo, todas têm uma reação à presença de Ashley. Se eu fosse ela, me sentiria como um inseto preso num pote de vidro.

Justin chega cerca de dez minutos depois, com apenas cinco minutos de atraso.

Ele me vê primeiro e começa a caminhar na minha direção. Então vê Ashley e para durante um segundo. Não assuma uma postura predadora imediatamente, como fizeram os outros caras. Justin parece nocauteado. Completamente nocauteado.

— Olá — digo. É estranho porque normalmente eu daria um beijo para cumprimentá-lo, mas não quero fazer isso na frente de A. — Ashley — digo —, este é Justin. Justin, Ashley.

Ashley estica a mão para cumprimentá-lo. Não é um gesto dela, e eu quase dou gargalhada por causa do nervosismo. Justin aperta sua mão e, ao fazer isso, olha para seu corpo inteiro.

— Vou arrumar uma mesa para vocês! — diz Chrissy B, animado, como se finalmente tivesse chegado seu momento de subir ao palco nesta produção amadora.

Conforme andamos, mais pessoas olham. Se elas estão pensando que há um casal entre nós, pensam em Ashley e Justin. Estou segurando vela.

Não sei o que dizer nem o que fazer. Não tenho ideia de como explicar Ashley para Justin. E agora que estamos aqui, não quero que eles fiquem amigos. Não quero que ele fique afim dela. Não quero que olhe para ela de um jeito que nunca olhou para mim. Não quero ser humilhada assim.

— Então — diz Justin assim que Chrissy B abriu os menus e nos deixou a sós para escolhermos. — Como vocês duas se conheceram?

Não consigo pensar em nada além da verdade, que não é nem de longe uma coisa boa.

Mas A não hesita.

— Ah, é uma história engraçada! — diz ela, e é como se, pela voz, ela já acreditasse que é uma história engraçada e tivesse certeza de que vamos concordar com ela em uns dez segundos. — As nossas mães foram as melhores amigas na escola. Eu e minha família nos mudamos quando eu tinha 8 anos. Mamãe não suportava o frio, por isso, fomos pra Los Angeles. Meu pai arrumou um emprego num estúdio de cinema, e minha mãe era bibliotecária na biblioteca do centro da cidade. Não pensei que fosse entrar no clima de LA, mas entrei, e muito. Quando eu tinha 10 anos, falei para a minha mãe que queria fazer comerciais; não que eu quisesse ser *atriz*, mas queria fazer *comerciais*! E desde então fiz algumas coisinhas e fiz testes para um monte de programas de tevê. Não consegui nada ainda, mas já cheguei perto. E, de vez em quando, mamãe e eu voltamos pra cá, pra ver alguns parentes e os velhos amigos. Rhiannon e eu nos encontramos de tempos em tempos... mas já faz alguns anos, não é? Uns 3 ou 4?

— Sim — respondo, percebendo que eu deveria dizer alguma coisa neste momento. — Acho que uns 3.

A está realmente encarnando o personagem. E também está realmente gostando de Justin. Dá para ver sua perna roçando na dele. Justin não se aproxima, mas não se afasta.

Isso não está acontecendo, digo a mim mesma.

Eu sabia que não poderia competir com Ashley. Então o que fiz? Me coloquei numa competição.

Não posso culpar ninguém além de mim.

— Então você apareceu em algum programa que eu possa ter visto? — pergunta Justin.

Ela começa a contar para ele como é ser um cadáver num seriado de investigação médica e estar numa cena de festa num *reality show*. E coisa mais idiota é que estou acreditando. Na verdade, fico imaginando Ashley no necrotério, ou brincando com uma subcelebridade por causa de um barril de chope.

— Mas Los Angeles é um lugar tão falso — confessa Ashley depois de listar seu currículo. — É por isso que fico feliz de ter amigas reais como Rhiannon.

Ela me dá um breve aperto na mão. Acho que é tranquilizante.

O jantar chega, e Ashley começa a falar sobre homens, incluindo a vez em que "teve um momento" com Jake Gyllenhall em algum *château*. Enquanto fala sobre o encontro, continua tocando a mão de Justin. Não acho isso tranquilizante.

Felizmente, Justin retira a mão para voltar para o sanduíche de lagosta. Pergunto a Ashley como estão seus pais. Ela responde de maneira impecável. Justin não está tão interessado nos pais, o que é bom.

Mas então, quando a comida acaba, as mãos de Justin ficam livres e Ashley vem com força total. Na defensiva, estico a minha mão para a dele. Ela parece o sanduíche de lagosta. Ele não me afasta, mas é evidente que não entende por que estou segurando a mão dele também. Tento encostar a minha perna na dele, mas estou no ângulo errado. Parece que estou tentando tirar um guardanapo que caiu embaixo da mesa.

— Como está tudo? — Chrissy B se aproxima e pergunta, com os olhos cheios de Ashley.

— Maaaaaravilhoso! — ronrona ela.

Quem é você?, penso.

Chrissy B se afasta saltitando, contente.

Quero pedir a conta. Não quero mais refeições regadas a isso. Justin não está olhando para mim. Ele não me vê. Nem recebe o pedido de socorro que estou mandando.

Preciso me acalmar. Começar a agir feito uma garota carente ou sensível só vai tornar Ashley mais atraente.

— Vou ao banheiro — anuncio. Toco Justin no braço. Ele me dá uma olhada, tipo: *Você não tem que pedir permissão para ir ao banheiro, Rhiannon.*

Eu não tenho que fazer xixi. Tenho que me olhar no espelho e me perguntar o que realmente quero. Tenho que jogar água no rosto e me acordar... mas tenho medo de que alguém entre e me veja fazendo isso; por isso, decido ficar me encarando no espelho. Vejo uma garota que não é feia, mas que nunca, jamais será Ashley. Vejo a garota com quem Justin se acostumou. Vejo uma garota profundamente sem graça e que desafiou o namorado a encontrar alguém melhor.

Sou tão idiota. Tão, tão idiota.

E sou particularmente idiota por deixá-los sozinhos.

Lavo as mãos, embora não tenha tocado em nada. Então me forço a voltar para a mesa. Dá para ver que a conversa ficou realmente intensa. Alguma coisa está acontecendo.

Eu interrompo. Nem espero até eu ter sentado de novo. Fico ali parada e digo a A:

— Não quero mais isso. Pare.

— Não estou fazendo nada! — grita Justin. Mas ele parece culpado. — Sua amiga aqui está meio fora de controle.

— Não quero mais isso — repito; desta vez para os dois.

— Está tudo bem — diz Ashley. — Sinto muito.

— E deveria sentir mesmo! — diz Justin a ela. — Meu Deus, não sei como são as coisas na Califórnia, mas aqui não se faz isso.

Ele está de pé agora. Quero perguntar o que aconteceu. Não quero saber o que aconteceu.

— Estou indo — avisa. Então, do nada, ele me beija. Quero acreditar que é para mim, mas é para ela. Sei que é para ela.

Não quero.

— Obrigado, baby — diz ele. — Vejo você amanhã.

É isso. Ele não vai dar meia-volta. Fico olhando mesmo depois de Justin já ter ido embora.

Eu causei isso. Foi tudo por minha causa. Preparar a armadilha e depois ficar presa nela.

Olho para Ashley ao me sentar novamente. É como se ela tivesse testemunhado um acidente de carro. Ou talvez ela dirigisse o carro.

— Desculpe — diz ela mais uma vez.

—· Não — retruco. — Foi minha culpa. Eu devia saber. Eu te disse, você não entende. Não tem como nos entender.

A garçonete volta e pergunta se queremos a sobremesa. Falo que não, apenas a conta. Ela já trouxe.

— Eu pago — diz A.

— Esse dinheiro não é seu. Eu pago — argumento.

Mando uma mensagem de texto para Justin pedindo desculpas. Digo que vou ligar para ele assim que chegar em casa. É horrível, mas eu queria que Ashley tivesse vindo de carro. Queria poder encerrar a noite aqui. Fico grata pelo fato de que A acordará em outro corpo amanhã. Agradeço porque nunca mais precisarei ver Ashley.

A única maneira de me concentrar em A e em tudo o que aconteceu antes de chegarmos ao restaurante é separando-o de Ashley. Mas ainda assim... nós causamos algum dano. A não me magoou... mas permitiu que eu me magoasse. O que é praticamente a mesma coisa.

Quando voltamos para meu carro, ela me pede desculpas de novo. E entendo por que Justin fica de saco cheio quando peço desculpas demais.

Depois de algum tempo, ela desiste. Percebe que preciso que ela fique em silêncio.

Finalmente, chegamos à casa dela.

— Me diverti muito — diz ela. — Até...

— Aham — falo. — Até...

— Ele vai ficar bem. Com certeza ele ficou só achando que sou uma garota maluca da Califórnia. Não se preocupe com isso.

Em vão. A está dizendo isso totalmente em vão.

— A gente se fala. — Ela me diz.

Eu me pergunto o que estaria acontecendo agora se tivéssemos vindo direto do bosque. Se eu a beijaria mesmo sendo Ashley. Se nos sentiríamos invencíveis.

— A gente se fala — repito, embora eu não tenha ideia do que vamos ter que dizer.

Não posso me preocupar com A neste momento.

Tenho que recuperar Justin.

Capítulo Catorze

Não espero até chegar em casa. Saio da casa de Ashley, dobro umas esquinas e então paro no acostamento e telefono para ele.

Ele não me mandou uma mensagem de texto em resposta, e tenho medo de que não vá me atender. Mas ele atende.

— E aí? — diz ele. Dá para ouvir a tevê alta ao fundo.

— Sinto muito mesmo pelo que aconteceu — falo.

— Não foi culpa sua. Não faço ideia de onde catou aquela vadia negra, mas, vou te dizer, ela *não* é sua amiga. Não mesmo.

— Eu sei. Foi uma idiotice convidar você. Eu devia ter lidado com ela sozinha.

— Ela estava fora de controle. Completamente fora de controle.

— Acho que uma aparência daquelas pode fazer isso com a pessoa.

— Isso não é desculpa. Sério. Que *vadia*.

Não foi ela de verdade, fico com vontade de dizer. *Você não conheceu Ashley nem de longe.*

— Vejo você de manhã — avisa ele, o que é sua maneira de dizer que não vai mais falar sobre isso.

— Vejo você de manhã — retruco. — E desculpa mais uma vez.

— Para com isso. Está tudo bem.

Não. Não está.

* * *

Eu me pergunto se talvez a vida de Ashley não tenha sido a única sequestrada. Talvez a minha vida também tenha sido. Talvez eu tenha que me concentrar nas coisas reais, não nas coisas fantasiosas. Mesmo que A seja real, A nunca vai ser constante. Justin é a minha constante.

Tenho medo de que Justin fique com raiva de mim pelo que aconteceu, mas, na real, ele está com raiva de Ashley. Pouco antes de começar a chamada, encontramos nossos amigos no corredor, e Justin parece ansioso para contar a todos o que aconteceu.

— Rhiannon tem essa amiga da Califórnia que é uma tremenda vadia e que deu *totalmente* em cima de mim na noite passada. Bem na frente dela! Foi uma loucura. Ela era muito gata e não conseguia manter as mãos longe de mim. No fim fiquei tipo: "Cara, o que você pensa que está fazendo?", e Rhiannon veio bem na hora e falou pra ela levantar a bunda e dar o fora. Juro pra você, a coisa ficou fora de controle.

— Cara! — esclama Steve.

— Pois é. Exatamente.

Sei que é assim que os garotos falam. Sei que a moral da história é que ele me escolheu. Mas, mesmo assim, parece que ele está se gabando. É como se a moral da história fosse que a garota vadia e gostosa quisesse transar com ele.

Não vou dizer nada. Simplesmente vou deixar essa história morrer. Mas Rebecca entra na conversa e não deixa o assunto morrer.

— O que exatamente a torna uma vadia? — pergunta ela. — E se ela simplesmente estivesse flertando?

— Ah, dá um tempo, Rebecca — cospe Justin. — Você não estava lá. Você não viu a vadia negra em ação... foi impagável.

— Agora ela é a "vadia negra"? É sério, Justin? Embora eu não queira que ela olhe para mim de modo algum, ela se vira na minha direção. — Dá para você contar para o restante de nós o que realmente aconteceu?

— Ele tem razão — concordo. — Ela estava descontrolada.

Agora Rebecca não está zangada apenas com Justin; está decepcionada comigo.

— Que fofo, Rhiannon. Fofo mesmo.

Justin tenta calar Rebecca com um olhar.

— Rebecca, você não estava lá. E eu posso chamar alguém de vadia negra se ela for negra e agir feito uma vadia. São fatos.

— Não fala merda! Ela ser negra não tem nada a ver com sua história, seu babaca. E aposto que, se ela contar a própria versão da história, ela também não vai ser uma vadia.

— Então não tem problema você, do nada, me chamar de babaca?

— Um: faz anos que te chamo de babaca. E dois: note, por favor, que não estou chamando você de babaca branco porque, embora eu tenha certeza de que o fato de ser branco aumente sua arrogância, estou disposta a ignorar isso para nos concentrarmos no fato de que você é um babaca *universal* neste momento.

— Muito bem — interrompo. — Já deixou claro seu argumento. Já chega.

— Pois é, cara — diz Justin a Ben. — Desligue a sua namorada, está bem?

Sei que ele está falando isso para deixar Rebecca com mais raiva ainda.

— Ela tem razão — acrescenta Ben. — Você está sendo um babaca.

Me sinto mal porque agora Justin está se sentindo atacado, e, embora a escolha de palavras seja errada, a história que ele contou não é uma mentira. Ashley deu *mesmo* em cima dele. E, embora estivesse fazendo isso com a minha permissão, Justin não sabe. Ele acha que uma das minhas amigas tentou roubá-lo de mim — e que isso *é* ser uma vadia. Uma vadia universal.

— Se não mudarem de assunto agora, vou soltar o maior peido que esta escola já ouviu — diz Steve para nós. — Vocês foram avisados.

Rebecca recua e tenta dar a impressão de que deixou o assunto de lado. Pelo jeito como ela me encara, contudo, sei que o está guardando para depois.

Na aula de artes, ela parte para cima de mim.

— Por que você deixa que ele fale daquele jeito? Como você pode simplesmente ficar aí sentada e deixar que ele despeje um monte de merda em todo mundo?

— Rebecca, você tem que entender...

— Não. Não o defenda. Não conheço sua amiga da Califórnia, mas talvez *fosse ela* quem você devesse defender. Porque se pensa que ela é uma vadia negra, uma sacana, então você não é uma amiga tão boa assim.

Espere aí. O quê? Sobre o que estamos discutindo?

— Rebecca, por que você está com raiva? Não estou entendendo por que essa raiva toda.

— Estou com raiva porque a minha melhor amiga namora um babaca. E não importam quantas mil vezes eu diga isso, ela continua me olhando como se eu estivesse dizendo que o mundo é redondo e ela ficasse tipo: *Não. Não. Não.... É plano.*

— Não foi culpa dele — insisto. — Ela estava tentando fazer com que ele caísse numa armadilha. Justin tem razão de ficar com raiva.

— Deve ter sido muito difícil para ele ser cantado por uma garota gostosa. Não sei como conseguiu suportar. Pobrezinho.

— Não foi bem assim. — Não há como explicar.

— Bem, na versão dele, foi. Essa versão racista e sexista que ele nos contou no corredor, sabe?! Ou talvez você nem perceba mais essas partes.

— Percebo, mas.... esse não é ele. Ele só fica assim quando está com raiva.

— Ah, como se não tivesse importância ficar com raiva dele? Eu queria que houvesse uma competição olímpica na qual você pudesse demonstrar todos os contorcionismos que faz para justificar seu relacionamento com ele.

Odeio quando ela usa a inteligência para *contorcer* coisas a meu respeito e fazer eu me sentir tão burra.

— Por que se incomoda tanto comigo e com Justin? — desafio.

— *Por quê?* Ele não me bate nem me maltrata. E também não me trai. Por que não consegue simplesmente aceitar que vejo coisas nele que talvez você não veja? E que talvez você não veja porque o inferniza o tempo todo?

— Agora sou eu que infernizo? Legal. Então você, minha amiga, é a garota assustadora. *Ele não me bate nem me maltrata. E não me trai.* Dá para você se ouvir? Se esses são seus padrões: *Ei, ele não me deu um soco, então deve estar tudo bem!*, isso me assusta! E me faz pensar que, em algum momento, você usou essas justificativas. *Ah, está muito ruim agora, e ele tem sido um horror... mas, pelo menos, não está me batendo.* Tenha um pouco de respeito por você mesma, está bem?

Estamos no meio da aula de artes. Supostamente deveríamos desenhar a tartaruga adormecida que o Sr. K trouxe. Outras pessoas provavelmente conseguem nos ouvir.

— Será que dá pra gente não ter essa conversa aqui? — pergunto. Quando sai da minha boca, é como se eu estivesse implorando.

Rebecca suspira.

— Não sei por que me incomodo. — Em seguida, ela balança a cabeça, corrigindo-se. — Não. Sei sim. Porque é minha amiga, Rhiannon. E porque acaba comigo ver você se violando para ficar com ele. Sei que não está me dando ouvidos agora, mas um dia essas palavras podem ser úteis. Talvez ajudem. E é isso que estou falando em voz alta. Para que se lembre delas em algum momento e saiba que estarei aqui quando precisar.

Está mais do que dito. Realmente gravado na memória. Quero avisar a Rebecca que já tenho um orientador pedagógico e que realmente não preciso de outro. Quero dizer que dá para ver que ela gosta de me ver sofrer, porque, se sou a paciente, então, então ela deve ser a enfermeira, a médica, o anjo da guarda. Parte de mim aprecia isso, mas a maior parte fica ressentida.

Ela volta para seu desenho, e eu, volto para o meu. A tartaruga acorda e tenta fugir. O Sr. K pega o animal sempre que ele tenta escapar. Na primeira vez que isso acontece, a turma ri. Na quarta vez, é apenas inconveniente.

De tarde, depois da escola, Justin não menciona Ashley nem Rebecca. Voltamos para a casa dele e jogamos videogame. Perco na rodada inicial e tenho que ficar olhando até ele se cansar. Então ele move as mãos para mim e começamos a nos agarrar, e, sem precisarmos tocar no assunto, sei que hoje vamos até o fim. Tento entrar no clima, mas não paro de me perguntar se ele gostaria que eu tivesse um corpo diferente — que tivesse o corpo de Ashley. Depois, conforme vamos ficando mais sem roupa e mais intensos, penso como seria se eu estivesse no corpo dele e fizesse sexo com a Ashley? Será que ia gostar? Será que quero isso? Não me sinto assim, e então começo a pensar o oposto; e se fosse A no corpo do Justin agora? E se fosse A dentro de mim, A coberto de suor, A me beijando? Sei que seria diferente. Sei que ele me olharia mais. Me sentiria mais. Estaria mais presente. Me sinto muito mal por pensar essas coisas. Por imaginar A aqui, A comigo. Estou traindo Justin em pensamento, mesmo que ainda seja com o corpo dele.

Justin termina antes que eu consiga qualquer coisa. Justin me pergunta se quero que ele continue comigo, mas digo que não, que estou bem. Estou bem. Estou ótima.

Capítulo Quinze

Checo minha caixa de entrada antes de dormir. Nenhum e-mail de Justin. Nenhuma notícia de Rebecca. Um e-mail de A.

> Preciso ver você de novo.
>
> A

Eu me pergunto qual corpo A ocupa agora. Eu me pergunto se teria vontade de transar com este corpo. Me pergunto se estou errada por pensar nisso. E me pergunto que diabos estou fazendo.

Eu não respondo. Quero ver A... Claro que quero.

Mas ainda não vejo propósito nisso.

Justin está de péssimo humor quando dou carona para ele de manhã. Outro sermão de longa distância do pai. Outro teste para o qual ele não se preparou. Outro dia em que ele não quer estar aqui.

Tento me plantar firmemente a seu lado. Reclamo sobre meu teste de história hoje. Digo que ficar com ele ontem foi muito mais divertido do que estudar, mas não conto que estudei quando voltei para casa.

— Odeio este lugar. — É o que ele me diz. Preciso lembrar a mim mesma que não sou uma parte do lugar. Ele não está falando de mim.

É difícil ajudar quando não se tem ideia em que está ajudando. É difícil ficar ao lado de alguém que não revela o que se passa.

Digo ao Justin que quero vê-lo na hora do almoço. Ele não reage. E por que deveria? Estou apenas constatando o óbvio. Nós sempre sabemos como vai ser nosso dia.

Vou para as minhas aulas. Converso com as pessoas com quem sempre converso. Mal presto atenção na minha própria vida.

Sigo para a aula de espanhol e ouço as pessoas conversando sobre as glórias de Madri. Chego à aula de artes e mal consigo erguer um pincel.

Então sigo até a aula de matemática e alguma coisa dentro de mim desperta. Fica em alerta. Em vez de entrar na sala, olho para trás no corredor e vejo alguém olhando para mim. No mesmo instante sei que A voltou. A está aqui.

Está nos olhos. Este garoto, com seu cabelo bagunçado, camisa polo e calça jeans, poderia ser qualquer garoto. Mas aqueles olhos, o jeito de olhar para mim, só poderia ser A.

Eu me afasto da sala de aula, me afasto do dia que supostamente teria. Todo mundo à minha volta corre para entrar em sala quando o segundo sinal toca. Mas ele não. Nem eu. Nós não.

Nós. Eu não deveria estar pensando em nós como *nós*. Mas parece um *nós*. Aqui no corredor, antes de dizermos uma palavra, nós somos um *nós*.

Não sei se quero que seja verdade, mas o que quero não parece ter importância. Existe para além de mim.

As aulas começam, e estamos sozinhos. Mapeio mentalmente onde Justin está neste momento, e sei que não é nem um pouco perto.

Estamos seguros. Do que, eu não sei.

— Olá — digo.

— Olá — responde ele.

— Achei que você pudesse aparecer.

— Está com raiva?

— Não, não estou com raiva — respondo. — Mas Deus sabe que você não faz bem para a minha lista de presença nas aulas.

Ele sorri.

— Não sou bom para a lista de presença de ninguém.

— Qual é o seu nome hoje? — pergunto.

— A. Para você é sempre A.

— Está bem — respondo.

E funciona. Por não saber o nome do garoto, posso pensar nele como A.

Não dá nem para pensar em fugir da escola. Tenho o teste de história, e as coisas com Justin estão tensas o suficiente sem que eu desapareça e tenha que mentir sobre isso. Posso perder a aula de matemática, mas só ela.

É tão estranho percorrer os corredores com ele. Fico tensa com a ideia de esbarrarmos em alguém por acaso. Se isso acontecer, acho que terei que fingir que é um aluno novo. Que estou mostrando a escola para ele.

— Justin está em aula? — pergunta A quando entramos na ala das turmas de inglês.

— Se ele resolveu comparecer, sim.

Não quero ficar pelos corredores. Levo A até uma das salas de inglês, e nos sentamos ao fundo para que ninguém consiga nos ver da porta.

É estranho sentar nas carteiras. É difícil ficarmos frente a frente. Mas nos viramos e damos um jeito.

— Como sabia que era eu? — pergunta ele.

— Pelo modo como olhou para mim. Não teria como ser outra pessoa.

Toque. Não tinha percebido que minha mão esperava por esse toque até A pegá-la e apertá-la. As mãos são tão diferentes das de Ashley e Nathan. Diferentes até das de Justin, embora este cara seja mais ou menos do tamanho dele. Nossas mãos se encaixam de modo diferente.

— Desculpe pela outra noite — pede ele.

Não quero fazer isso de novo. Mas digo:

— Parte da culpa é minha. Não devia ter telefonado para ele.

— O que ele disse? Depois?

Sincera. Sinto que tenho que ser sincera.

— Ficou te chamando de "aquela vadia negra".

Vejo A fazer uma careta.

— Encantador.

Mais uma vez sinto a necessidade de defender Justin.

— Acho que ele percebeu que era uma armadilha. Não sei. Ele simplesmente sabia que algo estava errado.

— E provavelmente foi por isso que passou no teste.

Ele não vai desistir. A insistência em querer provar que Justin é um cara mau... me lembra o próprio Justin.

Puxo minha mão.

— Isso não é justo.

— Desculpe.

Desculpe. Ele se desculpa. Eu me desculpo. Todos nos desculpamos.

Ele me pergunta:

— O que quer fazer?

De novo esse olhar. Esses olhos. Não são de desculpa. São de desejo.

Não desvio o olhar. Tento me ater aos fatos, não às sensações.

— O que quer que eu faça? — pergunto.

— Quero que faça o que achar que é melhor para você.

Perfeito demais, ensaiado demais, muito desconectado daquele olhar de desejo.

— Resposta errada — digo.

— Por quê?

Ele não entende.

— Porque é mentira.

Ele pisca.

— Vamos voltar à minha pergunta original. O que quer fazer?

Como posso dizer a ele que o que *quero* não é a questão? Nunca é a questão. Quero um milhão de dólares. Quero nunca mais voltar para a escola e arrumar um bom emprego mesmo assim. Quero ser mais bonita. Quero estar no Havaí. Querer não custa nada, a menos que se tente realizar. *O que quer* fazer? não é o que ele deveria estar perguntando. Ele deveria perguntar o que é que eu *posso* fazer.

Como posso fazê-lo enxergar isso? E digo:

— Não quero jogar tudo fora por uma coisa incerta.

— O que é incerto em relação a mim?

Nah. Ele tem que estar brincando.

— Sério? — indago. — Preciso explicar?

Ele faz um gesto com a mão como se dispensasse a ideia.

— Além disso. Você sabe que é a pessoa mais importante que já tive na vida. Isso é certo.

— Em apenas duas semanas — observo. — Isso é incerto.

— Você sabe mais sobre mim do que qualquer outra pessoa.

— Mas não posso dizer o mesmo de você. Não ainda.

— Não pode negar que existe algo entre nós.

Não posso negar, é verdade. Mas posso negar que isso signifique o que ele pensa que significa.

— Não — pondero. — Não posso. Quando te vi hoje, eu não sabia que estava te esperando até você aparecer. E então toda aquela espera tomou conta de mim num segundo. É alguma coisa... mas não sei se é certeza.

O quarto tempo não acabou, mas eu estava planejando estudar para o teste de história durante a aula de matemática e ainda tenho que fazer isso. Preciso me lembrar que a minha vida está aqui, agora, e não posso me arriscar a estragá-la.

— Tenho que me preparar para o teste — digo a A. — E você tem que voltar para outra vida.

Mágoa. O sentimento percorre a expressão e escurece seus olhos.

— Não quer me ver? — pergunta ele.

Quero. Quero tudo em relação a ele.

— Quero — retruco. — E não quero. Você acha que isso facilitaria as coisas, mas, na verdade, só torna tudo mais difícil.

— Então eu não deveria simplesmente aparecer aqui?

Isso está ajudando? Não. Não está. Aparecer aqui é uma perturbação porque faz com que todo o restante perca a importância.

Instintivamente, eu sei: não posso chegar na escola todas as manhãs me perguntando se ele vai estar aqui. Não posso ficar olhando nos olhos de todos os estranhos na esperança de que seja ele.

Por isso, falo:

— Vamos ficar só nos e-mails por enquanto. Está bem?

Dá para sentir toda a necessidade pulsando sob a pele de A. Dá para ver o quanto ele está tentando se controlar. Mas é isso. Ele não está acostumado a escolher. Eu não estou.

A porta da sala de aula se abre, e uma professora que não conheço entra. Ela nos lança um olhar e diz:

— Vocês não podem ficar aqui. Não deveriam estar em sala de aula?

Resmungo alguma coisa sobre um tempo livre. Pego minha mochila. A não carrega nada, e torço para a professora não notar.

Nós nos despedimos no corredor. Sei que não vou voltar a vê-lo com essa aparência. Eu o verei como outra pessoa. Não assim. Não com ele tão esperançoso quanto estava quando me viu de manhã.

Ainda posso sentir a ligação entre nós, mesmo à medida que me afasto.

Vou até o armário de Justin depois das aulas, mas ele já foi.

Passo o restante do dia e da noite sozinha. Meus pais não contam.

Capítulo Dezesseis

Alguma coisa está errada no dia seguinte. Justin mal fala comigo. Rebecca me olha com curiosidade. Até meus professores parecem notar o fato de que estou na sala de aula e não param de chamar meu nome. Tenho um relatório de inglês para terminar durante o almoço, por isso, passo o tempo na biblioteca.

Depois do sexto tempo, Preston me manda uma mensagem de texto para saber se quero fazer alguma coisa depois da aula. É como se eu não falasse com ele há séculos, e me sinto grata pelo fato de que alguém esteja realmente tentando fazer planos comigo.

Decidimos ir de carro até o outlet — o primo de Preston trabalha na Burberry e avisou que o casaco que Preston está namorando há um tempo vai ser vendido com desconto hoje. Ainda será um preço que Preston não pode pagar, mas, pelo menos, ele vai poder experimentá-lo mais uma vez antes de ser vendido.

Acho que o casaco seria a prioridade na nossa conversa, mas então Preston pula para dentro do meu carro, conecta o iPod em alguma música da Robyn e diz:

— Então... pode ir falando!

— O que supostamente tenho que ir falando? — pergunto ao sair do estacionamento.

Preston suspira teatralmente.

— Será que tenho que soletrar? Ouvi de fontes *muito* seguras que ontem você estava pelos corredores com um cavalheiro muito atraente que ninguém conhece. Pode até mesmo ter se isolado numa sala vazia com ele, embora, ao saírem do recinto, não houvesse evidências de comportamento inadequado. Aparentemente seu cabelo é muito lambido, o que levou, pelo menos, 58 por cento das minhas fontes confiáveis a acharem que talvez ele jogue no meu time. O que seria a notícia mais emocionante a chegar ao meu mundo em mais ou menos uma década. Todas as noites rezo, pedindo para que um homossexual adorável e de cabelo lambido venha para nossa escola, do mesmo jeito que Margaret rezava para ter peito e meu avô reza pela minha salvação eterna.

Eu me lembro de que tenho que continuar dirigindo. Tenho que me concentrar, ou sei que vou me desviar abruptamente do caminho.

Cautela. Meu primeiro instinto é dizer: *não faço ideia do que está falando*. Mas obviamente alguém me viu. Muitas pessoas me viram.

Meu segundo instinto é pensar: *Justin ouviu falar. Justin sabe.*

Meu terceiro instinto é gritar.

Meu quarto instinto é chorar.

Meu quinto instinto é negar todos esses outros instintos e dizer, bem baixinho:

— Sinto muito, Preston... não tenho ideia se ele corta pro seu lado. Era só um aluno pensando em vir para cá e comecei a mostrar a escola para ele, como Tiffany faz. Ele mora na Califórnia... não tem nem muita certeza se o pai vai mesmo conseguir o emprego aqui. E mesmo que consiga... nenhum de nós dois mencionou esse lance de ser hétero ou gay.

— Ah. — O pobre Preston parece decepcionado.

— Me desculpe.

— Tudo bem. Um garoto pode sonhar, não pode?

Quero dizer a ele que talvez seja melhor assim. Que talvez a vida real nunca vá superar o tipo de amor com o qual ele sonha acordado.

— Então quem foi que me viu? — pergunto delicadamente. — Quero dizer, que nos viu.

— Kara Wallace e seu grupinho. Lindsay Craig pensou que você estivesse flertando com o cara... mas aí viram vocês saírem com tudo nos conformes, se é que me entende. Kara ficou toda empolgada, porque o gaydar dela estava quase parando de funcionar.

— Você acredita nessa história de gaydar?

Preston faz que sim com a cabeça.

— Dá para notar. Tem uma energia que viaja entre nós. Não posso dizer se é a linguagem corporal ou se tem uma reação química real. Mas dá para sentir. Ele põe aquilo para fora, você põe aquilo para fora, e dá para sentir.

Penso em A. Penso no modo como eu sabia que era ele.

Afasto o pensamento.

— E essa notícia se espalhou? Quero dizer, será que eu deveria me preocupar com a hipótese de Justin saber da fofoca?

— E por acaso Justin faz *fofoca*? Ele não parece ser esse tipo.

Não, mas posso imaginar Lindsay indo até ele e compartilhando suas teorias... *Simplesmente achei que você deveria saber* é o que ela diria, a fofoqueirazinha.

Isso poderia explicar a falta de comunicação de hoje. Mas mil outras coisas poderiam explicar isso. Só que ligar para ele e armar um circo por causa de um rumor poderia seriamente virar o jogo contra mim caso ele não saiba de nada.

— Sério — começa Preston —, não se preocupe com isso. A única razão pela qual mencionei foi... bem, foi por razões egoístas. *Mea culpa.*

Ele meio que brinca com isso, e eu só fico meio convencida.

— Você está bem? — pergunto.

Ele dá um sorriso tristonho.

— Estou bem, embora eu pudesse estar muito melhor se você tivesse dito que já tinha dado meu número de telefone para o garoto de cabelo lambido.

— O que aconteceu com Alec?

— Não tem cabelo lambido.

— E aquele cara de Massachusetts com quem você andava conversando on-line?

— Não tinha cabelo lambido nem era daqui.

— Então cabelo lambido é a questão? Você não pode ficar com um cara a menos que tenha cabelo lambido?

— Se tem uma exceção, ainda não a conheci.

— Estou falando sério. Acredita mesmo tanto assim num "tipo"? Existe realmente somente um tipo de pessoa para você? Não estaria aberto a se relacionar com alguém fora do seu padrão se ele ou ela for incrível o suficiente?

— *Ou ela?*

— Estou apenas dizendo... se amasse alguém o suficiente, isso importaria?

— Sei que quer que eu diga "não", mas vamos ser sinceros aqui. Todos nós nascemos programados para gostar de certas coisas e a odiar outras. Um monte dessas coisas é negociável, mas outras são fundamentais. Não me pergunte por quê; não tenho Ph.D nem um microscópio para começar a te explicar o motivo disso. Se eu seria capaz de amar um cara sem cabelo lambido? Claro, com certeza. Se eu seria capaz de amar um cara com mullet? Mais difícil. Se eu seria capaz de amar uma garota com mullet? Como amiga, sem dúvida. Mas... Como digo isso? Se eu seria capaz de ter *relações* com ela? Não. Não estou interessado. Nem um pouco. Necas.

— Mas você não gostaria que isso fosse possível? Quero dizer, não gostaria que qualquer coisa fosse possível?

— Se eu gostaria? Claro. Quero dizer, por que não? Mas se acho que é verdade? Não. Desculpe. De jeito nenhum. Dois anos apaixonado pelo nosso amigo Ben me mostraram isso. Nem tudo é possível. Portanto, gostar de um garoto hétero é desaconselhável.

Não vou para o acostamento ao ouvir a notícia em primeira mão, mas diminuo o volume do rádio para me concentrar nela.

— Espere aí. Você é apaixonado pelo Ben?

— Eu *fui* apaixonado pelo Ben. O tipo de amor "câmara de tortura". Ai, meu Deus, o que eu teria feito para, pelo ou com aquele garoto. Isso foi antes de ele ficar com Rebecca. Bem, o começo da história foi antes de ele ficar com Rebecca.

Fico imaginando Ben há dois anos. O cabelo lambido.

— Mas você sabia que ele não era gay, certo? — pergunto. — Quero dizer, ele não era, não é? Não deixei isso passar também, deixei?

— Não. Não deixou. — Preston fita a janela. — Foi simplesmente algo de que tentei me convencer ser possível. Pra mim, era mais fácil sair do armário se eu achasse que havia alguém para amar. Um objetivo para a minha trajetória. Sei que é bobagem, e sei que ele não fez nada pra merecer isso, mas eu tinha que imaginar algum tipo de futuro e, enquanto estava passando por esse momento, decidi recortá-lo da realidade e colá-lo na minha fantasia. Senti um monte de coisas e eu precisava experimentar cada uma delas. Então tive que dizer a mim mesmo que basta. Ele não ia de uma hora para outra gostar de garotos, não mais do que eu ia de uma hora para outra gostar de garotas.

Sei que Preston não vai entender de onde vem a pergunta, mas tenho que perguntar:

— Mas e se ele pudesse ter mudado? Quero dizer, se Ben pudesse ter se transformado numa garota, e você pudesse ter ficado com ele desse jeito?

— Rhiannon, se eu quisesse amar uma garota, havia *um monte* de garotas incríveis por aí para eu amar. Não é assim que funciona.

Ridícula. Me sinto ridícula.

— Eu sei, eu sei — digo. — Me desculpe.

— Sem problema. — Então ele me dá uma olhada. — No que é que está pensando?

Não dá para contar o verdadeiro motivo, mas me pergunto se posso tentar ser vaga e ainda ter uma conversa.

— Eu só estava pensando por que as pessoas ficam juntas — comento. — Por que, para início de conversa, elas encontram uma conexão, e o que mantém forte essa conexão? Eu queria que fossem todas as coisas que temos por dentro... quem somos, no que acreditamos. Mas... e se as coisas de fora forem importantes também? Quando eu era pequena, sempre tinha medo de me apaixonar por alguém feio. Tipo o Shrek. Até que percebi que o amor deixaria qualquer um bonito para mim se eu amasse essa pessoa o suficiente. Quero acreditar nisso. Quero acreditar que você pode amar alguém com tanta força que nada disso importe. Mas e se importar?

Agora estamos no shopping. Paro numa vaga. Nenhum de nós faz menção de sair do carro.

Preston parece muito preocupado.

— Isso tem a ver com Justin? — pergunta. — Não se sente mais atraída por ele?

— Não!

— Tem a ver com... outra pessoa?

— NÃO!

Preston ergue as mãos.

— Ok! Ok! Só estava conferindo.

— Apenas foi algo em que pensei. É isso.

Estou decepcionando Preston. Estou decepcionando a mim mesma. Porque estou me fechando para a conversa. Estou deixando claro que acabou o assunto.

Saímos do carro e caminhamos até a loja da Burberry.

Preston experimenta o casaco, e digo que ele ficou demais. Conversamos sobre roupas, aulas e nossos amigos. Mas não conversamos sobre o que realmente estou pensando. Preston sabe disso. Eu sei disso.

Continuo esperando uma mensagem de texto de Justin. Ou ele soube da fofoca e vai querer saber quem é o cara, ou não soube e vai mandar uma mensagem de texto para ver o que estou fazendo.

Uma das duas coisas.

Ou, no fim, nenhuma.

Penso em escrever para A, mas me convenço a não fazer isso. Não quero encorajá-lo demais. Ele não pode aparecer de novo aqui. Tenho que pensar direito sobre o assunto. Mas como pensar direito em algo que não tem definição? Coisas sem definição, como o amor e a atração, são as mais difíceis de mapear.

Desisto e mando uma mensagem de texto para Justin conforme a meia-noite se aproxima. Estou com sono e vulnerável. A noite não vai deixar que eu me acalme até me livrar de, pelo menos, uma coisa que está me incomodando. Decido ser direta.

Senti sua falta hoje.

Ele não me responde até a manhã seguinte.

Sentiu?

Capítulo Dezessete

Recebo a mensagem quando já estou esperando diante do seu armário. A onda de emoções cresce em mim rápido demais. Quando ele aparece, um minuto depois, ela quebra sobre todos os muros que ergui.

Pego o celular.

— O que quis dizer com "sentiu"?

Ele não parece furioso. Parece incomodado. Sou apenas a garota que está atrapalhando seu caminho nesse momento.

— Se você sentiu minha falta tanto assim, então por que me evitou durante todo o dia? — pergunta ele. — Se você realmente estivesse sentindo minha falta, teria feito algum esforço.

— Eu estava com Preston! Nós fomos ao shopping! Você está dizendo que queria ir comigo e com Preston ao shopping? Sério?

Não sei por que estou gritando com ele, porque pareço estar brigando quando não quero brigar.

— Não estou falando da sua *ida ao shopping*. — Ele fala *ida ao shopping* do mesmo jeito que falaria *gay*. — Estou falando de tudo. Você não está com a cabeça aqui.

Será que ele ainda está com raiva de mim por causa do episódio com Ashley? Ou será que ouviu falar sobre o garoto misterioso e a sala de aula vazia?

— Estou sim — digo a ele. — Bem aqui.

Então decido começar pelas beiradas.

— Andei ocupada, eu sei. Com os testes, mostrando a escola para os alunos novos e tudo o mais. Mas estive aqui e, se você quisesse me ver, era só ligar.

Ele bate a porta do armário com tanta força que acerta o armário ao lado do dele. Volto a me assustar. Mais com o movimento do que com o barulho.

— Você está ouvindo o que acabou de dizer? Era só ligar? É assim que vai ser? Será que eu deveria começar a marcar *horários* com você? Caramba.

Agora as pessoas estão olhando para nós. Somos aquele casal brigando no corredor.

— Sinto muito — digo. Não sei bem pelo quê. Apenas sinto muito.

— Você ao menos se importa que meu dia foi uma merda? Será que te ocorreu perguntar? — Ele me desafia.

— Qual é o problema? — pergunto agora.

— Esta conversa — retruca ele, e desta vez bate o armário para fechar. — É isso que está errado.

Não é apenas essa conversa. Fiz várias coisas erradas. Eu me tornei o tipo de pessoa que se preocupa em não ser pega em vez de com o que fez.

Não quero ser esse tipo de pessoa.

— Podemos conversar sobre isso? — pergunto em voz baixa.

— Vejo você depois. — É a resposta de Justin. É alguma coisa, mas não muito.

O sinal toca, e as pessoas começam a correr. Alguns param por um instante para me olhar, para ver se vou dar um surto digno de virar notícia.

Eu os decepciono da mesma maneira que decepciono todas as pessoas.

* * *

179

A hora do almoço é tensa.

Não encontro Justin entre o primeiro e o segundo tempo. Não sei se foi deliberado da parte dele, ou se meu *timing* foi ruim. Quando vi Preston, entre o terceiro e o quarto tempo, perguntei como ele tinha conseguido conter todos os rumores. Falei como se estivesse brincando, mas ele viu através de mim e me garantiu que a fofoca tinha passado adiante, como costuma acontecer. Sei que é verdade, mas seria uma sorte ser a exceção.

Quero guardar o assento ao meu lado para Justin, mas, quando Rebecca traz a bandeja e senta ali, não consigo pensar em como pedir que ela troque de lugar sem parecer uma idiota. Quando Justin vem, posso vê-lo olhando para o espaço ocupado como se fosse uma evidência. Ele senta a algumas cadeiras de distância.

Na pior das hipóteses, quero que ele me dê um alô.

Nossos amigos percebem, mas não dizem uma única palavra.

Eu deveria pensar num meio de salvar as coisas, de fazê-lo se sentir melhor em relação a mim. Mas, em vez disso, tenho um estúpido e inútil pensamento: *A nunca faria isso comigo*. Mesmo que discordássemos. Mesmo que brigássemos. A nunca me ignoraria. A nunca me faria sentir como se eu não existisse mais. Não importa em que corpo estivesse, A sempre daria um jeito de me reconhecer.

Não posso considerar isso como um fato, mas tenho certeza quanto a sensação.

— Rhiannon?

É a voz de Rebecca. Ela me perguntou alguma coisa.

Deixo meus pensamentos por um segundo, retornando o foco à mesa. Olho para Justin e vejo que agora ele presta atenção em mim. Ele me viu perdida em pensamento. Antigamente, teria imaginado que eu estava pensando nele. Mas não vejo nada disso em seu rosto agora. Ele baixa os olhos para a refeição.

— Me desculpe — digo novamente. Mas desta vez é para Rebecca, por não ouvir o que ela tenha a dizer.

Você tem que consertar isso.

É isso que digo a mim mesma pelo restante do dia.

A vai me deixar. A nunca vai ser meu. A nunca vai ser capaz de ser uma parte normal da minha vida.

Justin está aqui. Justin me ama. Justin é parte de mim. Não posso ignorar isso.

Ele está com raiva, mas está com raiva porque está confuso, porque estou fazendo com que se sinta infeliz. Ele sabe que tem alguma coisa errada. Ele me conhece bem o suficiente para saber disso.

Justin não está criando uma situação. Realmente estou fazendo isso com ele.

Por isso tenho que parar.

Por isso tenho que consertar.

Ele não parece surpreso ao me ver diante do seu armário no fim do dia.

— Sei que tenho andado distante — digo, antes que ele possa me dispensar. — Sei que não tenho prestado cem por cento de atenção. Isso não tem nada a ver com você, juro. E fico grata por chamar minha atenção, porque, algumas vezes, estou tão distante que sequer percebo, sabe? Mas voltei. Estou aqui agora. Quero saber o que está acontecendo. Quero ser parte disso. Quero que a gente tenha o tempo que for preciso para voltar ao normal.

— Está tudo bem — diz ele.

Presto atenção enquanto ele guarda os livros no armário. A parte de trás do pescoço me provoca. Seus ombros me atraem.

— Quer fazer alguma coisa? — pergunto.

Ele fecha o armário e se vira para mim.

— Claro — responde. E nos olhos e na voz dele... eu sinto. Alívio.

Pergunto aonde ele quer ir.

Ele responde que para casa.

Sei que sexo de reconciliação deveria significar resolver as coisas com o outro depois de uma briga. Mas, neste momento, parece mais sexo de encenação, porque estou encenando o ato. Eu me transformei numa garota tão dedicada e *fake* que até consigo acreditar que a encenação é real. Sei que as ações falam mais alto para Justin, e ele está respondendo em voz alta. Fico grata pela comunicação, pelas sensações que a intensidade do ato provocam no meu corpo. Mas a minha mente está em outro lugar.

Diante da urgência, do calor do momento, ele se sente seguro o bastante para dizer:

— Não me deixe.

E eu prometo. Vejo o quanto ele está vulnerável, e prometo.

Depois disso, pergunto sobre o dia de merda ontem, e ele mal se lembra por que foi tão ruim. Apenas as razões costumeiras, e o peso delas parecendo tão costumeiro. Ele não menciona que eu estava com outro cara, e também não encontro menção disso nas entrelinhas. Acho que estou acima de qualquer suspeita.

Ele me pede para eu ficar para o jantar. Telefono para a minha mãe, que parece ficar irritada, embora não diga "não". A mãe de Justin também prece irritada quando chega em casa e Justin avisa que vou ficar, mas a irritação é dirigida a ele, não a mim. Falo que posso ir embora, que sei que foi de última hora, mas ela diz que está feliz com a minha presença e que faz muito tempo que não nos víamos. Quando começamos a namorar, sua mãe me tratava como se eu fosse uma vira-lata que Justin pegou na rua. Agora que namoramos há um tempo, meu status de bichinho de estimação melhorou: sou parte da família, mas não um membro dela.

O pai de Justin gosta mais de mim, ou pelo menos quer mais que eu goste dele. Ele consegue chegar em casa exatamente cinco minutos antes do jantar ser servido, e age como se estivesse na cabeceira da mesa, mesmo ela sendo quadrada. Justin e eu estamos na perpendicular e respondemos às perguntas do seu pai como se fosse uma entrevista dupla. As respostas insípidas sobre escola e dever de casa não são questionadas por ele, que também reage de forma insípida. Me arrisco a perguntar sobre a avó de Justin, e ouço que ela está indo bem, dentro do esperado. Todos ficam tensos, então mudo de assunto e elogio a comida. A mãe de Justin me pede desculpas por não ter comida suficiente para repetir, já que não tinha planejado o jantar para quatro.

No início, eu queria que a casa do Justin se tornasse a minha segunda casa, e a família do Justin, a minha segunda família. Mas só consegui atingir metade desse objetivo. Faz sentido, porque o próprio Justin mal quer ter a família que tem. Parte de mim estava decepcionada pelo fato de a minha segunda chance de ter uma mãe decente tinha falhado. Mas, de modo geral, decidi reivindicar esse vazio na vida de Justin. Se ele sentia que não tinha uma família, eu seria sua família, era o que eu pensava. Se ele sentia que não tinha um lar, eu tornaria o nosso espaço num lar. Eu acreditava que o amor pudesse fazer isso. Acreditava que era para isso que o amor servia.

Agora não sei bem o que temos. Que tipo de família somos. Eu costumava imaginar nós dois no futuro: casados e com filhos, e então rebobinava até nós dois agora. Mas já faz um tempo que não faço isso.

Justin fica pouco à vontade durante todo o jantar. E sei que sou a parte que o deixa à vontade; sei que sou a pessoa à mesa que lhe dá a maior felicidade, de quem ele se sente mais íntimo. Quando o jantar termina e depois que ajudei sua mãe a lavar os pratos, o encontro novamente no quarto, jogando videogame. Ele faz uma pausa quando entro, depois dá umas batidinhas no espaço ao lado dele, me chamando para sentar ali.

— Desculpe fazer você passar por tudo isso — diz ele, me beijando.

— O jantar estava gostoso — comento, embora não estivesse realmente.

Sei que não passaremos dos beijos com seus pais em casa. É como se cada movimento que fizéssemos fosse amplificado direto para os ouvidos deles.

Ele me passa um controle, e jogamos um pouco. Se fôssemos diferentes, estaríamos fazendo o dever de casa juntos. Em vez disso, evitamos o dever de casa juntos. Percebo como isso é um ato irresponsável. Não acho que isso passe pela cabeça dele de modo algum.

Fico feliz por voltarmos ao normal. Não sei se senti falta disso, mas parece certo para este momento. É como se A nunca tivesse existido. A é uma história que contei a mim mesma.

Justin é melhor neste jogo do que eu, o que é verdade em relação à maior parte dos jogos que jogamos. Eu continuo morrendo, e ele continua me passando novas vidas.

Às nove, eu finalmente desisto e digo que tenho que fazer o trabalho de biologia para não acabar reprovada. Menciono isso, em parte, porque é verdade e, em parte, porque quero que ele se lembre de fazer o dever também. Ele corre muito mais risco de repetir de ano do que eu.

— Está bem. Nos vemos amanhã — diz ele. Seus olhos não desgrudam da tela.

Faço questão de me despedir dos pais dele na saída. A mãe de Justin volta a dizer que foi bom me ver. O pai me acompanha até a porta.

Quando ponho o pé para fora, não sinto que perdi alguma coisa ao sair. Quando saio da minha própria casa, sempre há uma parte de mim que fica para trás e espera pela minha volta. É isso o que faz da minha casa um lar — a sensação de que uma parte de mim sempre me espera.

Enquanto caminho até o carro, não dou meia-volta para ver se Justin está à janela, me observando partir. Sei que ele não está.

A parte dele que espera por mim não é assim tão forte. Não quando ele sabe que me tem.

De volta ao meu quarto, não me preocupo mais com a nossa briga. A manhã de hoje parece história antiga.

É com A que me preocupo. É A que acho que está esperando por mim. Não mandei notícias o dia inteiro, e, agora que estou me dando conta disso, parece que o abandonei. O que não é certo; é A que me abandona ao pular de lugar em lugar, de corpo em corpo.

Mas sei que também tenho culpa.

Checo o e-mail e fico quase aliviada ao descobrir que não tem nada novo. Se A também está em silêncio, um pouco do meu silêncio também está desculpado. Mas, se A está em silêncio, pode muito bem ser porque pedi.

Eu me preparo para dormir, depois durmo por oito horas. Quando acordo, a primeira obrigação que sinto é a de acabar com esse silêncio. Por isso, escrevo:

A,

me desculpe por não ter escrito ontem. Eu queria, mas aconteceram outras coisas (nada de importante, só perda de tempo). Mesmo que tenha sido difícil ver você, também foi bom. De verdade. Mas dar um tempo e pensar nas coisas faz sentido.

Como foi o seu dia? O que você fez?

R

Sei que a mensagem tem significados opostos: *Eu queria te escrever, mas vamos continuar dando um tempo.* Mas é um reflexo preciso de onde eu me encontro. Ou de onde acho que me encontro.

Embora eu saiba que é impossível, e saiba que não vai ajudar em nada, ainda quero saber onde A está.

Será que isso significa que estou esperando por A?

Não sei.

No mínimo, estou esperando para ver o que acontece.

Capítulo Dezoito

Recebo um e-mail apressado de A enquanto vou de carro para a escola. Leio no carro, antes de sair. A me diz que ele (ela?) passou o dia de ontem no corpo de uma garota imigrante que precisava lavar privadas para sobreviver, e, no dia anterior, A não estava se sentindo bem, por isso, no corpo de outra garota, ficou em casa e viu tevê. Hoje A é outra garota que tem uma competição de atletismo, então ela tem que ficar onde está. Mesmo dizendo para ele não vir até aqui, fico decepcionada.

Quero me contradizer. Quero rejeitar minhas hesitações. Quero que A esteja aqui.

Mas não posso roubar a garota da competição. E, quando imagino A como uma corredora, diminuo o passo. E se ela for outra Ashley? Ou mesmo se tiver apenas uma aparência normal. O que faríamos então?

Penso em escrever uma resposta a A, mas se não der para dizer a ele (ela?) que largue tudo para me ver, não tenho muito mais a dizer. Não vou contar a A sobre Justin: nem sobre a briga, nem sobre as pazes. E o que mais tenho na minha vida para contar?

Desligo o celular e entro na escola.

* * *

Passo o dia no piloto automático. Tento não falar na sala de aula, mas falo quando tenho que falar. Digo "olá", mas nada além disso. Dou ao Justin o que ele quer — distância suficiente para ser ele mesmo, mas proximidade suficiente para saber que não fui muito longe. Mastigo o almoço sem sentir o gosto.

Eu me flagro pensando em Kelsea, no caderno que continha todos aqueles modos de morrer. Não porque eu queira me matar. Não estou nem perto disso. Mas posso entender a sensação de estar assim tão desconectado da própria vida. A sensação de que a ligação com todas as outras pessoas é tão tênue que bastaria um único corte para me separar completamente. Se não me agarrar, vou ser levada. Sinto que ninguém mais está me segurando. Na minha vida, sou a única que me segura.

A não ser por A. Mas A não está aqui.

Rebecca e Preston tentam me encontrar. Eles perceberam que estou distante e começam a jogar bilhetes em minha direção. Preston me convida para outra rodada de visitas ao shopping para não comprar nada. Rebecca tenta me subornar para uma excursão a um café depois das aulas. Os dois me lembram que Daren Johnston vai dar uma festa amanhã à noite. Com certeza vou acabar indo.

Planos. Percebo que não estou fazendo planos porque quero ver onde A estará amanhã, ver se estará livre. Amanhã é sábado. Posso dirigir até um lugar distante se for preciso.

Não. Vejo Justin e penso: *Para com isso*. Ele me pergunta se quero ir ao cinema. E até me deixa escolher o filme.

Antigamente isso teria me deixado feliz.

Não tenho a menor vontade de dizer para minha mãe que não vou jantar em casa. São duas noites seguidas, e ela vai me infernizar por causa disso. Então imagino que eu poderia muito bem fazer o que vou fazer e enfrentar o inferno depois, em vez de começar por ele e não conseguir sair.

Dirigimos por um tempo, paramos em um Taco Bell para comer e pegamos uma matinê. À espera dos trailers, me flagro observando todas as outras pessoas no cinema. A maioria tem a minha idade, e não consigo evitar pensar que uma delas poderia ser A. A competição já teria terminado a essa altura. Talvez ela tenha decidido ver um filme com amigos depois. Não é impossível.

Algumas garotas me flagram observando. A maioria vira o rosto. Um casal me enfrenta e encara em resposta para me fazer sentir pouco à vontade.

Justin parece inquieto, talvez notando que minha atenção está vagando. Eu me inclino para ele, seguro sua mão. Ele coloca a pipoca no colo para que isso possa acontecer. Mas, quando começam os trailers, ele se afasta.

Não acho que o filme seja o que ele esperava que fosse. Os pôsteres prometiam um filme de terror no espaço. Mas logo fica claro que a coisa mais horrível contra a qual o astronauta vai lutar é o tédio interminável e a inutilidade de sua vida. As pálpebras de Justin começaram a piscar. Quero usar seu ombro como um travesseiro, mas ele me disse uma vez que, se eu fizer isso por tempo demais, a circulação para. Então volto a olhar para o público o máximo que posso, escolhendo por que pessoa eu ficaria mais atraída se A estivesse dentro dela.

Sei que a resposta deveria ser *todas elas*.

Não é *todas elas*.

Não é tão simples quanto dizer que todos os caras são "sim" e todas as garotas são "não". É mais complicado do que isso. Embora eu considere basicamente os garotos.

A resposta (o A real que quero) está sentado bem ao meu lado.

Quando chego em casa, é meu pai que me espera na cozinha, com ar de decepção. Ele diz que minha mãe já foi para a cama e que foi muita falta de consideração da minha parte não vir jantar e não ligar.

Minto e digo que falei há muito tempo para a mamãe que essa seria minha noite de sair com Justin. Chamo "noite de sair" para meu pai imaginar que fomos tomar sorvete e ficar olhando apaixonadamente nos olhos um do outro durante todo o tempo.

Ele cai como um pato nessa história.

Checo para ver se tem um e-mail novo de A, mas não tem. E não escrevo de volta porque ainda não tenho algo interessante para dizer.

Na manhã seguinte, minha mãe diz que não está falando comigo. Sei que deveria me sentir mal, mas estou feliz por não ter que lidar com ela.

Tenho medo de que meus pais não me deixem ir à festa à noite, por isso transformo o ato de fazer o dever de casa numa superprodução e realizo algumas tarefas domésticas aleatórias. É muito fácil convencer meu pai assim.

Antes de sair de casa, penso em mandar um e-mail para A e avisar a ele (ela?) onde vou estar. Então me lembro do que aconteceu com aquele pobre garoto, Nathan, da última vez que isso aconteceu e decido ficar quieta. Ainda assim, me pergunto onde ele (ela?) está. Também me pergunto por que não tive notícias.

Pego Justin em casa porque sei que ele planeja beber. Pergunto o que foi que ele fez o dia inteiro, e ele mal se lembra. Acho que talvez sua vida seja tão vazia quanto a minha, e por isso estamos juntos. Para sermos o vazio um do outro.

Ou talvez seja por isso que vamos às festas, para encontrar um pouco de vazio lá. Ou de perda de tempo. Ou as duas coisas. Preston também está aqui, então eu e ele tomamos Coca Diet enquanto conto sobre o filme. É bem mais interessante fazer piada do filme do que foi assisti-lo. Enquanto falo, Preston mantém o olho na porta, esperando o gaydar disparar. O gaydar fica inativo por um tempo até um cosplay de James Dean entrar. Preston de repente fica atento como um cão de caça que avistou o pato mais bonito que já caiu no céu.

— Sério? — indago. — Ele?

Preston faz que sim com a cabeça. Duas vezes.

— Quer que eu descubra quem ele é? — pergunto.

Preston balança a cabeça uma vez. Duas.

Um minuto depois, Dirk Nielson entra saltitante, as chaves do carro balançando na mão. Ele olha ao redor, vê o James Dean, caminha até ele e lhe dá um beijo, cumprimentando-o.

— Merda — diz Preston.

— Sinto muito — falo.

— Bem, foi bom durante os cinco segundos que durou.

James Dean olha na nossa direção... olha para mim. Por um breve segundo, sinto a ligação. Mas então olho mesmo nos seus olhos e sei: Não é A. Não é nada.

Converso mais um pouco com Preston, depois, Rebecca e Ben se juntam a nós. Estou contando sobre o filme quando Stephanie sai correndo da cozinha, parecendo furiosa. Steve dá alguns passos atrás dela antes de parar e berrar: "O QUE FOI, CACETE?", pelo menos, três vezes nas costas dela.

— Quem vai encarar essa? — pergunta Rebecca. Quando ninguém se move, ela suspira e corre atrás de Stephanie. Ben e Preston vão até Steve.

Dou a volta por eles e encontro Justin preparando drinques com Kara Wallace e Lindsay Craig, a garota que tinha tanta certeza que eu tinha más intenções com o cara a quem eu estava mostrando a escola.

Endireito a postura e vou até lá.

— Então o que aconteceu com Steve e Stephanie? — pergunto.

É evidente que estou perguntando a Justin, mas é Lidsay quem responde.

— Stephanie viu Steve comendo pepperoni e falou que era realmente muito rude da parte dele porque ela é vegetariana já faz uns, sei lá, três minutos.

Kara acha que isso é engraçado. Justin simplesmente dá de ombros, como se há anos ele tivesse parado de tentar entender Stephanie e Steve.

Lindsay fica me encarando de um jeito que me faz pensar que vesti a coisa errada, falei a coisa errada ou simplesmente sou a pessoa errada. Decido não perguntar.

Justin parece estar em boa companhia, por isso saio de novo da cozinha. Mais uma vez, me flagro perambulando por todas as conversas, evitando todos os meus amigos. *Eu sou este corpo*, penso. Quando meus amigos veem este corpo, supõem saber um monte de coisas sobre a pessoa dentro dele. E até mesmo desconhecidos, ao verem meu corpo, fazem suas suposições. Ninguém as questiona verdadeiramente. As suposições são essa camada que representa o modo como vivemos as nossas vidas. E não sou diferente das outras pessoas. Quando vi James Dean entrando, senti que sabia tanto sobre ele quanto, tenho certeza, ele sentiu que sabia sobre mim. É como uma forma instantânea de leitura; o modo como definimos o outro.

A casa não é tão grande assim. Não tem pista de dança no porão — não estou nem certa de que tenha um porão. Tem uma fila para o banheiro saindo da sala de estar, por isso, vou até o segundo andar, torcendo para estar mais tranquilo por lá e para que tenha outro banheiro.

Todos os cômodos no corredor estão fechados. Abro o primeiro e vejo que é um quarto. Estou prestes a fechar a porta quando ouço uma voz: "Oi? Posso ajudar?"

Enfio a cabeça lá dentro e vejo Daren Johnston, sentado com as pernas cruzadas sobre a cama, lendo *Vidas sem rumo (The Outsiders)*.

— Ah, oi, Rhiannon — diz ele. — O banheiro fica na segunda porta à direita. Eu a deixei aberta, mas acho que alguém fechou. Quero dizer, pode ter alguém lá dentro, então acho que você deveria bater.

— Obrigada — digo. Mas não saio. — Por que está aqui lendo? Quero dizer, a festa é sua.

Daren esboça um sorriso.

— Acho que gosto mais da ideia de dar uma festa do que realmente ter as pessoas aqui. Aprendi a lição.

— Por que você não diz pra todo mundo ir embora?

— Porque estão se divertindo, acho. Ninguém deveria sofrer só porque estou me sentindo antissocial. Eu precisava sair, então, me permiti sair.

Faço um gesto com a cabeça na direção do livro.

— Primeira vez?

— Não. Provavelmente a décima segunda.

Lembro quando li o livro. Justin e eu estávamos na mesma turma de inglês no ano passado e lemos juntos, deitados na cama, numa tarde de domingo. Foi uma corrida para ver quem terminaria primeiro, mas desacelerei o ritmo porque adorava a sensação de nós dois virando as páginas ao mesmo tempo, começando na mesma parte da história. Quando terminamos de ler, ele falou como ficou impressionado com a frase "Nada que é dourado permanece", a qual ele realmente sentia dizer a verdade. Então ele sorriu e falou: "Acho que isso significa que nós teremos que ser prateados", e durante os dias que vieram ele me chamou de Prateada.

— Você acha que o dourado permanece? — pergunto a Daren.

Seu sorriso é diferente do sorriso do Justin. É como se ele soubesse um pouco mais e sentisse um pouco menos de ansiedade.

— Não acho que nada permaneça — diz ele. — Para o bem ou para o mal. Por isso acho que o importante é não se prender a essa preocupação e, em vez disso, desfrutar a coisa ou o momento pelo tempo em que estiver no presente.

Uma porta se abre no corredor, e um cara grita: "Daren! Onde está se escondendo?" Ele fala como um mestre de obras convocando os funcionários depois do almoço.

Daren não se move.

— Que fique registrado — explica ele —, não estou me escondendo.

— DARRRRRREN! — berra a voz. Depois, a porta do quarto se abre ainda mais, e James Dean entra. Eu tinha imaginado que sua voz seria... mais sexy.

— Aí está você!

— Aqui estou — admite Daren.

— Vem pra festa!

— Vou quando terminar o livro. Faltam só umas cem páginas.

James faz um gesto para erguer Daren. Então outra voz chama: "Charles! Onde você está?"

— Era tão mais divertido quando as pessoas usavam o telégrafo. — Daren suspira.

— Acho que Dirk me quer — diz Charles/James. — Vejo você quando o livro acabar. — Então ele se vira para a porta e grita: — ESTOU INDO!

Daren não baixou o livro.

— Sabe, Rhiannon — diz ele após Charles sair. — Nada que seja idiota permanece.

Depois de usar o banheiro (que, para minha surpresa, Charles deixou arrumado, com o assento e a tampa baixados), volto para a cozinha. Ao entrar, vejo que Kara desapareceu e apenas Lindsay está com Justin agora. Ele parece bêbado, e ela, determinada. Como se antecipasse a minha chegada, ela estica o braço e põe a mão no ombro dele, então desce para o peito. A reação de Justin é tão rápida que quase se poderia chamar de instinto. Com um gesto suave, ele retira a mão dela e a afasta. Não tem como Lindsay evitar a humilhação, a rejeição é total. E a melhor parte é que sei que Justin ainda não me viu, ele não fez isso porque eu estava olhando.

Ele fez isso porque é fiel.

Deixo um minuto passar e Lindsay sair sorrateiramente. Então faço com que Justin perceba minha presença. Não que ele se ilumine ao me ver, mas também não fecha a cara. Conto que encontrei Daren lendo *Vidas sem rumo* no segundo andar.

— Eu adoro esse livro! — diz Justin.

— Lembra quando a gente leu? — pergunto.

Provavelmente ele já bebeu demais para saber do que estou falando. Ou pelo menos é isso que imagino. Então ele grita:

— Ôa, Prateada!

Não é tão romântico quanto em sua origem. Mas fico feliz por se lembrar.

Ele se afasta da bancada da cozinha.

— Vamos ver o que está acontecendo — sugere.

Eu vou atrás. Encontramos nossos amigos, ficamos falando besteira e não me sinto mais a garota escondida no corpo visível. Agora sou a minha versão com Justin — é isso que sou, e é isso que as pessoas veem. E está tudo bem. Isso me ajuda a caminhar pela festa; a saber o que fazer; a ver quem eu devo ser.

Paro de procurar por A. Me volto para essas pessoas porque elas são a minha vida.

Capítulo Dezenove

No domingo, eu cedo e escrevo para A.

A,

Apenas outro fim de semana por aqui. Fui a uma festa. Conversei com algumas pessoas, mas nenhuma delas era você. Arrumei encrenca com a minha mãe, mas sobrevivi. Fiz uma parte do dever de casa. Dormi muito hoje de manhã, depois vi um filme melhor à tarde com Rebecca do que o que vi na sexta à noite. (Advertência: *Vastidão* é um tédio.)

Onde/quem/como você tem andado?

R

Aperto "enviar" embora não pareça certo porque não consigo imaginar como fazer isso parecer melhor. Ele não quer ouvir detalhes sobre Justin, e eu não quero contar. Então faço meu fim de semana parecer meio entediante antes de mandar o e-mail. Não dei a ele qualquer razão para ficar interessado.

O que, talvez, seja o melhor a fazer.

* * *

Na manhã seguinte acordo e me sinto estranha. A princípio acho que é porque caí no sono sem tirar a roupa da festa. Isso não acontece com muita frequência, por isso, é estranho ver a camiseta e o jeans. Mas não é só isso. É como se eu tivesse acordado numa cama desconhecida, embora seja mesmo a minha cama, no meu quarto. Espero olhar para meu relógio e descobrir que são quatro da manhã, o que explicaria a minha desorientação. Mas é a hora normal de acordar. Meu despertador está tocando.

Deve ser porque hoje é segunda-feira, acho.

Mas então me corrijo.

Não, hoje é terça-feira.

Quando vou desligar o despertador, encontro um pedaço de papel dobrado em cima dele. Mesmo antes de abrir, tenho uma vaga ideia de que é uma carta que escrevi. Mas não me lembro do que está escrito.

Querida Rhiannon,

Antes de dizer ou explicar alguma coisa, quero que você pare de ler e tente se lembrar de tudo que fez ontem.

A letra é minha — mas, no mesmo instante, sei que não fui eu quem escreveu.

No mesmo instante, eu entendo.

A.

Aqui.

A.

Eu.

Eu começo a tremer incontrolavelmente. Quero gritar, mas tenho medo que meus pais ouçam.

Não posso acreditar nisso.

Mas *posso* acreditar nisso.

Sei que vou ter só uma chance de lembrar do que aconteceu antes que seja lá o que está escrito no papel pinte as minhas lembranças e preencha as lacunas. Então pouso a carta e volto a me sentar na cama.

Ontem, digo a mim mesma. *O que eu fiz ontem?*

Eu me lembro de escalar. Estou ao ar livre, sozinha. E subo uma montanha. Estou olhando por cima de todas as árvores.

É cheio de paz.

Não matei aula. Antes disso eu estava na escola. Almocei com Justin. Ele voltou a me chamar de Prateada. Ele comeu pizza e reclamou de Stephanie e Steve. Eu me lembro de que Stephanie e Steve tiveram uma briga, mas isso foi no sábado, na festa. Não foi ontem. Não acho que tenha visto Stephanie ou Steve ontem. Não consigo me lembrar.

Também não consigo me lembrar o que eu disse a Justin. Consigo me lembrar de que ele falou comigo. Mas nada do que eu disse.

Talvez eu não tenha dito nada.

Me lembro de terminar o jantar mais cedo. De subir para o quarto.

Me lembro de escrever a carta.

Mas não sou eu escrevendo a carta. Me lembro da caneta na minha mão. Do papel embaixo dela. Mas não me recordo de concluir o que disse.

Não me lembro de pensar. Mas também não me recordo de outra pessoa pensando por mim.

Pego a carta novamente.

Eu nunca teria escolhido fazer isso. Espero que você saiba. Eu não tinha ideia de que isso ia acontecer até acordar e abrir seus olhos.

Tentei respeitar o seu dia ao máximo. Eu poderia ter ficado na cama, em casa... mas ficar sozinho com você teria me deixado louco. Eu tinha que sair como se fosse um dia qualquer.

Espero não ter alterado nada para você. Espero não ter modificado, de alguma maneira, a sua vida. E, se fiz isso, saiba que não foi minha intenção. Fiz o melhor que posso.

Tentei deixar suas lembranças intactas. Tentei não saber de nada que você não gostaria que eu soubesse.

Espero que isso não te assuste. A última coisa que quero é te assustar.

Preciso repetir para você: Não foi minha escolha. Se tivesse sido, seria imperdoável.

Do que você lembra? Estou prestes a narrar como foi o seu dia. Esta é a última chance que você tem de ter lembranças sem a influência do meu relato.

Quando acordei, eu estava em choque. Em todos esses anos, nunca acordei no corpo de alguém de quem eu gostasse tanto. Eu queria respeitar a sua privacidade ao máximo, por isso você está usando a roupa íntima de ontem e, nos momentos em que alguma coisa que eu não tinha visto ficou exposta, mantive de olhos fechados.

Encontrei seus pais no café da manhã, depois fui de carro para a escola. Como eu já tinha estado lá antes, não foi difícil chegar. Não acho que alguém tenha percebido que havia algo errado. Fui para a aula e mantive a cabeça abaixada. Tentei fazer boas anotações para você. Se quiser mais informações sobre as aulas, vai encontrar nos seus cadernos.

Tentei evitar Justin. Eu sabia que você iria querer que eu fizesse isso. Funcionou até a hora do almoço, quando ele sugeriu que a gente fosse comer pizza. Não encontrei um meio de sair dessa. Não aconteceu nada além de conversa. Ele está chateado com Stephanie e Steve pela briga.

Eu só voltei a vê-lo depois da escola. Ele queria fazer alguma coisa, mas, caso ele mencione isso, eu disse que tinha que levar a minha mãe para uma consulta.

(Eu percebo que é estranho ficar falando "Eu" aqui. Por "Eu", claro que quero dizer "você". Você tem que entender: quando fiz essas coisas, não era como se você as fizesse. Era como se eu as fizesse. Eu me pergunto se você vai se sentir da mesma maneira.)

Como a gente já tinha ido até o mar e a um bosque, achei que seria melhor ir para uma montanha. Eu também queria que nós ficássemos sozinhos... e estávamos muito sozinhos conforme escalávamos. (Se você quiser saber onde estivemos, a busca ainda deve estar no seu telefone. Não apaguei nada.) Foi bom ficar a sós e sentir um cansaço puramente físico. Eu queria que você se lembrasse disso, e queria que se lembrasse de mim ali com você. Não sei se isso é possível. Mas (e sei que vai soar estranho) senti como se você estivesse sentido por nós dois.

Sem querer meter você em encrenca, voltei a tempo de ter um jantar cordial com seus pais. Depois, me retirei para o seu quarto, tentei fazer o máximo do seu dever de casa e decidi escrever este bilhete para você.

Não existe maneira de saber como você vai reagir a isso, nem eu saberia dizer se tem um jeito bom ou ruim de reagir. Mesmo que eu não tenha causado danos, sei que esta violação pode ser irreparável. Vou entender se nunca mais quiser me ver, falar ou escrever para mim. Mas também vou torcer desesperadamente para que queira que eu fique em sua vida. Deixo a decisão para você.

Sei que não foi nem minha culpa nem minha escolha, mas ainda assim sinto muito. Sei que ler isso deve ser tão difícil quanto está sendo escrever.

Seu,

A

Minha mãe bate à porta, para ter certeza de que estou acordada. Será que eu me lembro de dizer a Justin que eu ia levá-la ao médico? Sim, eu me lembro. Eu me recordo de dizer isso, e, quando penso com mais atenção, até me lembro de dizer que era uma consulta com um médico do sono. Ele brincou comigo sobre roubar alguns comprimidos dela.

Como posso saber disso se eu não estava lá?

Só posso saber porque A deixou isso para mim. Não importa qual de nós dois estava no controle do meu corpo, desde que a lembrança foi criada e armazenada.

Quero ficar com raiva. Quero ficar apavorada. Quero ser capaz de rir disso, de achar ridículo. Todas essas seriam respostas racionais. Mas em vez disso me sinto... triste. Triste por A ter que passar por isso. Triste por não ter como evitar o que aconteceu. Triste pelo fato de isso complicar ainda mais as coisas. Eu sei, de todo coração, que A não está mentindo — meu corpo e minha vida estiveram seguros enquanto ele esteve no controle. Sei que A não teria feito nada para me magoar.

Também noto (de um modo que eu não poderia ter notado antes) como teria sido fácil para A destruir tudo. A poderia ter feito com que eu fizesse qualquer coisa. Terminado com Justin. Tirado fotos nuas e enviado para seu e-mail. Fugido.

Mas nada disso aconteceu. Sei que nada disso aconteceu.

Ainda assim, as coisas não voltarão ao normal. Não, esta coisa aconteceu comigo. Não consigo simplesmente dar de ombros como todas as outras pessoas cujos corpos A habitou. Elas não sabem que perderam um dia. Mas eu sei. Não posso evitar saber.

Imagino A esperando para ver se vou voltar a entrar em contato uma hora dessas, se isso é o suficiente para me fazer ir embora.

Eu escrevo:

A,

acho que me lembro de tudo. Onde você está hoje? Em vez de escrever um longo e-mail, quero conversar.

R

Quase no mesmo instante, recebo a resposta.

R,

fico aliviado por ter notícias suas. Estou a quase duas horas de distância, sou um garoto chamado Dylan. Mas vou aonde você quiser que eu vá.

A

Não quero esperar. Mas sei que tenho que ir à escola e ver se A causou algum dano sem perceber. Então digo a A para me encontrar na livraria, depois da escola. Teremos que esperar até lá.

Sua resposta é um simples

Obrigado.

Não respondo. Não preciso. Tudo que tenho que fazer é estar lá mais tarde e me preparar para saber o que aconteceu com todo mundo no dia de ontem, tudo o que eu perdi. Imagino que será um campo minado: ter que dar conta de algo que falei ou que não falei, de algum lugar ao qual fui ou não fui. Estou pronta para as pessoas na minha vida ficarem zangadas ou irritadas comigo, ou confusas por minha causa.

Mas o que acontece é ainda pior.

Ninguém parece ter notado que eu tinha sumido. Ou que não era eu mesma.

A começar pela minha mãe, sentada na cadeira de sempre. Pergunto a ela se eu parecia esquisita ontem.

— Não. Você estava perfeitamente agradável. Tivemos um jantar muito bom — diz ela.

Não comento que um "jantar muito bom" deveria parecer esquisito para ela. Algo a suspeitar.

Mas ela vive em seu próprio mundo. Não fico surpresa por não ter notado.

Meus amigos, porém... Acho que teriam notado alguma coisa. Talvez, não tudo. Mas, pelo menos, alguma coisa.

No entanto, não sinto que estão me tratando diferente. Não sinto nenhum lapso de um dia na minha amizade com eles.

Então pergunto:

— Ontem eu estava esquisita? Diferente?

Rebecca me diz que eu estava bem.

Preston diz que, na verdade, ele nem me viu.

Ben finge que não ouviu a pergunta.

Stephanie diz:

— Você quer saber quem está diferente? *Steve* está diferente.

E Justin... Justin comenta:

— É, você estava esquisita, mas isso não é exatamente *diferente*.

Ele está brincando. Dá para ver que está. E, por isso, dá para saber que foi um dia ótimo, que nos divertimos, que ele não se importou de eu acompanhar a minha mãe na consulta médica em vez de ir para casa com ele. A não fez nada para piorar as coisas entre nós. Ao contrário, A tornou as coisas um pouco melhores.

Fico aliviada por não ter sido descoberta. E fico irritada por ninguém ter notado a diferença.

Saio da escola um pouco mais cedo. Antes que alguém possa me parar e perguntar aonde vou. Antes que ninguém possa me parar e perguntar aonde vou.

Dirijo até a livraria e me esforço para lembrar mais sobre ontem. Vejo, sobretudo, árvores embaixo de mim. Sinto como foi ficar parada naquela montanha. Inspiro enquanto me lembro da sensação de inspirar quando estava lá.

Me sinto melhor.

A não me contou nada sobre Dylan, o garoto com cujo corpo estou prestes a me encontrar. Mas, quando entro no café da livraria, não há dúvida de quem eu estou procurando, porque é muito óbvio que ele está procurando por mim. Nossos olhos se encontram, e nossos olhos já se encontraram. Eu me aproximo dele.

— Olá — digo.

— Olá — responde. Ele escolheu a mesma mesa da última vez. E isso, mais do que tudo, me impressiona. Tudo que aconteceu desde a última vez... é como se eu sentisse ao mesmo tempo.

— Preciso de um café — digo para ele. Preciso colocar os pensamentos em ordem. E realmente preciso de um café.

Ele não parece se importar.

— Sim, claro — concorda. Ele é bem nerd hoje, com uma voz bem nerd. Tipo alguma coisa de *Big Bang Theory*. Não tem nada na sua camiseta. É apenas uma camiseta azul. Eu me pergunto se A teve que procurar pra achar uma camiseta sem uma piada estampada. Então brigo comigo mesma por fazer um monte de conclusões precipitadas simplesmente porque o cara parece nerd.

— Você quer alguma coisa? — ofereço.

— Claro.

Ele não tentou me acompanhar. Fico contente por ter dois minutos de fila, pedido e espera. Olho para as minhas mãos e penso nele olhando as minhas mãos ontem. Será que são as mesmas mãos? Ou será que a familiaridade as altera de alguma forma? A garota atrás do balcão anuncia meu pedido e o entrega a mim. Eu levo as bebidas até a mesa, e, durante alguns segundos (segundos demais), ficamos sentados ali, constrangidos. Ele está esperando que eu diga alguma coisa. Estou esperando que ele diga alguma coisa. Não estamos dizendo nada.

Quebro o silêncio e comento com ele:

— Parece a manhã do dia seguinte.

Ele olha para mim de modo gentil e nervoso.

— Eu sei.

A manhã do dia seguinte. Não posso acreditar que falei isso. Porque... o que ele sabe sobre a manhã do dia seguinte? Ele não está sempre em outro lugar?

Ele está olhando para mim... para meu corpo inteiro. As mãos. O rosto. Os olhos. Mesmo que eu faça isso todo dia, me pergunto como foi estar dentro de mim, ver o mundo desse jeito quando não se está acostumado a ele.

Calma. O que sinto neste momento é uma estranha calma. A e eu acabamos de fazer uma coisa que provavelmente ninguém mais já fez. Estou sentada diante de alguém que viu o mundo com os meus olhos. E A está sentado diante de alguém que pode contar a ele como foi desaparecer por um dia.

— Acordei e sabia que alguma coisa estava diferente — digo a ele. — Mesmo antes de ver a sua carta. Não era a desorientação esperada. Mas não senti como se tivesse perdido um dia. Era como se eu tivesse acordado e algo tivesse sido... acrescentado. Então vi a carta e comecei a ler, e na mesma hora soube que era verdade.

Tinha acontecido mesmo. Parei quando você me disse para parar, e tentei me lembrar de tudo sobre o dia de ontem. Estava tudo ali. Não as coisas que costumo esquecer, como acordar ou escovar os dentes. Mas subir aquela montanha. Almoçar com Justin. Jantar com meus pais. Até escrever a carta em si. Eu me lembrava disso. Não deveria fazer sentido. Por que eu escreveria uma carta para mim mesma para ler na manhã seguinte? Mas na minha mente, faz sentido.

Delicadamente, ele pergunta:

— Você me sente aí? Nas suas lembranças?

— Não do jeito que você pensa. Não o sinto no controle das coisas, nem no meu corpo ou algo assim. É como se você estivesse comigo. Tipo, como se eu pudesse sentir sua presença, mas fora de mim.

Preste atenção. Se eu ligasse a tevê a uma da manhã e ouvisse uma garota dizendo as coisas que estou dizendo, eu pensaria que ela era totalmente pirada.

— É insano termos essa conversa — observo.

Mas, obviamente, não é desse modo que A vê ou sente. Lembro a mim mesma que *para ele, isso é normal*.

— Eu queria que você se lembrasse de tudo — diz ele. — E é como se sua mente cooperasse com isso. Ou talvez ela também quisesse que você se lembrasse.

— Não sei. Só estou feliz por me lembrar.

— E se lembra de sentimentos? Ou só consegue visualizar as cenas?

— Como assim? — pergunto.

— Tipo, se eu perguntasse o que estava se passando na sua mente quando almoçou com Justin, você conseguiria dizer?

Fecho os olhos e tento voltar ao momento. Eu o vejo comendo pizza. Não me lembro realmente do que ele falou, apenas que está falando pra caramba. Mas não consigo me lembrar de estar feliz, chateada, com raiva ou coisa assim. Simplesmente me recordo de estar ali.

— Nada — digo, com os olhos ainda fechados. — Sabe quando você está realmente com raiva, mas não consegue se lembrar com o quê? Bem, isso é o oposto.

Abro os olhos e o vejo assimilando o que estou dizendo. Acho que estou confirmando o que ele sempre suspeitou.

— Você realmente não sabe como é para nós, sabe? — pergunto.

— Não — responde ele baixinho. — Eu não sei.

Ele me pergunta sobre algumas das outras coisas que aconteceram ontem, tipo, conversar com Rebecca, escalar a montanha, conversar durante o jantar com meus pais. Eu digo a ele que a única coisa que é vívida para mim é a escalada. Pensar nisso realmente me traz sensações. Respirar. Liberdade. Seriam emoções ou estou me lembrando da sensação física? Não conseguimos chegar a uma conclusão.

— É interessante — admito. — É realmente confuso, estranho e louco... mas também é interessante.

— Você é extraordinária por ser compreensiva, e por estar disposta a se encontrar comigo mesmo depois de eu... estar onde estava.

— Não é sua culpa. Eu sei.

— Obrigado.

É difícil de creditar que achei que poderia ficar longe dele. É difícil de acreditar que achei que poderia fugir disso. Porque parece muito confortável agora.

— Obrigada por não bagunçar minha vida — digo. — E por não se despir das minhas roupas. A menos, claro, que você não quisesse que eu me lembrasse que você deu uma espiadinha.

— Não teve espiadinha.

— Acredito em você. Por incrível que pareça, acredito em você em relação a todas as coisas.

E, por acreditar nele, também quero que ele me conte mais sobre como foi a experiência para ele. O que viu quando era eu. Mas também parece uma coisa meio egoísta de se perguntar. Que tipo de garota pede uma segunda opinião sobre a própria vida?

A percebe que estou me controlando para não falar. Claro.

— O que foi? — pergunta ele.

Decido arriscar.

— É só que... você acha que me conhece melhor agora? Porque o estranho é que... sinto que te conheço mais. Por causa do que fez e do que não fez. Não é estranho? Eu pensaria que você teria descoberto mais sobre mim... mas não tenho certeza se isso é verdade.

— Eu conheci seus pais — diz ele.

Ai, meu Deus.

— E qual foi a sua impressão?

— Acho que os dois se preocupam com você, do jeito deles.

Eu dou risada.

— Boa resposta.

— Bem, foi legal conhecê-los.

— Pode ter certeza de que vou me lembrar disso quando você conhecer meus pais de verdade. "Mãe, pai, este é A. Vocês acham que estão vendo A pela primeira vez, mas, na verdade, vocês já o conhecem, de quando ele estava no meu corpo."

— Tenho certeza de que vou me sair bem.

E o ridículo nisso tudo é: tenho certeza de que meus pais o adorariam. Se ao menos eu pudesse congelá-lo como ele é e levá-lo para casa, para meus pais, eles ficariam encantados.

Mas não posso dizer isso a ele. Seria injusto da minha parte fazer isso. Então eu pergunto sobre outra coisa qualquer. Apenas para garantir.

— Não tem como acontecer de novo, certo? — pergunto. — Você nunca é a mesma pessoa duas vezes.

Ele faz que sim com a cabeça.

— Correto. Nunca vai acontecer de novo.

— Sem ofensas, mas é um alívio não ter que ir dormir me perguntando se amanhã vou acordar com você no controle. Acho que posso lidar com isso uma vez. Mas não transforme num hábito.

— Prometo. Quero que o fato de ficar com você se torne um hábito, mas não desse jeito.

Ele diz isso muito casualmente, como se não fosse nada de mais. Como se talvez eu nem tivesse escutado.

Mas escutei.

— Você viu a minha vida — falo. — Me diz um modo de fazer isso funcionar.

— Nós vamos encontrar um jeito.

— Isso não é uma resposta — argumento. — É uma esperança.

— A esperança nos trouxe até aqui. Não as respostas.

— Tem razão. — Eu bebo o café. — Sei que é esquisito, mas... continuo pensando. Você realmente não é menino nem menina? Quero dizer, quando estava no meu corpo, você se sentiu mais... à vontade do que no corpo de um garoto?

— Sou apenas eu — diz ele (ela?). — Eu sempre me sinto à vontade e nunca me sinto à vontade. É assim que as coisas são.

Não sei por que isso não é suficiente para mim, mas não é.

— E quando você beija alguém? — insisto.

— É a mesma coisa.

— E na hora do sexo?

— Dylan está ficando vermelho? Neste minuto, ele está ficando vermelho?

Vermelho-vivo.

— Está.

— Que bom. Porque sei que estou.

Não sei por que a palavra *sexo* o faria ficar tão vermelho. Mas então percebo o motivo e falo sem pensar:

— Você nunca...?

Ele cospe as palavras.

— Não seria justo da minha parte...

— Nunca!

Agora ele está vermelho como um morango.

— Fico feliz que você ache isso engraçado — diz ele.

— Desculpe.

— Teve uma garota.

A-há!

— Sério?

— É. Ontem. Quando eu estava no corpo dela. Não se lembra? Acho que talvez ela esteja grávida.

— Isso não tem graça!

— Eu só tenho olhos para você — diz ele. E do modo como fala não tem graça alguma. Nem tem provocação. Ou indiferença.

Sinceridade. Acho que é a palavra para isso. Quando algo tem um significado tão forte que não pode ser outra coisa além do que é.

Não estou acostumada a isso.

— A... — começo. Eu tenho que contar a ele. Tenho que nos manter no mundo real. E, no mundo real, não podemos ficar juntos.

— Agora não — interrompe ele. — Vamos ficar numa boa.

A nota boa. Isso soa minha própria nota dentro de mim. E essa nota é, momentaneamente, mais alta que a realidade.

— Está bem — concordo. — Posso fazer isso.

Então, em vez de conversar sobre o amanhã, falamos mais sobre o ontem. Pergunto o que mais ele notou, e ele menciona todas essas coisas que eu nunca teria notado na vida. Detalhes físicos como o pequeno sinal de nascença vermelho na base do meu polegar esquerdo e lembranças como a vez em que Rebecca ficou com chiclete no cabelo. Ele também está decidido a me convencer que meus pais se importam comigo. Eu retruco que A deve ter pego os dois num bom dia. Ele não questiona, mas dá para ver também que não sabe muito bem o que quero dizer. Porque A nunca esteve com uma mesma pessoa em dias ruins e dias bons. Ele não conhece a vida desse jeito. O que me lembra de que ele nunca esteve preparado para lidar com alguém bom-mau como eu.

A vê as horas no telefone, e me dou conta de que também deveria ficar preocupada com o horário. Tenho que ir para casa para o jantar. Para fazer o dever de casa. Para dormir. Para a minha vida.

— Está ficando tarde — comento.

— Eu sei.

— Então acho que a gente deveria...

— Mas apenas se você prometer que vamos nos ver de novo. Em breve. Tipo, amanhã se der. E, se não der, então depois de amanhã. Amanhã de amanhã. Vamos chamá-lo assim.

Está começando de novo, e não tem nada que eu possa fazer para impedir. Porque não quero impedir. Porque desde que fique assim: duas pessoas conversando enquanto tomam um café, não temos que tomar nenhuma decisão.

— Como posso dizer "não"? — pergunto. — Estou morrendo de curiosidade para ver quem você vai ser a seguir.

A sinceridade retorna quando ele me diz:

— Sempre vou ser A.

Eu me levanto e dou um beijo em sua testa.

— Eu sei — respondo. — É por isso que quero te ver.

Imagino as pessoas olhando para nós enquanto levantamos da mesa, jogamos fora os copos de café e nos despedimos. *Deu tudo certo,* eles devem pensar. Apenas dois adolescentes num encontro. Não um primeiro encontro... Não. Estão familiarizados demais para isso. E de modo algum um último encontro. Porque deu tudo certo. Porque o garoto nerd e a garota discreta evidentemente gostam um do outro. Não é preciso estar dentro dos nossos corpos para perceber isso.

Capítulo Vinte

No dia seguinte, A está a quatro horas de distância, no corpo de uma garota. Poderiam muito bem ser quarenta horas ou quarenta dias.

Eu digo a A que sempre tem amanhã. E, ao digitar, quero acreditar nisso.

Mas realmente não acredito nisso.

Com um dia inteiro à minha frente, decido fazer um experimento. Vou fingir que sou uma estranha no meu próprio corpo.

Olho para o espelho ao sair do banho. Quantas vezes fiz isso antes? Fiquei me encarando enquanto o vapor sumia. Tentei e falhei em fazer parecer melhor. Inúmeras vezes. Mas quantas vezes eu realmente me *vi*? Vou olhar para o que está errado. Vou me concentrar nas manchas, no cabelo feio e arrepiado, em como sou desigual, como pareço cansada, que estou engordando e ficando flácida. Mas não assimilo a imagem geral. Não dou um passo para trás e olho para a coisa toda e penso: *Isto sou eu*. E certamente não dou um passo para trás e olho para a coisa toda e pergunto: *Será que isto sou realmente eu?*

Estou fazendo isso agora. Quanto do meu corpo realmente sou eu? Com certeza, meu rosto sou eu. Qualquer um que olhasse para meu rosto saberia que sou eu. Até com o cabelo molhado e penteado para trás, sou eu. Mas além disso? Se eu me mostrasse uma foto minha dos ombros para baixo, será que eu teria certeza de ser eu? Será que eu poderia me identificar olhando só para o corpo?

Fecho os olhos e me pergunto qual é a aparência dos meus pés. Eu meio que sei apenas. A mesma coisa com as mãos. Não tenho ideia de como são as minhas costas.

Deixo que me definam, mas sequer consigo defini-las.

Se eu fosse um estranho no meu corpo, o que eu pensaria dele? Abro os olhos e não sei bem. Um estranho não saberia nenhuma das histórias por trás de qualquer uma das minhas pequenas cicatrizes: a queda do triciclo, a lâmpada quebrada. Um estranho talvez não se importasse se meus peitos não são idênticos ou se a verruga no meu braço tem mais cabelo que o restante do braço. Por que se preocupar em julgar se você é um estranho num corpo? É quase como dirigir um carro. Sim, você não quer que o carro seja uma lata-velha, mas, em geral, um carro é um carro. Não importa a aparência desde que ele te leve aonde você tem que ir.

Sei que não sou um carro. Mas, enquanto caminho até a escola, imagino esta Rhiannon em miniatura dirigindo meu corpo. Ela é o meu eu real. O corpo é apenas um carro. E eu fico pensando. Quando Preston fala comigo, é como se ele estivesse falando com o motorista. Mas, quando um cara que não conheço me olha no corredor, ele está olhando para o carro. Quando meu professor vigia a turma enquanto está discorrendo monotonamente sobre História, ele não vê os motoristas; ele está vendo os carros estacionados. E, quando Justin me beija... eu não sei. Algumas vezes, parece que ele está tentando beijar o motorista. Outras vezes, que está apenas beijando o carro.

Tento me imaginar em outros corpos, guiando-os por aí, vivenciando como eles são vistos. A conclusão a que chego: eu não gosto muito do meu corpo, mas não sei bem se gostaria mais do corpo de outra pessoa. Todos são estranhos quando você olha para eles por muito tempo.

* * *

Sei que A não está aqui, mas quero que A esteja dentro de um dos corpos para os quais estou olhando. Quero que uma cabeça se vire e quero ver A lá dentro. Porque somente A poderia compreender todos esses lugares malucos aos quais minha mente está indo. Porque foi A quem levou minha consciência até eles. A quem me fez querer ir além dos carros para chegar a todos os motoristas.

— Você está bem? — pergunta Preston na hora do almoço. — Você realmente está meio fora do ar hoje.

— Não — digo a ele. — Eu estou muito, muito no ar.

Ele dá risada. Acho que uma risada é como se o motorista buzinasse e demonstrasse prazer.

Acho que se A estivesse no corpo de Preston, eu o beijaria com vontade.

Sei que é um pensamento ridículo, mas não consigo evitar.

Preston, claro, não tem ideia do que estou pensando. Ele me vê, sim, mas não de um modo que revelaria meus pensamentos.

O carro pode sorrir como quiser, mas isso não significa que dê para ver a expressão do motorista.

Recebo e-mails de A.

Ele me conta:

A garota que sou hoje não é legal. Posso torná-la legal por um dia, mas de que vai adiantar?

Ele diz:

Eu quero que a gente caminhe de novo no bosque.

214

Ele pergunta:

O que você está fazendo?

E não sei o que dizer.

Eu e Justin não nos falamos até depois da escola. Ele quer que eu passe em sua casa e não posso. Não tenho nenhuma desculpa; simplesmente sei que não posso.

Eu tenho amado seu corpo há muito tempo. Amado com devoção, com intensidade. Se fecho meus olhos, posso ver melhor do que vejo o meu próprio corpo porque o estudei, tracei, detalhei com muito mais atenção do que fiz com o meu. Ele ainda me atrai. Ainda me sinto ligada a ele. Mas também é apenas um corpo. Apenas um corpo.

Se eu o beijar agora, vou ficar pensando nisso. Se fizermos sexo agora, vou ficar pensando nisso.

Por isso não posso.

Claro que ele me pergunta por que não. Claro que ele me pergunta o que mais tenho para fazer.

— Só preciso ir para casa — respondo.

Não é o suficiente. Ele está irritado. Uma coisa é dizer que vou fazer compras com Preston no shopping, ou que fiz planos com Rebecca. Talvez fosse suportável se eu dissesse que tinha dever de casa. Ou que queria ir para casa e ficar com a minha mãe.

Mas estou dizendo que não preferia nada, e isso faz com que ele se sinta menos do que nada. Entendo e me sinto mal por isso.

Mas não consigo. Simplesmente não consigo.

A está somente há 45 minutos de mim. No corpo de um garoto.

Tenho um teste de matemática na parte da manhã, por isso, não posso matar aula até a hora do almoço. Não que eu me importe tanto assim com matemática. Mas percebo que isso poderia ser o que a minha vida está se tornando, tentar frequentar a escola o mínimo possível para ir até onde A está. E, se vier a ser a minha vida, vou ter que ser cuidadosa. Não vou ser reprovada por causa de uma paixonite ou seja lá o que isso for. Mas também não vou ficar longe de A por mais tempo do que o necessário.

Como A tem aula em casa hoje, ele tem que inventar um plano para escapar. Aguardo sua mensagem e então a recebo por volta do meio-dia: ele correu para a biblioteca pública, e tenho que chegar lá o mais rápido que puder.

Não perco tempo. Enquanto dirijo, fico imaginando A. O que é estranho porque não sei qual é sua aparência hoje. Na maior parte do tempo, estou imaginando Nathan, da festa. Sei lá por quê.

A biblioteca está muito, muito quieta quando chego. A bibliotecária pergunta se pode me ajudar quando entro, e respondo que estou procurando uma pessoa. Antes que ela possa me perguntar por que não estou na escoa, me afasto rapidamente da mesa e começo a examinar os corredores atrás de A. Tem um senhor de 90 anos dando uma olhada na seção de psicologia e uma mulher que poderia muito bem ser sua esposa cochilando numa poltrona perto de um antigo catálogo de fichas. Na seção infantil, uma mulher está amamentando.

Estou quase desistindo quando vejo uma fileira de mesas perto da janela. Tem um garoto ruivo sentado numa delas, lendo um livro. Está completamente imerso na leitura e nem percebe minha presença até eu ficar bem perto dele. Eu me dou conta de que ele é bonito de um jeito adorável, e, ao mesmo tempo, fico irritada comigo por notar isso. Não deveria importar. Tenho que pensar em A e não ligar para o corpo que ocupa.

— Hã-hã — falo, e espero trazê-lo de volta do mundo do livro que ele está lendo. — Imaginei que você fosse o único garoto no prédio, então tinha que ser você.

Estou esperando um sorriso. Um lampejo. Alívio por eu finalmente estar aqui.

Em vez disso, o garoto diz:

— Como é? — Ele parece extremamente irritado por eu ter interrompido sua leitura.

Tem que ser ele. Olhei em todos os lugares.

— É você, não é? — pergunto.

Esse garoto não está ligando para mim.

— Eu te conheço? — retruca ele em resposta.

Está bem. Talvez não. Talvez A esteja no banheiro masculino. Talvez eu esteja na biblioteca errada. Talvez eu precise parar de me aproximar de estranhos e supor que não são estranhos.

— Ah, me desculpe — falo. — É só que, hum, eu ia me encontrar com um garoto.

— Como ele é?

Agora vou parecer uma idiota. Porque eu deveria saber a resposta a esta pergunta, mas não sei.

— Eu não, hum, sei — digo ao garoto. — É, tipo, um lance de internet.

— Você não devia estar na escola?

Impossível esse garoto ter mais de 18 anos, então devolvo a pergunta:

— *Você* não devia estar na escola?

— Não posso — responde ele. — Eu tenho que me encontrar com uma garota muito incrível.

Já tinha convencido a mim mesma a começar a me afastar, por isso, leva um segundo para eu entender o que ele está dizendo.

Fui enganada. Pela pessoa que eu não imaginava que fosse fazer isso.

— Imbecil — digo.

— Desculpe. É só que...

Não. Não vou deixar que ele peça desculpas.

— Seu idiota... imbecil.

Começo a me afastar. Estou indo embora. Nunca tivemos regras, mas ele quebrou uma delas, de qualquer forma.

Agora A fica de pé.

— Rhiannon, me desculpe.

Ele estica a mão, mas me afasto.

— Você não pode fazer isso — aviso a ele. — Não é justo.

Ele sempre vai saber como eu sou. Eu nunca vou saber como ele é.

— Nunca mais vou fazer. Prometo.

Não é o suficiente.

— Não acredito que você acabou de fazer isso — censuro. — Olhe nos meus olhos e fale mais uma vez. Diga que promete.

Ele me olha nos olhos. Ficamos assim por um segundo.

Agora posso vê-lo. Não literalmente. Não é como se tivesse uma pessoinha acenando de dentro de seus olhos. Mas simplesmente sei que ele está ali.

— Eu prometo — garante ele.

Ele é sincero. Sei que é sincero. E está fora de suspeita, mas não estou disposta a deixar que ele saiba disso ainda.

— Eu acredito em você — digo a ele. — Mas ainda é um imbecil até que prove o contrário.

Nenhum de nós almoçou ainda, portanto, decidimos sair e comer. A me conta que a mãe do garoto vai voltar em duas horas para buscá-lo. Não temos muito tempo.

Vamos ao primeiro lugar que encontramos, um restaurante chinês que cheira como se tivesse acabado de ser lavado.

— Então, como foi sua manhã? — pergunta A.

— Normal — respondo. — Fiz um teste de matemática. Provavelmente não vale a pena falar sobre isso. Steve e Stephanie brigaram de novo a caminho da escola. Aparentemente, Stephanie queria parar na

Starbucks, e Steve, não, e por isso ela o chamou de completamente autocentrado e ele a chamou de uma vaca viciada em café. Pois é. E, como era esperado, Steve matou o primeiro tempo para ir buscar um *macchiato* de avelã extragrande. Foi fofo ele pegar o café, embora passivo-agressivo, já que ela gosta mais de *macchiatos* de caramelo. Pelo menos, ela não mencionou isso quando agradeceu, portanto, tudo voltou ao tenso estado normal quando o segundo tempo começou. Essa é a grande novidade.

Não conto a ele que, quando vi Justin, ele me ignorou porque o abandonei ontem (embora não tivéssemos planos). Justin disse várias vezes que torcia para que eu tivesse tido uma noite *incrível*. Respondi que tive um tempo de estudo de matemática realmente *incrível*. Ele agiu como se não acreditasse em mim, como se eu tivesse ido a uma festa sem ele.

Em vez de falar sobre Justin, pergunto mais sobre a garota que A era ontem. Sinto que mereço crédito por ter perguntado isso como se fosse a coisa mais natural do mundo. *O que mais você fez quando foi uma garota ontem?*

— Foi como ser uma granada — explica A. — Todo mundo simplesmente estava esperando a garota explodir e causar um baita estrago. A garota é poderosa, mas é daquele tipo de poder cultivado a partir do medo.

Penso em Lindsay Craig e seus puxa-sacos.

— Conheço tantas garotas assim. As perigosas são aquelas que são realmente boas nisso.

— Suspeito que ela seja muito boa nisso.

Imagino A como Lindsay Lohan ou qualquer outra personagem de *Meninas Malvadas*.

— Bem, fico feliz por não ter tido que conhecê-la. — Até por que, qual seria o sentido disso? Se A fosse assim, de forma alguma estaríamos assim, como estamos agora. Tudo bem que estamos em um restaurante chinês com manchas de gordura nos cardápios e molheiras de shoyu em formato de gatos de cerâmica, mas ainda é uma fuga, ainda é emocionante. Damos as mãos e olhamos um para o outro, e não há muito a ser dito. Encontrei alguém que se importa comigo e neste momento posso aceitar isso.

— Desculpe por ter chamado você de imbecil — digo. — É só que... já é difícil do jeito que é. Eu tinha tanta certeza de estar certa.

— Eu *fui* um imbecil. Fico achando que tudo isso parece normal.

— Justin faz isso às vezes. Finge que não contei uma coisa que acabei de contar. Ou inventa uma história e ri quando caio nela. Odeio isso.

— Desculpe...

— Não. Tudo bem. Quero dizer, ele não é o primeiro. Acho que tem alguma coisa em mim que faz as pessoas adorarem me enganar. E provavelmente eu faria isso, enganar as pessoas, se a ideia já tivesse me ocorrido.

Não quero parecer reclamona. Não quero que pareça que sou essa garota fraca que não sabe cuidar de si. Mas também quero que ele saiba que não suporto gente agindo com maldade. Pessoas fazendo joguinhos. Quero me proteger disso, mas protejo mal e porcamente o meu coração. Prefiro perder o jogo a jogá-lo. Ser magoada a ser malvada. Porque posso continuar vivendo comigo mesma se eu for magoada, mas não conseguiria suportar agir com maldade.

Tenho medo que A tente dizer algo para melhorar as coisas. Que ele vá me dizer que é tudo coisa da minha cabeça. Ou (pior ainda), que, assim como Justin, vá me dizer que tenho que aprender a levar as coisas na esportiva. Como se a minha falta de senso de humor fosse a verdadeira ofensa.

Mas A não diz nada disso. Ao contrário, está esvaziando o suporte com os hashis.

— O que está fazendo? — pergunto.

A mulher atrás da caixa registradora nos olha de um jeito estranho, e eu não a culpo.

A não responde. Em vez disso, ele arruma os hashis em formato de coração, cobrindo a mesa. Depois pega todos os pacotinhos de adoçante rosa-claro disponíveis, e de mais duas outras mesas, para preencher o coração.

É demais para mim. Ao mesmo tempo, é incrível.

Quando ele termina, aponta vaidosamente para o coração. Parece um garotinho do jardim de infância que terminou de construir um forte.

— Isso — diz ele — é apenas a nonagésima milionésima parte de como me sinto em relação a você.

Dou risada. Acho que ele esqueceu que o coração está cheio de adoçante.

— Vou tentar não levar isso pro lado pessoal — aviso a ele.

Ele parece um pouco ofendido.

— Não levar pro lado pessoal? Você deveria levar muito para o lado pessoal.

— O fato de você ter usado adoçante artificial?

Sacarina. Totalmente falsa. Mas real ao mesmo tempo.

Ele tira um pacote cor-de-rosa do coração e joga em cima de mim, brincando.

— Nem tudo é um símbolo! — grita ele.

Não vou ficar sentada, indefesa. Tiro um hashi do coração e uso como uma espada. Ele aceita meu desafio e ergue outro hashi do mesmo modo. Ele ataca. Eu me defendo. Somos bobos felizes.

O garçom se aproxima com alguns pratos. A vira a cabeça, e eu furo seu peito.

— Morri! — grita A.

— Quem pediu frango mu shu? — pergunta o garçom.

— É dele — digo. — E a resposta é: sim, nós somos sempre assim.

Depois que o garçom sai, A me pergunta:

— É verdade? Somos sempre assim?

— Bem, é um pouco cedo para falarmos em sempre — respondo. Não para estragar o momento. Apenas para ter certeza de que não perdemos o controle depois dele.

— Mas é um bom sinal — comenta ele.

— Sempre. — afirmo.

Eu me esqueço do restante da minha vida. Sequer tenho que afastar a ideia... me esqueci de tudo. Não está mais aqui. Só o agora existe, somente eu e A, e tudo que estamos compartilhando. Não é uma sensação de amnésia, mas sim uma súbita ausência de ruído.

No fim da refeição, pegamos nossos biscoitos da sorte. A minha diz:

VOCÊ TEM UM BELO SORRISO.

— Isso não é uma sorte — digo, e mostro para A.

— Não. *Você terá um belo sorriso...* Isso seria uma sorte — retruca ele.

Exatamente. Uma sorte tem que dizer o que vai acontecer, não o que já aconteceu.

E, falando sério, quem não tem um belo sorriso?

— Vou mandar trocar — falo.

A faz uma cara engraçada.

— Você costuma devolver biscoitos da sorte com frequência?

— Não. É a primeira vez. Quero dizer, estamos em um restaurante chinês...

— É negligência.

— Exato.

Aceno para o garçom, que vem imediatamente.

— Minha sorte não é exatamente uma sorte, é só uma constatação — explico a ele. — E é uma constatação bem superficial.

O garçom faz que sim com a cabeça e volta com a mão cheia de biscoitos embalados individualmente.

— Só preciso de um — peço a ele. Mais que um seria trapaça. — Espere um segundo.

Abro o segundo biscoito... e fico aliviada pelo que encontro dentro.

A AVENTURA ESTÁ LOGO ALI

— Muito bem, senhor — diz A ao garçom assim que mostro a fortuna aos dois.

— Sua vez — sugiro. — A abre cuidadosamente o biscoito e praticamente se ilumina ao ler a sorte.

— O quê? — pergunto.

Ele estica o papel para mim.

A AVENTURA ESTÁ LOGO ALI.

Não sou uma pessoa supersticiosa. Mas estou animada para chegar até logo ali. Não importa onde seja.

Sei que não temos muito tempo. Sei que A e eu apenas pegamos emprestado este tempo de outra pessoa, e que ele não é exclusivo para nós mesmos. Mas quero tomar esse tempo emprestado pelo tempo que puder. Quero que ele continue a falar comigo. Quero continuar a ouvi-lo.

De volta à biblioteca, peço a ele para me indicar mais livros para ler. Porque sei que a resposta a esta pergunta vai me fazer conhecê-lo ainda mais.

Ele me mostra o livro que estava lendo antes. O título é *Feed*.

— É sobre a diferença entre ligação tecnológica e ligação humana. Fala sobre como é possível termos tanta informação a ponto de esquecermos quem somos ou, no mínimo, quem deveríamos ser. — Ele me leva mais adiante nas prateleiras, para o fim da seção de livros juvenis e pega *A menina que roubava livros*. — Já leu este? — Balanço a cabeça, e ele continua. — É um romance sobre o holocausto, narrado pela própria morte. A morte está desconectada de tudo, mas não pode deixar de sentir que faz parte de tudo. E, quando ela começa a observar a história desta garotinha com uma vida muito difícil, não consegue desviar o olhar. Fica louca para saber o que vai acontecer. — Ele me puxa de novo para uma prateleira anterior. — E, para distrair, *Destroy All Cars*. Ele fala sobre como se importar profundamente com alguma coisa também pode fazer você odiar o mundo, porque o mundo pode ser muito, muito decepcionante. Mas não se preocupe, o livro é engraçado. Porque é assim que a gente supera as decepções, não é? Precisamos achar graça delas.

Concordo. E eu falaria mais sobre isso, mas ele não quer parar. Fiz a pergunta certa, e A quer responder completamente. Ele me mostra um livro intitulado *First Day on Earth*.

— Sei que vai parecer estranho, mas é sobre um garoto num grupo de apoio para pessoas que sentem que foram abduzidas por alienígenas. E ele conhece esse outro cara que pode ou não ser um alienígena. Mas, na verdade, o livro fala mesmo sobre o que significa ser humano. Eu já li várias vezes, sempre que encontro numa biblioteca. Em parte porque eu acho coisas novas sempre que leio, mas também porque esses livros estão sempre aí para mim. Todos eles estão aí para mim. Minha vida muda o tempo todo, mas os livros não mudam. A minha leitura muda; sempre posso trazer coisas novas para eles, mas as palavras são familiares. O mundo é um lugar onde você esteve antes, e ele te recebe de volta.

A balança a cabeça.

— Eu nunca disso isso a ninguém, sabia? Nunca falei isso sequer para mim mesmo. Mas aí está a verdade.

Quero pegar todos os livros, quero começar a compartilhar esses mundos com ele. Então eu me lembro: não estou na minha biblioteca. Não estou na minha cidade.

— E quanto a você? — pergunta A. — O que acha que eu deveria ler a seguir?

Sei que devo mostrar a ele alguma coisa muito inteligente e sofisticada, mas sei que está me perguntando do mesmo modo que perguntei para ele; para me ver nas respostas, saber mais sobre mim do que sabia antes. Então, em vez de fingir que *Jane Eyre* é a história da minha vida, ou que *Johnny Tremain* me transformou completamente quando li, eu o levo até a seção de livros infantis. Estou procurando *Harold and the Purple Crayon*, porque, quando eu era pequena, ele me dizia tanta coisa: o poder de desenhar seu próprio mundo e de desenhá-lo em roxo. Eu vejo o livro no display da seção principal e vou até lá.

Quando me inclino para pegar, A me surpreende ao gritar:

— Não! Esse não!

— O que você poderia ter contra *Harold and the Purple Crayon?* — pergunto. Até onde sei, poderia ser o fim da nossa amizade.

A parece aliviado.

— Desculpe — diz. — Pensei que você estivesse indo na direção de *A árvore generosa.*

Quem ele pensa que eu sou?

— Eu ODEIO *A árvore generosa* — retruco.

— Graças a Deus. Se fosse seu livro favorito, seria o fim de nós dois.

Eu diria a mesma coisa se ele o tivesse escolhido. A árvore do livro precisa tomar uma atitude. E o garoto tem que levar uns tapas.

— Tome, leve meus braços! Leve minhas pernas! — Eu imito.

— Leve minha cabeça! Leve meus ombros!

— Porque isso é amor!

Sério, não dá para acreditar que os pais leem esse livro para os filhos. Que mensagem horrível de se transmitir.

— Aquele garoto é, tipo, o imbecil do século — constata A.

— O maior imbecil da história da literatura. — É bom concordar nesse ponto.

Guardo *Harold* e me aproximo de A. Não vou precisar do giz de cera roxo para o que vem a seguir.

— Amor significa nunca ter que perder seus membros — diz A, aproximando-se de mim.

— Exato — concordo, beijando A.

Sem sacrifício. Sem dor. Sem pedidos.

Amor. Apenas amor.

Estou perdida no beijo. Deliciosamente perdida. Pelo menos, até alguém berrar:

— O que *pensa que* está *fazendo?*

Por um milésimo de segundo, imagino que fomos flagrados pela bibliotecária e que vamos ser multados. Mas a mulher que está berrando comigo não é a bibliotecária ou alguém que eu tenha visto antes. É uma mulher de meia-idade, zangada, que cospe as palavras. Ela chega bem perto de mim e diz:

— Não sei quem são seus pais, mas não criei *meu* filho para ficar se agarrando com *vadias*.

Estou chocada. Não fiz nada para merecer *isso*.

— Mãe! — grita A. — Deixa ela em paz!

Mãe. Por um segundo, eu penso: *Esta é a mãe de A*. Então me dou conta de que não, não é a mãe de A. A não tem mãe, não no sentido de que eu tenho mãe. Não, essa deve ser a mãe do garoto em cujo corpo ele está. A mãe que faz com que ele seja lecionado em casa. A mãe que o deixou sair para ir até a biblioteca, e que o encontrou fazendo isso.

— Entre no carro, George — ordena ela. — Neste minuto.

Imagino que A vai ceder. Não vou culpá-lo por ceder, embora eu esteja me sentindo atacada. No entanto, em vez de ceder, A encara a mãe de George e diz:

— Fica. Calma. Aí.

Agora é a mãe de George que se espanta. Este inocente garoto ruivo provavelmente nunca falou com a mãe desse jeito antes, embora eu tenha que supor que houve muitas vezes em que ela mereceu.

226

Enquanto a mãe de George fica confusa por um momento, A me diz que vamos dar um jeito e que fala comigo mais tarde.

— Você certamente não vai fazer isso! — proclama a mulher.

Eu o beijo de novo. Um beijo que é, ao mesmo tempo, um *olá*, um *adeus*, um *boa sorte* e um *eu me diverti muito*. Eu sei que essas coisas estão ali porque eu as coloquei ali. Normalmente também tem perguntas num beijo. *Você me ama? Está dando certo?* Mas este beijo não tem perguntas.

— Não se preocupe — murmuro, quando o beijo acaba. — Vamos dar um jeito de ficar juntos. O fim de semana está chegando.

Não consigo dizer mais do que isso porque a mãe de George agarrou a orelha dele e começou a puxar. Ela olha de novo para mim, tentando me humilhar com seu julgamento (*vadia vadia vadia*), mas não arredo o pé. A dá risada pelo ridículo que é o fato de estar sendo arrastado pela orelha. Isso só faz com que ela puxe com mais força.

Quando eles saem da biblioteca, eu aceno. Ele não pode ver, mas, de qualquer forma, acena de volta.

Não são nem três da tarde. Checo meu telefone e vejo uma mensagem de texto de Justin, me perguntando onde estou, e depois outra, dizendo que ele me procurou em toda parte. Eu mando uma resposta e falo que saí da escola cedo porque não estava me sentindo muito bem. Sei que ele não vai se oferecer para me trazer sopa ou vir dar uma conferida, a menos que queira saber se estou mentindo.

Então desligo o celular. Eu me desconecto.

Se alguém perguntar, direi que estava dormindo.

E vou esperar que A me acorde de novo.

Capítulo Vinte e Um

Passo a manhã de sexta-feira pensando no fim de semana. O que é algo comum; a maioria das pessoas passa a sexta pensando no fim de semana. Mas a maioria não está tentando encontrar um lugar para se encontrar com alguém como A.

Eu crio um plano. Meu tio tem uma cabana de caça que nunca usa, e, neste momento, ele está na Califórnia a trabalho. Meus pais têm uma chave reserva que eles nunca vão saber, nem em um milhão de anos, que sumiu. Tudo que preciso é de um álibi. Ou de alguns.

Recebo um e-mail de A dizendo que hoje ele é uma garota chamada Surita e que não está tão longe assim. Estou disposta a matar todas as aulas do dia, afinal de contas, é sexta-feira, mas A insiste em me encontrar depois da escola. Eu entendo... não tem motivo real para incomodar Surita. Mas talvez A seja um pouco mais legal do que eu seria em relação a isso.

Justin ainda está chateado comigo.

— Pelo visto está se sentindo melhor — diz ele, quando nos encontramos na frente do seu armário, antes da aula.

— Pois é. Deve ter sido uma dessas coisas de 24 horas.

Ele faz um muxoxo, e fico na defensiva.

— Desculpe por não mandar uma mensagem com foto do meu vômito — digo a ele.

— Eu não falei nada — retruca Justin, batendo a porta do armário. Não estou sendo justa. Estou ficando irritada com ele, e a mentirosa sou eu.

Então acrescento outra mentira.

— Estou feliz por ter melhorado. Eu e meus pais vamos visitar minha avó no fim de semana. E eu não gostaria de deixá-la doente.

Assim que digo isso, me lembro da avó de Justin, que está doente de verdade.

— Quando você vai? — pergunta ele.

— Amanhã — respondo. Então me dou conta do que fiz e emendo: — Mas prometi à Rebecca que passaria na casa dela hoje à noite.

— Ok. Tanto faz — retruca Justin, resmungando, e então vai embora sem se despedir, coisa que eu mereço.

A razão pela qual mencionei Rebecca é porque é isso que vou dizer aos meus pais: que vou passar o fim de semana com ela. Eles gostam de Rebecca, então não vão se importar. Mas me dou conta agora que vou ter que, pelo menos, passar a noite com ela, pois já contei ao Justin que é o que vou fazer.

Quando eu a vejo na aula de artes, pergunto se ela tem planos e rezo para que não tenha.

— Não — responde ela. — Alguma ideia?

— Que tal eu dormir na sua casa? — sugiro.

Rebecca parece muito animada.

— Boa! Faz tempo que a gente não assiste à sessão dupla de *Meninas Malvadas / Atração Mortal*.

— Ou *Clube dos Cinco* e *A Garota de Rosa Shocking*.

Esses eram nossos filmes favoritos quando estávamos na idade de dormir uma na casa da outra. Fico feliz por Rebecca se lembrar, pois faz um bom tempo. Ou pelo menos parece que faz um bom tempo. Essa era a minha vida pré-Justin. Uma vida passada.

— Tenho que fazer umas coisas depois da escola — aviso. — Com a minha mãe. Mas que tal eu aparecer por volta das seis?

— Você leva os ingredientes pra fazermos cookies? — pergunta ela.

— Desde que você tenha sorvete.

É tão bom ficar falando coisas assim que quase me esqueço de todas as mentiras que as cercam. Quase me esqueço de todas as coisas que não estou dizendo a ela.

Eu me encontro com A na livraria novamente. Hoje ele é uma garota indiana, meio gordinha. Eu me sinto horrível por pensar nisso no mesmo instante, por perceber isso primeiro. É A. Vou passar o tempo com A. Concentre-se no motorista. Não no carro.

Decidimos dar uma volta no parque; eu olho fixamente para Surita e a imagino como um garoto. Não é tão difícil assim. Se você olhar tempo suficiente para o rosto de qualquer pessoa, fica fácil imaginar como ela seria no gênero oposto. Então me detenho e me pergunto por que estou fazendo isso. Não é que eu olhe para ela e a imagine com a pele branca. Isso seria errado. Mas ainda quero vê-la como um garoto, para pensar em A como um garoto dentro dela.

As palavras são uma parte do problema. O fato de existirem palavras diferentes para *ele* e *ela*, *dele* e *dela*. Eu nunca tinha pensado nisso antes, em como isso é segregatório. Talvez se houvesse um único pronome para todos nós, não ficaríamos tão presos a essa diferença.

Parte de mim quer perguntar sobre isso, perguntar: *Você é ele ou ela?* Mas sei que a resposta é que A é os dois e nenhum, e que não é culpa de A que a nossa linguagem não contemple isso.

Tenho certeza de que A deve notar. O fato de que não estou segurando a mão de Surita. O fato de que não tem a mesma eletricidade no ar que quando A estava no corpo de um garoto. Quero desfazer isso. Entendo que é o modo errado de sentir. Mas não parece um nó que eu consiga realmente desamarrar.

A explica que Surita mora com avó que, por sua vez, não presta muita atenção nas coisas, então ela pode ficar fora até a hora que quiser. Isso significa que sou eu que tenho hora para chegar em casa hoje. Falo sobre isso com A, mas também conto que tenho um plano para o fim de semana e que sei de um lugar aonde podemos ir. Não digo qual é nem onde fica. Quero que seja surpresa.

Vamos até o trepa-trepa e, como não há crianças por perto, nós nos permitimos virar crianças, e subir, balançar e dar risadas. A me pergunta com quem eu andava quando estava no quarto ano, então eu conto histórias sobre eu e Rebecca, eu e minha paixonite por Peter, eu e a Sra. Shedlowe, a inspetora da hora do almoço que ouvia pacientemente qualquer problema que eu quisesse compartilhar. Sei que não posso fazer a mesma pergunta, por isso pergunto pelas coisas que A se lembra de quando era mais novo. E A me conta sobre um dia dos namorados no qual a mãe dele (dela) o (a) levou até o zoológico, uma festa de aniversário na qual ele (ela) ganhou o dia ao encontrar um cão desaparecido, e um jogo de beisebol no qual ele (ela) fez um *home run* porque, por alguma razão, o corpo sabia os movimentos certos, mesmo que A não soubesse.

— Pequenas vitórias — brinca A.

— Mas você se saiu bem — digo. — Essa é a grande vitória.

— E este — fala A, se aproximando — deve ser o prêmio.

Eu sei que deveria tocar o braço da garota. Sei que deveria puxar A para mais perto e encontrar um meio de nos aninharmos dentro do trepa-trepa. Mas em vez isso eu falo:

— Olha! O escorrega!

E dou um pulo, fazendo um gesto para A me acompanhar.

Se A nota, não diz nada. E, mesmo que a gente não acabe aninhados fisicamente no espaço que é totalmente nosso, ainda assim é confortável. E ainda parece que o tempo é confortável.

Estou bem. A não ser por um instante, quando imagino Justin em casa, jogando videogame. Sentindo que tem algo errado. Furioso com a situação, mas sem ter ideia real do quanto eu me desviei.

Então eu penso no que A estaria fazendo se não estivesse aqui comigo. Perdido na vida de outra pessoa. Apagando-se para ser ela.

Depois que escorregamos, sugiro irmos para o balanço. Em vez de nos dividirmos em empurrar e subir, sentamos nos balanços lado a lado e damos impulso às nossas pernas para nos movermos no ar. A certa altura, estamos na mesma posição. A estica a mão, e eu a pego. Balançamos assim, perfeitamente iguais, por cerca de 20 segundos. Então começamos a nos separar, a diferença de peso, de força ou no ângulo de nossos corpos (alguma coisa em relação a eles) nos impedindo de ficar assim para sempre.

De volta à livraria, faço A me levar de volta a *Feed, A menina que roubava livros, Destroy All Cars* e *First Day on Earth*. Compro todos eles.

— Você tem muita sorte — diz A.

— Por que são bons livros? — pergunto.

— Não. Porque depois que você compra os exemplares, eles sempre estarão lá. Você não tem que ficar procurando.

Estou quase emprestando para ele, mas não posso, é claro.

— Mas basta disso! — exclama ele. — Quem precisa de bens mundanos quando se pode ter o mundo em vez disso?

A voz que A está usando é animada. Talvez A realmente acredite nisso. Talvez eu esteja errada por querer coisas e possuir bens. Ou talvez A simplesmente esteja me oferecendo um lampejo de algo que ele (ela) não queria que eu visse.

Não há muito tempo para explorar isso. Preciso ir para a casa de Rebecca. Mas A e eu ainda temos amanhã. Eu me lembro de que teremos amanhã.

É uma despedida esperançosa. Somente quando estou de volta ao meu carro que me dou conta de que poderia ter lhe dado um beijo quando nos despedidos.

Isso nem me ocorreu.

* * *

À noite, Rebecca percebe que estou pensando em outra coisa além da Lindsay Lohan e Tina Fey. Ela dá *pause* no filme.

— Tem alguma coisa acontecendo entre você e Justin? — pergunta ela. — É nisso que você está pensando agora?

No mesmo instante, fico na defensiva... defensiva demais.

— O que faz você achar que tem algo acontecendo comigo e com Justin? Não tem nada acontecendo com a gente.

Com esta última frase, me dou conta de que acidentalmente contei a verdade. Mas ela não parece notar.

— É só que... quero dizer, é bom ter você de volta aqui. É a primeira vez que fazemos isso desde que... Bem, desde que vocês dois estão juntos. Achei que nunca mais faríamos.

Clareza. Magoei minha amiga. Venho magoando Rebecca nos últimos meses e sequer notei. Ela não vai me dizer isso, mas está aqui. Vejo isso agora.

— Me desculpe — digo, embora ela não tenha pedido que eu me desculpasse ou exatamente por causa disso. — As coisas estão bem com Justin, juro. Mas também quero ter mais do que só ele, sabe? Tipo, meus melhores amigos.

Melhores amigos. É como um presente que recebi e que não mereço.

Mas aqui estou, falando em voz alta que ainda guardo o presente e que não o devolvi à loja em troca de outra coisa.

— Você quer mais sorvete? — pergunta Rebecca, pegando a tigela. — Porque eu quero.

— Claro — respondo. Não por eu queira mais, mas porque sei que ela quer comer mais e não quer fazer isso sozinha.

Enquanto fico sentada na sala de tevê que frequentei pela maior parte da minha vida, vejo fotos de Rebecca e da família com idades diferentes e me dou conta de algo sobre nós. Rebecca me vê como algo além do que apenas um corpo, porque o corpo que ela conheceu mudou muito com o passar dos anos. Isso deve ajudar uma pessoa a ver o interior da outra.

233

Ela volta e liga o filme. Nossa sessão dupla termina bem depois da meia-noite, com todos os intervalos para pegar comida e coisas aleatórias, tipo, ver o que aconteceu ao cara que fazia o papel de Aaron e se ele ainda está gatinho. (Ele está.) O único momento constrangedor acontece quando Rebecca me pergunta o que vou fazer no fim de semana. Sei que este é o momento em que eu deveria recrutá-la para ser meu álibi, em que eu deveria avisá-la que meus pais podem telefonar. Mas uso a minha avó como desculpa de novo. Ela me diz para dar um olá por ela e prometo que vou fazer isso.

Vou dormir me perguntando o que estou fazendo, acordo me perguntando o que estou fazendo, e sei, com certeza, que não importa o que seja, farei de qualquer jeito.

Capítulo Vinte e Dois

O trajeto até a cabana do tio Artie dura cerca de duas horas, então tenho tempo suficiente para pensar. Estou com a chave reserva no bolso e com a bolsa que arrumei para o fim de semana na casa da Rebecca. Ou na casa da vovó, dependendo a quem você perguntar.

Estou animada com a ideia de ficar sozinha com A. Sei que vai durar só até a meia-noite; espero que A consiga voltar amanhã também, mas sei que não dá para ter certeza. É engraçado que, em todo o tempo que namoro Justin, nunca tenha me ocorrido trazê-lo aqui. Talvez por que tivéssemos a casa dele. Ou talvez porque nunca pareceu que precisávamos desse tipo de esconderijo.

Esconderijo. Com tempo suficiente para pensar, sei que o que estou fazendo tecnicamente é traição. Acho que sabia desde o início, mas esta é a primeira vez que realmente uso a palavra em minha mente. Não parece certo explicar o que estou fazendo, mas também não parece inteiramente errado. Sinto que estou num confuso terreno intermediário na tentativa de resolver as coisas. Sei o que Justin diria sobre isso, e como veria a situação. Tenho certeza de que estou fazendo com ele uma coisa que nunca fez comigo.

Também estou com muita raiva dele por não perceber. O que, noto, é uma completa injustiça.

Eu poderia mandar uma mensagem de texto quando chegasse lá. Poderia terminar com ele assim. Mas Justin merece mais do que isso. E, além disso, ele merece uma explicação. O único problema é que não dá para explicar isso.

Estou apaixonada por alguém que conheci quando estava em seu corpo por um dia.

Fiz questão de chegar lá um pouco mais cedo para arrumar o lugar. Adoro o tio Artie, mas há um motivo para as namoradas estarem sempre terminando com ele. A cabana é basicamente um cômodo com um monte de coisas empilhadas, incluindo um monte de "troféus" de suas caçadas. As vezes que vim aqui com meus pais quando era pequena me deixaram apavorada. As cabeças de animais com olhos de vidro me encarando nas paredes ainda me apavoram, embora eu tenha aprendido a não prestar mais atenção nelas. Uma ou duas estão começando a ficar meio desgastadas, e jogo alguns lençóis por cima. As outras, deixo pra lá.

O problema de chegar cedo é que, em determinado momento, as comidas que comprei já estão guardadas, o chão já foi varrido e eu não tenho nada para fazer. Eu trouxe *First Day on Earth*, mas estou distraída demais para prestar atenção, o que não parece justo com o livro. Acendo algumas poucas velas para que o ar tenha mais cheiro de baunilha e menos cheiro do tio Artie. Mas o cheiro também começa a fazer tudo parecer um sonho. Ou talvez eu esteja apenas cansada.

Acordo quando ouço um carro do lado de fora. Fico consciente quando ouço a porta do carro abrir. Ninguém mais sabe deste lugar, por isso tem que ser A. Dou uma olhada para fora da janela e vejo um cara bonito. Da minha idade. Ele.

Abro a porta, espero e observo. Pele bonita. Cabelo bonito. Como se, de alguma forma, o universo soubesse o propósito do dia de hoje.

— Você está muito bonitinho hoje — digo, enquanto ele fecha a porta e se aproxima. Eu imaginava que A fosse trazer uma mochila, mas é claro que ele não trouxe. Ele vai ficar aqui só um dia.

— Pai franco-canadense, mãe *créole* — explica ele. — Mas não falo nem uma palavra de francês.

— Sua mãe não vai aparecer desta vez, vai? — Brinco.

Ele dá um sorriso.

— Não.

— Que bom — digo e me aproximo. — Então posso fazer isso sem que me matem.

Ponho tudo naquele beijo. Toda a espera, todo o desejo. Tudo o que possuímos do dia de hoje, e os amanhãs que talvez não. Eu beijo A para dizer que estou aqui. Beijo para dizer que ele está aqui. Beijo para nos conectar, nos fundir, nos impelir. E A me beija em resposta a todas essas coisas e mais alguma coisa que não consigo identificar. Seus braços estão ao meu redor, meus braços estão em volta de A. O corpo dele puxa o meu e vice-versa, a pressão vem dos dois lados. Suas mãos tateiam meu corpo, me dão forma. Não há espaço entre nós. Não há espaço. Então recuo um pouco para tirar seu casaco, chutar meu tênis para fora do pé. Ele também chuta os tênis, e eu volto a me encostar, minha boca mal se afastando da boca de A. Eu o empurro para a cama. Prendo A sob meu peso, e nos encontramos no meio do caminho — totalmente vestidos, mas sem sentir as nossas roupas. Eu beijo seu pescoço, suas orelhas. A passa as mãos pelas laterais do meu corpo e mais uma vez beija meus lábios. Não há sequer uma única parte de mim que não deseje isso. É como se eu tivesse me contido a vida inteira e agora estivesse liberta. Passo a mão sob sua camiseta, acompanho a trilha até o peito. Repouso minha mão ali, sentindo o calor de sua pele. Ele está gemendo sem perceber. Eu nem sei seu nome e não tenho que saber porque ele é

A, ele é A, ele é A, e está comigo nesse momento. Estamos dividindo isso. Um dedo toca meu peito, um dedo desce pelas minhas costas. Beijos leves, beijos profundos. As camisetas são descartadas, pele sobre pele. O único sentido que me resta é o tato. Lábios no ombro. Mão sob a parte de trás do cós. Braço com braço. Perna contra perna. Rápido, depois, lento. Rápido. Depois, lento.

— Oi — diz ele.

— Oi — respondo.

Me deito de costas, e ele fica acima de mim. O dedo percorre a lateral do meu rosto. A lateral da mão corre ao longo da clavícula. Eu respondo, traçando seus ombros com os dedos, descendo pelas costas. Novamente beijo seu pescoço. A orelha. O espaço atrás da orelha.

Não há nada parecido com isso. Em todo o mundo, não há nada parecido com isso.

— Onde estamos? — pergunta ele.

— É uma cabana de caça que meu tio usa — explico. Quando passei as orientações, não falei aonde ele estava indo. — Ele está na Califórnia agora, por isso achei seguro invadir.

Ele olha ao redor.

— Você invadiu?

— Bem, com a chave reserva.

Ele recosta. Toco bem no meio de seu peito. O centro exato. Em seguida, movo a mão para a direita, para o território das batidas do coração.

— Foi uma recepção e tanto — diz ele, e suas mãos são incapazes de soltar meu corpo.

— Ainda não acabou — garanto, e viro em sua direção ao mesmo tempo que se vira na minha.

Intimidade. É disso que se trata. É isso que todo sexo deve ter: intimidade.

Agora estamos intimamente ligados. Não apenas com os corpos, mas nossos seres. A é cuidadoso, mas eu não. Não quero nada entre nós. Por isso, tiro a roupa dele e a minha. Quero tudo dele, e quero que ele tenha tudo de mim. Quero nossos olhos abertos. Quero que isso seja o que deve ser.

Estamos nus e nos beijando. Nus e cheios de desejo. Nus e aqui. Indo em direção ao inevitável. Indo rápido em alguns momentos, e depois diminuindo o ritmo para levar o tempo que for preciso. Desfrutando disso.

É perigoso porque vou fazer qualquer coisa. Mas só vou fazer qualquer coisa porque sei que não é perigoso.

— Você quer? — murmuro.

Eu o sinto contra mim. O calor, a respiração. Sinto o impulso. Sinto o quanto isso é certo.

— Não — diz ele. — Não ainda. Não agora.

Subitamente sinto o ar mais frio ao meu redor. Subitamente sinto o mundo à minha volta. Sinto todas as partes dele que não são nós dois.

Digo a mim mesma que ele está sendo prudente. Olho para ele e digo:

— Tem certeza? Eu quero. Não precisa ficar preocupado comigo. Eu quero. Eu... planejei.

Mas agora ele também está recuando. Uma das mãos ainda se apoia na lateral do meu corpo, mas a outra mão pousa no pequeno espaço entre nós.

— Não acho que a gente deva — explica ele.

— Ok — pondero, embora não esteja tudo ok porque eu não entendo.

— Não é você — diz ele. — E não é que eu não queira.

Sai o sonho, entra o pesadelo.

— Então o que é? — pergunto.

— É que parece errado.

Ele diz que não sou eu, mas quem mais poderia ser. Fui longe demais. Ele deve estar me julgando.

— Deixe que eu me preocupe com Justin. Isto é sobre você e eu. É diferente — digo.

239

— Mas não somos só você e eu. Há Xavier também.

— Xavier?

Ele aponta para o próprio corpo.

— Xavier.

— Ah.

— Ele nunca fez isso. E acho errado... ele fazer isso pela primeira vez e não saber. Parece que, se eu fizer, estarei tirando algo dele. Não acho que seja certo.

Isso parece mais compatível com o modo como o universo me tratou a vida inteira. Manda o cara perfeito no corpo perfeito. Mas então faz com que ele seja um virgem cuja virgindade eu estaria tirando sem que saiba. Não existe vocabulário em minha mente para lidar com isso.

Intimidade. Fiquei tão envolvida no sexo que me esqueci do que eu realmente estava atrás, do que eu realmente queria. Mesmo sem fazer sexo, não quero ter que abrir mão do restante.

É isso que digo a mim mesma no fim das contas.

Passado o feitiço de estar apenas na minha mente, volto para a realidade e me encosto no seu corpo com mais força. Me viro, e então nossos joelhos se encontram, braços em volta das costas, face a face.

— Você acha que ele se importaria? — pergunto.

O corpo responde por ele. Dá para sentir a tensão diminuindo. Dá para sentir que sou bem-vinda.

— Liguei o alarme — digo. — Para que a gente possa dormir.

Viro para o lado, e ele encosta o peito nas minhas costas, encaixa as pernas atrás das minhas. Estamos reunidos nesse pedacinho do tempo, nos recusamos a sair. Juntos, nossos corpos esfriam. Juntos, nossa respiração fica mais lenta. Juntos, nós nos sentimos menos sozinhos.

Nossos corpos podem se encaixar de mil maneiras.

***

A corrente do sono nos leva em comprimentos de ondas diferentes. Algumas vezes acordo e ele está dormindo. Algumas vezes, deve ter sido ele quem acordou. E outras, nossa vigília coincide, e temos conversas breves enquanto permanecemos abraçados.

— Você é ele ou ela? — pergunto.
— Sim — retruca ele.

— Sei que não conversamos sobre isso — diz ele, muitos minutos, talvez, horas depois. — Mas por que você está com ele?
— Não sei — digo. — Costumava achar que sabia. Mas não sei mais.

— Isso é amor? — pergunto. Mas ele está adormecido.

Ele murmura alguma coisa que soa como:
— Seu tio Artie é alto?

Quando nós dois estamos mais acordados, porém ainda sem vontade de nos movermos da cama, eu o encaro e pergunto:
— Quem foi o seu favorito?
Ele põe a mão na minha.
— Meu favorito?
— Seu corpo favorito. Sua vida favorita.
— Uma vez estive no corpo de uma garota cega. Quando eu tinha 11 anos. Talvez 12. Não sei se ela foi a minha favorita, mas eu aprendi mais sendo ela por um dia do que tinha aprendido com a

maior parte das pessoas durante um ano. Isso me mostrou como o modo que experimentamos o mundo é arbitrário e individual. Não era apenas o fato de os outros sentidos serem mais aguçados. Também descobrimos meios de navegar no mundo tal como ele se apresenta a nós. Para mim, foi um grande desafio. Mas para ela, era só a vida.

— Feche os olhos — murmuro.

Sei que ele fecha os olhos. Sentimos o corpo um do outro como se estivéssemos no escuro.

Horas mais tarde (ou talvez minutos mais tarde) o alarme dispara.

O dia está passando e nós não nos importamos. A luz diminui e não dizemos nada à medida que acontece. Isso é tudo que queremos. Dois corpos numa cama. Intimidade.

— Sei que precisa ir — digo. Meus olhos estão fechados. Sinto seu aceno com a cabeça.

— À meia-noite — revela ele. — Tenho que estar de volta à meia--noite.

— Mas por quê? Por que à meia-noite?

Agora sinto que ele balança a cabeça.

— Não sei ao certo. Mas tem a ver com o corpo, e o corpo simplesmente sabe.

— Vou ficar aqui — digo a ele.

— Eu volto amanhã — promete A.

Mais tempo. Mais tempo juntos.

— Eu acabaria com isso — diz ele. — Acabaria com toda a mudança se pudesse. Só para ficar aqui com você.

— Mas não pode acabar. Sei disso.

Não pareço com raiva nem decepcionada. Não estou com raiva nem decepcionada.

É assim que é.

Começamos a olhar o relógio. Cientes. Está na hora.

— Vou esperar por você — falo, enquanto ele se veste e se apronta para ir embora.

— Nós dois vamos esperar — diz ele. — Para voltar a isso.

Não tenho ideia do que estou fazendo, e me sinto bem com isso.

Ele me dá um beijo de despedida. Como se estivesse saindo para ir à escola. Ou para o trabalho. Como se estivéssemos no futuro. Como se estivéssemos acostumados a isso.

Não sei o que vou fazer depois de ele sair. Não tem computador aqui para ver os e-mails, nem sinal de celular.

Pego *First Day on Earth*. Não são as palavras de A, mas são palavras para as quais A me guiou. É o suficiente por enquanto.

Passei tempo demais do dia dormindo. Leio um pouco e então passo o restante da noite sonhando.

Capítulo Vinte e Três

Acordo com muito frio, então ligo o aquecedor e sofro quando fica quente demais. Acho que essas são as minhas opções.

Sei que A não vai voltar imediatamente, mas também sei que, mesmo que ele acordasse a cinco horas de distância, daria um jeito de estar aqui. Tenho que me manter ocupada até lá.

Termino de ler *First Day on Earth* e gostaria de ter trazido um livro maior ou até o dever de casa. Artie não tem livros por aí que eu possa ler. Apenas edições antigas de revistas de caça e pesca.

Tem um jornal antigo no qual as palavras cruzadas não foram feitas. Tento fazê-las, mas não sou muito boa nisso. Jogo alguns jogos no meu telefone e até dou uma volta do lado de fora da cabana, na esperança de conseguir sinal.

Estou entediada. Muito entediada. E, pior, posso ouvir Justin rindo de mim e me dizendo: "O que você achou que iria acontecer?". Respondo mentalmente "Ele está vindo", e Justin apenas retruca "Aham, claro".

Não. Não posso ter esse tipo de conversa imaginária. Olho o relógio. Passa de uma da tarde. Ele já deveria estar aqui a essa altura.

Ele não vem.

Mas ele prometeu.

Eu me sinto cada vez mais idiota à medida que o dia passa. Estou perambulando pela casa de camiseta e calcinha boxer, de tão quente.

Finalmente, ouço um carro chegando. Se aproximando. Parando. Todas as dúvidas que descartei agora se transformam em alívio.

Corro para a porta e a abro com força. Estou prestes a me jogar nos braços de A quando me dou conta de que o homem na minha frente é muito velho e tem um alce morto nos ombros.

Dou um grito.

O homem grita também, cambaleando para trás.

— Quem diabos é você? — pergunta ele, gritando.

Quero bater a porta, mas não consigo. Ele ainda está gritando:

— Você está invadindo! Meu Deus, você quase me fez enfartar. Está sozinha?

Ele está olhando para mim agora. Vê uma garota. Vê as minhas pernas.

— Sou sobrinha do Artie — explico. — Artie é meu tio. Esta cabana é dele. Não estou invadindo.

Ele parece desconfiado, e eu realmente queria que ele botasse o alce no chão. Está me deixando enjoada.

— Você não deveria estar aqui — diz o homem. — Mesmo que você *seja* sobrinha do Artie.

— Um segundo — peço.

Remexo nas minhas coisas atrás da carteira, pego a carteira de motorista. Quando volto, ele já botou o alce de volta na caminhonete, graças a Deus.

— Olhe! — Estico a carteira de motorista. — Mesmo sobrenome.

— Ótimo. Isso não significa que você deveria estar aqui.

— Você pode ligar para ele — desafio, sabendo que não tem meio de fazer isso, e torcendo para que Artie confirme a minha história caso exista, sim, um meio. — Ele deve ter confundido as coisas.

— Bem, em breve você vai ter muito mais companhia. Caçamos a manhã inteira, e Artie disse que a gente podia tirar as peles aqui e fazer o que tivesse que ser feito.

A vegetariana em mim está horrorizada. Mas fico parada no lugar.

— Um segundo — peço mais uma vez para o homem. Fecho a porta e visto tantas peças de roupa quantas consigo. Arrumo todas as minhas coisas.

Mas não posso ir embora. E se A voltar? Eu fico tão furiosa com ele por me abandonar, mas não posso me arriscar a abandoná-lo.

Por isso eu fico. Enquanto outros homens chegam. Enquanto olham para mim com expressão engraçada. Enquanto me encaram. Eles trazem mais caça e arrumam a área externa para tirar a pele dos animais. Releio o único livro que tenho. Saio e entro no carro. Tento evitar todo mundo, mas finalmente tenho que ir ao banheiro e não tem outro lugar para ir.

Resisto por mais duas horas. Então desisto.

É tarde demais. A não vem. Eu preciso voltar para casa.

Morro de ódio durante todo o trajeto.

Checo meu telefone assim que tem sinal. Espero um e-mail. Espero alguma explicação.

Nada. A não me disse nada.

Ele poderia ter acordado paralisado. Ele poderia estar em algum lugar sem computador. Talvez ele não tivesse carro.

Eu me agarro a desculpas. Mas fico desesperada ao fazer isso.

A pior resposta é que A conseguiu o que queria, e agora acabou. Como qualquer outro cara. E eu apenas sou como qualquer outra garota que foi idiota o suficiente de pensar que seu cara seria diferente.

A não é um cara, eu me lembro.

Mas, na verdade, isso não tem importância.

Ainda me sinto abandonada.

Ainda me sinto sozinha.

Capítulo Vinte e Quatro

Acordo cedo, supondo que A vai acordar cedo também, morrendo de vontade de me explicar o que aconteceu. Vou saber o que deu errado com o corpo de ontem, por que ele não conseguiu me encontrar.

Mas não tem nada na caixa de entrada. Nem sequer uma palavra.

Os menores temores estão cedendo. Os piores temores estão se aproximando.

Tento evitar Justin. Não porque eu tenha feito algo errado (e fiz), mas porque tenho medo de que ele sinta o cheiro disso em mim.

Rebecca me pergunta como vai a minha avó. Respondo que vovó está bem.

Continuo checando a caixa de entrada. Continuo descobrindo que está vazia.

Penso em matar o almoço, mas então imagino que tem havido tantas perguntas sobre o meu comportamento ultimamente que talvez seja melhor seguir com o dia como normalmente é.

Felizmente, Lindsay Craig deu uma festa no sábado à noite, o único assunto que as pessoas em nossa mesa conseguem falar. Stephanie achou ter visto Steve beijando uma garota de outra escola, mas Steve jura que foram os olhos embriagados de Stephanie.

— Sei não, hein, Steve — diz Justin. — A garota era bem gostosa.

Não dá para saber se ele está tentando irritar Steve, Stephanie ou se está tentando me fazer reagir.

— Você foi à festa? — pergunto, feito uma idiota.

— Tudo bem por você? — diz Justin, ironizando.

— Lógico — respondo em voz baixa.

Rebecca percebe. Dá para ver que sim. Também sei que, se ela me perguntar se tem alguma coisa errada, vou começar a gritar. Então eu faço questão de sair da mesa mais cedo.

Estou perdida na minha própria raiva. Estou com raiva de A. E estou com raiva de mim mesma por ficar numa posição na qual A significa o suficiente para me deixar com toda essa raiva.

Vou a todas as aulas. Na aula de educação física, jogamos softbol. Visto as roupas de ginástica e não reclamo quando me mandam para a terceira base. Tento me concentrar no jogo, tento evitar passar vergonha. No início, não noto que tem alguém acenando. Mas então percebo que ele está acenando para mim. Não o reconheço, e é por isso que sei. Ele vê que eu o encaro e acena com a cabeça uma vez. Espero até o fim do jogo, então, digo à professora que tenho que ir ao banheiro porque não estou me sentindo bem. Ela não discute e põe outra pessoa na terceira base.

Este cara não lembra nem um pouco com Xavier da cabana. Ele veste uma camiseta do Metallica, e seus braços são tão peludos que parecem quase tão pretos quanto a camiseta. Quando ele vê que estou me aproximando, volta para dentro do ginásio. Para longe do campo de visão do jogo.

Eu o acompanho.

Sei que deveria dar a ele uma chance de se explicar. Sei que se ele está aqui quer dizer que não desistiu de mim. Mas, ainda assim, quando diz "Ei" para mim, como se nada tivesse acontecido, parto pra cima dele.

— Onde diabos você esteve? — berro. Eu sequer pareço comigo mesma. Falo com muito mais raiva do que realmente sinto.

— Fiquei trancado no meu quarto — explica ele. — Foi horrível. Não tinha nem computador.

Sei que isso faz sentido. Sei que isso é possível, na verdade. Sei que ele não está mentindo. Mas a raiva ainda existe.

— Eu esperei por você — digo a A. — Acordei. Arrumei a cama. Tomei café da manhã. E então esperei. O sinal do telefone ia e voltava, e fiquei imaginando que era esse o problema. Comecei a ler números antigos da *Field & Stream* porque era a única coisa que tinha para ler. Aí ouvi passos. Eu fiquei tão animada. Corri para a porta quando ouvi alguém lá.

Eu conto quem era. Digo o que aconteceu, e deixo que ele me imagine lá sozinha com todos aqueles homens. Esperando por ele.

— Eu queria estar lá — diz ele. — Juro, eu queria estar lá. Mas estava preso. A garota... tinha tanta tristeza. Ela fez uma coisa horrível, e eles não a deixariam sozinha. Nem por um minuto. Tinham medo do que ela faria. Ela estava em negação. Mas eu não. Descobri o que aconteceu. E foi doloroso, Rhiannon. Você tem que acreditar em mim... foi doloroso. E, mesmo assim, eu teria saído. Eu teria, pelo menos, tentado. Mas não tinha jeito. Ela não tinha condição de sair.

— E hoje de manhã? — pergunto, fazendo um gesto para o Sr. Metallica. — Por que ele não podia me dar alguma notícia?

— Porque sua família estava indo para o Havaí... e, se eu fosse com eles, nunca conseguiria voltar. Por isso fugi. Peguei três ônibus diferentes para chegar aqui, depois tive que vir andando da rodoviária. Estou suado e exausto, e, quando voltar para a casa deste cara, ou ela vai estar vazia ou vai ser um inferno. Mas eu tinha que vir atrás de você. Tudo que me importava era vir atrás de você.

A raiva está indo embora, mas não é felicidade que está tomando seu lugar. É desespero. Como se finalmente eu reconhecesse, de verdade, o quanto isso é absurdo.

— Como a gente vai fazer isso? — pergunto a ele. — Como?

Quero que exista uma resposta. Realmente quero que exista uma resposta. Mas desconfio que ela não exista.

— Vem cá — diz ele, e abre os braços. Nenhuma resposta e uma resposta. Eu cedo. Vou direto para seus braços. Ele está suado e cheio de pelos, e, neste momento, não ligo. Não é atração. É o que há embaixo disso.

Ele me aperta, me aperta como se não houvesse amanhã. Eu fecho os olhos, digo a mim mesma que podemos fazer isso. Posso perdoá-lo. Podemos nos adaptar.

A porta do ginásio se abre, e nós dois ouvimos o ruído. Nos afastamos ao mesmo tempo, sem querer ser vistos. Mas fomos vistos. Olho na direção da porta, e lá está Justin. Tomo um susto. Justin. É como se minha mente não conseguisse aceitar. Justin. Aqui.

— Que porra é essa? — grita ele. — Que. Porra. É. Essa?

Vou dizer que ele é meu primo, acho. *Vou dizer que uma tia-avó morreu, e que ele veio me contar.*

— Justin... — começo. Mas ele não vai me deixar terminar.

— Lindsay me mandou uma mensagem de texto dizendo que você não estava se sentindo bem. Então vim pra ver como você estava. Acho que você está ótima. Não quero atrapalhar.

— Pare com isso — peço.

— Parar com o quê, sua vadia? — pergunta ele com raiva, se aproximando.

Como se ele farejasse isso em mim.

Fico olhando A tentar bloqueá-lo.

— Justin — diz ele.

Justin olha para ele como se ele fosse lixo.

— Ninguém te chamou pra essa conversa, cara.

Estou prestes a explicar. Mas, antes que eu possa fazer alguma coisa, Justin dá um soco em A com toda a força: o punho direto no rosto, nocauteando-o.

Grito e corro para ajudar A. Justin tenta me impedir, puxando meu braço para trás.

— Sempre soube que você era uma vagabunda — diz ele.

Tento me soltar do aperto, sacudindo o braço, e grito:

— Pare com isso!

Ele me solta, mas começa a chutar A enquanto ele está caído. Eu grito mais um pouco. Não me importa quem está ouvindo se isso fizer Justin parar.

— Ele é o seu novo namorado? — Justin está gritando. — Você o ama?

— Não amo! — grito em resposta. — Mas também não amo você. É isso.

Justin vai chutar A mais uma vez, mas agora A segura sua perna e puxa para baixo. Eu tento segurar A e fazê-lo recuar, mas não sou rápida o suficiente e Justin acerta um chute direto no queixo de A.

A porta se abre, e as garotas do softbol começam a entrar no ginásio. Elas me veem do lado de A. Veem o sangue no chão. A e Justin estão sangrando.

No mesmo instante surgem o choque e o falatório. Stephanie corre na minha direção e me pergunta se estou bem. Justin se levanta e tenta nocautear A mais uma vez. Mas ele erra, e A se põe de pé.

— O que está acontecendo? — pergunta Stephanie. — Quem é esse cara?

A vem tropeçando em minha direção, e Stephanie tenta bloquear. Percebo que isso faz sentido. Justin é meu namorado. A é um estranho. Eu podia mentir agora. Podia fingir que estou do lado do Justin. Mas Justin saberia a verdade e seu orgulho até poderia conviver com a mentira.

Mas não consigo. Eu não consigo.

— Tenho que ir — diz A. — Me encontre na Starbucks onde nos vimos da primeira vez. Quando puder.

— A! — chamo. Justin está bem atrás dele, esticando o braço para segurar o ombro de A. Mas, apesar do toque, em vez de ser puxado, A se libera e corre.

Estou com lágrimas nos olhos. Não sei como estou encontrando forças para ficar de pé. A professora de educação física se aproxima. Stephanie está me segurando.

— Sua vagabunda filha da mãe! — grita Justin. Todo mundo ouve. — Pra mim chega. Entendeu? Já deu! Pode ir trepar com o cara que você quiser. Você não tem nem que fazer pelas minhas costas. Você se acha muito boa, mas não é. Você *não* é.

Estou chorando muito agora.

— Justin, sai daqui — diz Stephanie.

— Não tente defendê-la! — Justin grita para ela. — Foi ela quem fez isso!

A professora está perto de nós agora e vê minhas lágrimas e o sangue. Ela tem perguntas. Stephanie tem perguntas. Lindsay, meio de lado, exulta. Outro professor entra e tenta levar Justin para a enfermaria. Justin manda o professor à merda e sai empurrando todo mundo. Todos os olhos se voltam para mim.

Tudo que consigo dizer é: "não foi nada."

Ninguém acredita, e isso faz sentido porque ninguém deveria acreditar.

Capítulo Vinte e Cinco

Tenho que tomar algumas decisões. E rápido. Tenho que decidir qual é o meu lado da história para que possa haver uma chance das pessoas tomarem meu partido.

Embora eu não esteja machucada (pelo menos, não fisicamente), me levam à enfermaria. A enfermeira vê meu estado e me faz deitar. Stephanie pede permissão para ficar comigo, mas a enfermeira diz para ela voltar para a sala. Na hora do intervalo da aula seguinte, ela volta com Rebecca e Preston, e eu me sento na cama para vê-los.

— Rhiannon, diz pra gente o que está acontecendo — pede ela.

— Estraguei tudo — digo a ela, digo a todos. — Acabou com Justin. Eu conheci outra pessoa.

Rebecca tenta conter a surpresa para eu não perceber. Mas Preston solta um "Uhú!", e Stephanie dá um tapa no seu ombro, mas não dá para retirar o que ele disse.

— Quem é? — pergunta Preston. — Conta, conta, conta.

Rebecca e Stephanie até podem agir como se Preston estivesse fora de si por me perguntar assim tão diretamente, mas as duas também estão esperando minha resposta.

— Não posso dizer — explico. — É complicado.

— Ele é casado? — pergunta Preston.

— Não! É apenas uma coisa... nova.

— Nova o bastante para invadir a escola e ver você? — pergunta Rebecca.

— É isso que as pessoas estão dizendo?

Eu quero e não quero saber.

— As pessoas estão dizendo todo tipo de coisas — conta Stephanie. — Justin está dizendo pra todo mundo que flagrou você se agarrando com o cara. Eu ando dizendo pra todo mundo que você entrou talvez uns dois minutos antes da gente entrar, e não existe evidência de que ele estivesse, hum, com o zíper aberto.

— Estávamos abraçados. Só isso.

— Bem, é o suficiente — diz Stephanie. — Quero dizer, para a fofoca. Para Justin, você é a maior piranha que já entrou nesta escola. Mas ele não é exatamente uma testemunha imparcial.

Agora que os socos e chutes acabaram, estou assimilando de verdade o quanto o magoei. O que fiz com ele. O que fiz com nós dois.

Todo esse tempo. Todas essas lembranças. Queimei tudo.

Rebecca se inclina e me abraça com força.

— Vai ficar tudo bem — diz ela. — Vamos sair dessa.

Preston e Stephanie repetem isso.

Talvez eles sejam tudo que me restou.

A enfermeira me deixa ficar até o fim da aula. Quando o sinal toca, faço um gesto para sair da cama, mas ela gesticula para eu não me mexer.

— Deixe os corredores esvaziarem — aconselha ela. — Permita-se isso.

Parece tão gentil que quero contar tudo para ela. Mas apenas imagino o que ela pensaria de mim então.

Aguardo mais uma hora. Quando vou até o meu armário, encontro nossas fotos que Justin guardava no armário dele, e eu, no meu. Ele rasgou todas, até o ponto de não dar para saber o que eram caso eu já não soubesse.

Foi o único dano que ele causou no meu armário. Mas é suficiente.

Rebecca quer que eu vá para a casa dela. Preston e Stephanie ficam ligando. Até Ben envia uma mensagem de texto, dizendo que espera que eu esteja bem.

Uma parte de mim quer reconhecer o desastre que causei e encontrar abrigo na companhia dos amigos.

Mas A está esperando. Eu sei que está esperando.

Volto para a Starbucks. Ele se limpou um pouco, mas ainda parece o cara que perdeu a briga.

Eu o vejo. Ele vê que eu o vejo. Vou pegar um café para me dar um minuto a mais para pensar.

— Eu realmente preciso disso — digo a ele quando me sento.

— Obrigado por vir — agradece. Como se não tivesse certeza de que eu viria. Como se eu estivesse fazendo um favor.

— Pensei em não vir — admito. — Mas não cogitei *seriamente*.

Olhando de perto, ele parece ainda pior.

— Você está bem? — pergunto.

— Estou — responde, embora não pareça bem.

— Me lembre... qual é o seu nome hoje?

— Michael.

Olho de novo para ele. E me lembro que este garoto deveria estar no Havaí agora.

— Pobre Michael — digo.

— Acho que não era bem assim que ele achava que o dia ia acabar.

— Somos dois.

A manhã parece que foi há um milhão de anos. Eu estava com tanta raiva dele. Agora estou apenas triste.

— Agora acabou? — pergunta ele. — A história entre vocês dois?

Como poderia não ter acabado? É o que quero perguntar. Em qual universo Justin poderia compreender o que fiz?

— Sim — respondo. Então acrescento, de modo injusto: — Acho que você conseguiu o que queria.

Ele não gosta disso.

— Esse é um jeito horrível de colocar as coisas. Você não queria isso também?

— Queria. Mas não desse jeito. Não na frente de todo mundo.

Ele estica o braço para tocar meu rosto, mas não parece certo. Eu me afasto. Ele abaixa a mão.

Isso me deixa mais triste ainda. O que estou fazendo com ele.

— Você está livre dele — diz A.

Eu adoraria que fosse tão fácil assim. Mas não é.

— Esqueço que você sabe muito pouco sobre essas coisas — digo a ele. — Esqueço que não tem experiência. Não estou livre dele, A. Só porque você terminou com alguém não quer dizer que esteja livre da pessoa. Ainda estou ligada ao Justin de cem modos diferentes. Só não vamos mais sair. Mas vai levar anos até eu me livrar dele.

Não sei por que estou dizendo isso a ele. Por que quero nos machucar. Talvez eu simplesmente me sinta menos culpada se sentir mais dor.

— Será que eu deveria ter ido para o Havaí? — É o que ele me pergunta.

Quase o perdi. Tenho que perceber que quase o perdi. A coisa que eu mais temia ontem quase aconteceu hoje. Ele fez tudo que podia para ficar, e agora, estou punindo-o por isso.

Tenho que parar.

— Não — digo. — Você não devia ter ido. Quero você aqui.

Os olhos dele se iluminam com a chance que estou dando, com a possibilidade de que, mesmo que tudo tenha saído errado, poderia, no fim das contas, estar certo.

— Com você? — pergunta ele.

Faço que sim com a cabeça.

— Comigo. Quando puder estar.

É o melhor que posso fazer. Ele sabe. Eu sei. E nós também sabemos que podíamos nos dar por satisfeitos por muito menos. Nós poderíamos abrir mão.

Ele me pergunta mais sobre o que aconteceu depois que ele saiu, e eu conto. Ele quer que eu entenda por que ele tinha que correr — ele não poderia meter Michael em mais encrenca ainda — e digo que compreendo.

Nós precisamos ter certeza de que Michael não vai ser levado para o Havaí, então usamos o meu celular para garantir que todos os últimos voos já partiram. Em vez de fazer Michael pegar todos os ônibus de volta pra casa, ofereço uma carona. Não estou mesmo com pressa de chegar em casa. Vou ter que contar a meus pais que terminei com Justin antes que eles fiquem sabendo por outra pessoa.

No trajeto, peço a A que me conte mais sobre quem ele foi. A garota problemática de ontem e as outras pessoas antes disso.

Ele derrama as histórias; algumas são tristes, mas a maioria é alegre. Enquanto ele conta, noto que, para cada evento, ele tem que se lembrar de duas coisas; ao contrário do restante de nós que só precisa se lembrar de um. Não apenas com quem ele estava, mas quem ele era. Como o primeiro beijo dele. Eu me lembro do meu primeiro beijo com Bobby Madigan — foi uma aposta no quinto ano que nós dois queríamos fazer, em segredo. Num momento de distração da Sra. Shedlowe, fomos de fininho até o bosque, na hora do recreio. Eu me lembro que seus lábios eram macios. Me lembro que os olhos dele estavam fechados. Não me ocorreu fechar os meus; se ia acontecer, eu queria ver.

A me diz que seu primeiro beijo foi no sexto ano. Ele estava num porão e brincavam de Verdade ou Consequência. Ele nunca tinha brincado disso antes, mas as outras crianças pareciam saber o que fazer. Ele girou, e a garrafa parou numa garota loura. Ele se recorda que ela se chamava Sarah e que, antes do beijo, ela falou: "fica de boca fechada!" Eu pergunto quem ele era na hora. Ele balança a cabeça.

— Não sei bem — responde. — Tudo de que me lembro é ela. Posso dizer para você que ela usava um vestido, tipo esses vestidos que as meninas usam para ir à catequese, sabe? Então talvez a gente estivesse numa festa de alguma coisa. Mas não consigo me lembrar de quem eu era.

— Nem mesmo se você era garoto ou garota?

— Um garoto, imagino... mas, sinceramente, eu não estava prestando atenção, seja lá como for.

É estranho pensar nisso: todo esse tempo que passamos juntos, todos esses dias. Estou tentando me lembrar quem ele era a cada dia. Mas A?

A só se lembra de mim.

Finalmente, o mapa no telefone avisa que estamos chegando perto da casa de Michael.

— Quero ver você amanhã — diz A.

— Quero ver você também. Mas acho que nós dois sabemos que não é só uma questão de querer.

— Vou torcer então.

Eu gosto disso.

— Vou torcer também — digo.

Flutuo com isso durante algum tempo, no trajeto para casa. Então me lembro de tudo que está acontecendo, e começo a me sentir mal. Quando chego em casa, mal suporto a ideia de contar aos meus pais sobre Justin, por isso os evito. Minha mãe grita alguma coisa sobre perder o jantar, mas não consigo sequer começar a me importar.

Telefono para Rebecca e conto como estou. Ela me diz, mais uma vez, que tudo vai ficar bem. Tudo vai passar.

Depois de desligar, fico olhando para o telefone. Clico na pasta de fotos, e é como se toda a minha história com Justin estivesse ali. Ele não poderia destruir essas fotos.

Sei que o que falei é verdade: não acabou.

Justin e eu estamos na parte ruim agora.

Capítulo Vinte e Seis

A escola é brutal no dia seguinte. Todos os sussurros. Todos os olhares. Todas as conversas. Algumas, ridículas. Outras, verdadeiras.

Todos neste edifício passaram anos sem ligar para mim. Agora fiz uma coisa errada e, subitamente, todo mundo se importa. É nojento.

Quando acordo, não tem e-mail de A e não checo de novo. Sinto que tenho que passar por isso sozinha. A não pode me ajudar. Preciso da ajuda de amigos como Rebecca e Preston.

Acho incrível quantas pessoas não veem problema em me chamar de vadia na minha cara. As garotas falam em voz baixa, mas os garotos gritam bem alto.

Justin deixou bem claro aos meus amigos que eles teriam que escolher, e que ele foi enganado. Ele não se importa com Rebecca nem com Preston, o que facilita para os dois. Stephanie, porém, diz que vai manter distância quando Justin estiver por perto. Steve também. Ela diz que espera que eu entenda. Respondo que sim.

— Você é boa demais — diz Rebecca, ouvindo isso.

— Não — respondo. — Acho que bondade não é meu problema.

É como se não fosse totalmente real para mim. Uma parte minha ainda chama por Justin, acredita que ainda estamos juntos e que fomos feitos para ficar juntos.

Posso consertar isso, é o que este pedaço acredita. Quando, na verdade, ele é a parte quebrada.

Ela também pergunta: *Por que você abriu mão de Justin mesmo, hein?*

Não sei como responder a isso.

Checo meu e-mail rapidamente antes do terceiro tempo. Tem uma mensagem de A, dizendo que está a caminho. Escrevo em resposta:

Não acho que hoje seja um bom dia.

Mas não tenho certeza se a mensagem vai chegar a tempo. A provavelmente já sequestrou o corpo de não importa quem seja. Não posso impedir.

Digo à Rebecca que vou matar o almoço. Sei que ela vai se oferecer para me fazer companhia, mas respondo que prefiro ficar sozinha, para tentar processar tudo. Sobretudo, quero me esconder, e é mais fácil quando estamos sozinhos.

— Tem certeza? — pergunta Rebecca.

Respondo que tenho.

— Lembre-se que isso é o pior — diz ela. — O primeiro dia é sempre o pior.

Quase não dá para acreditar nisso, vindo de uma garota que, sem sombra de dúvida, agora vai atrás do namorado, se sentar para almoçar com ele. Mas resisto à vontade de retrucar que ela está proibida de pode falar comigo até trair Ben e ele dar um pé na bunda dela.

Não sei aonde vou depois que Rebecca me deixa. Um canto escuro da biblioteca deveria ser seguro. Nunca vi uma bibliotecária mandar uma garota embora porque toda a escola a está chamando de vadia.

Estou indo para lá quando uma voz atrás de mim diz:

— Oi.

Não estou disposta a ouvir outra pessoa dar opinião sobre meu comportamento. Eu me viro e encaro a pessoa que me parou. É um garoto, acho. Talvez um calouro. Talvez também seja uma garota.

Estou confusa. Então olho nos olhos dele/dela e não fico confusa.

— Oi — digo. — Você está aqui. Por que isso não me surpreende?

Sei que deveria estar mais animada com o fato de A ter conseguido. Mas, sinceramente? É mais uma coisa para lidar num dia que já está difícil.

— Quer almoçar? — pergunta A.

Acho que poderia, sim, almoçar. Não é realmente o esconderijo que planejei, mas não sei como explicar isso.

— Claro — respondo. — Mas tenho mesmo que voltar depois.

— Está bem.

Passamos pelo corredor. É de se imaginar que talvez algumas pessoas olhassem para o estranho ao meu lado, uma pessoa que nunca viram antes. Talvez não o mesmo cara com quem os rumores dizem que fiz sexo no ginásio (não tem como confundir um com o outro), mas ainda assim... alguém diferente.

Mas não. Sou a atração principal.

A também está alerta. Ele vê os olhares dirigidos a mim. Vê as pessoas se desviando.

— Aparentemente, agora sou uma vagabunda metaleira — explico. Realmente não ligo para quem está ouvindo. — Segundo algumas fontes, até já transei com os caras do Metallica. É meio engraçado, mas também não é. — Paro de falar por um segundo e encaro A. — Mas você é alguma coisa completamente diferente. Nem sei com quem estou lidando hoje.

— Meu nome é Vic. Sou biologicamente mulher, mas do gênero masculino.

A diz isso como se fosse óbvio. Suspiro e respondo:

— Nem sei o que isso quer dizer.

— Bem, significa que o corpo de Vic nasceu de um jeito, mas seu psicoló...

Não é o que quero que as pessoas escutem. Eu interrompo:

— Vamos esperar até sairmos da escola, está bem? Por que você não anda atrás de mim por enquanto? Acho que vai facilitar as coisas.

Eu me sinto uma babaca por pedir isso. Mas também sinto que preciso de espaço. Só um pouquinho de espaço.

Levo Vic até o Philip Dinner, um tipo de asilo de idosos que serve comida. Ninguém da escola, a não ser os hipsters mais casca-grossa vêm até aqui. E imagino que posso me arriscar com os hipsters. Eles já têm problemas o bastante para se importar com os meus.

A garçonete nos trata como se fôssemos espiões prestes a retirar o direito dela ao Seguro Social. Só depois que ela vai embora podemos conversar.

— Então como está tudo? — pergunta A.

— Não sei se Justin está tão chateado assim — retruco. — E não faltam garotas querendo confortá-lo. — *Obrigada, Lindsay.* — É ridículo. Rebecca tem sido incrível. Juro, se existisse um emprego de Relações Públicas de Amigos, a vaga seria dela. Ela está espalhando meu lado da história por aí.

— E qual é?

— Que Justin é um imbecil. E que eu e o metaleiro não estávamos fazendo nada além de conversar.

— Sinto muito que tenha acontecido desse jeito.

— Poderia ter sido pior. E temos que parar de pedir desculpas um ao outro. As frases não podem sempre começar com "sinto muito".

Eu deveria sentir muito por jogar isso assim. Mas simplesmente não tenho energia. Especialmente com alguém tão complicado sentado à minha frente.

— Então você é uma garota que é um garoto? — pergunto.

— Mais ou menos isso.

Ah, ótimo. Agora A está irritado também.

— E você dirigiu muito?

— Três horas.

— E o que está deixando de fazer?

— Uns testes. E um encontro com a minha namorada.

Não posso evitar. Eu pergunto:

— Acha que é justo?

— Do que está falando? — pergunta A.

— Olha — digo —, fico feliz que você tenha vindo até aqui. De verdade. Mas não dormi muito bem na noite passada e estou num mau humor dos infernos, e hoje de manhã, quando vi seu e-mail, simplesmente pensei: será que tudo isso é realmente justo? Não pra mim nem pra você. Mas pra essas... pessoas cujas vidas você está sequestrando.

— Rhiannon, eu sempre tomo cuidado...

— Eu sei. E sei que é só por um dia. Mas e se alguma coisa totalmente inesperada fosse acontecer hoje? E se sua namorada estivesse planejando uma superfesta surpresa? E se a dupla dela na aula de laboratório fosse reprovada porque ela não estava lá para ajudar? E se... não sei. E se houvesse um acidente terrível e ela tivesse que estar por perto para salvar um bebê?

— Eu sei. Mas e se *for eu* a pessoa a quem alguma coisa deve acontecer? E se eu tivesse que estar aqui e, se não estivesse, o mundo fosse girar na direção errada? De algum modo infinitesimal, mas importante.

— Mas a vida de Vic não deveria vir antes da sua?

— Por quê?

— Porque você é só o hóspede.

No fim das contas, soou mais ríspido do que eu gostaria.

Eu emendo:

— Não estou dizendo que você é menos importante. Sabe que não estou. Neste momento, você é a pessoa que eu mais amo no mundo inteiro.

— Sério? — A parece desconfiar.

— O que quer dizer com *sério?*

— Ontem você disse que não me amava.

— Estava falando do metaleiro. Não de você.

A garçonete traz os queijos-quentes e as batatas fritas.

— Eu também te amo, sabe — diz A, assim que a garçonete nos deixa a sós.

— Eu sei.

— Vamos sair dessa. Todo relacionamento tem um começo difícil. Este é o nosso começo difícil. Não é como uma peça de quebra--cabeça que se encaixa no mesmo instante. Num relacionamento, você tem que dar forma às peças a cada extremidade antes que elas se encaixem perfeitamente.

Relacionamento. Quero saber se é isso que realmente é. Mas A não é a pessoa certa para perguntar.

Em vez disso, comento que a peça de A muda de forma todo dia.

— Só fisicamente — argumenta ele.

— Eu sei. — Eu como uma das batatas fritas. Estou cansada de falar, mas não sei como sair disso sem fazer com que A se sinta mal. — Na verdade, sei sim. Acho que preciso moldar melhor minha peça. Tem muita coisa acontecendo. E você ficando aqui... acaba sendo mais uma dessas coisas.

— Vou embora — diz ele. — Depois do almoço.

— Não é que eu queira que vá. — Tento tranquilizá-lo. — Só acho que precisa ir.

— Entendo.

— Que bom. — Me obrigo a sorrir. Tenho que mudar o tom. — Agora me fale sobre esse encontro de hoje à noite. Se não vou estar com você, quero saber quem vai.

Então me recosto e ouço A contar sobre Dawn, a garota que Vic, este garoto-que-nasceu-garota, ama como se fosse o ar e precisa mais do que tudo no mundo. É uma história de amor, pura e simples, e me flagro contente que alguém no universo consiga viver uma história dessas.

Mesmo conhecendo Vic somente agora e nunca tendo visto Dawn, penso neles depois que A vai embora. Imagino a merda que têm que passar para ficarem juntos. É a primeira coisa no dia hoje que parece acontecer na hora exata. Não entendo bem, é claro. Mas as pessoas podem passar por muita coisa para chegar ao lugar no qual elas têm que estar.

Eu tenho que me lembrar disso.

Depois da escola, Rebecca, Ben e Preston me levam para tomar sorvete. Eles querem saber mais sobre meu Homem Misterioso — é assim que eles o chamam, e não sei se estão tão errados assim.

Não conto muita coisa. Eles respeitam isso. Mas também fica claro que a curiosidade vai continuar e vou ter que inventar algumas mentiras depois, ou terminar rapidamente com o Homem Misterioso.

Faço questão de chegar em casa a tempo para o jantar. Por cima do frango e das batatas, digo aos meus pais que eu e Justin terminamos. Para minha extrema mortificação, começo a chorar. Embora eu saiba que é a coisa correta a fazer e embora saiba que é minha culpa, dizer isso na hora do jantar torna a coisa ainda mais real do que já foi. Não conto aos meus pais sobre o Homem Misterioso. Então a história completa é que eu e Justin não estamos mais juntos.

Sei que eles nunca gostaram do Justin. Sei que não vão me dizer para tentar resolver. Fico grata por isso. Meu pai diz:

— Calma. Calma.

Minha mãe comenta que tem certeza que foi a melhor coisa. Então eles simplesmente ficam sentados ali, me vendo chorar. Esperam que eu me recomponha. Mudam de assunto e perguntam como está Rebecca.

Eu me acalmo enquanto conto a eles sobre um fim de semana inventado. Basicamente, falo da noite com Rebecca e a divido em dois dias. Muitos filmes. Um monte de conversas. Um monte de lembranças.

Justin não volta a ser mencionado.

Sei que devo a A algum tipo de comunicação. Naquela noite, mais tarde, mando um e-mail.

A,

hoje foi estranho, mas acho que é porque é um momento muito estranho. O problema não é você nem amor. É que tudo está acontecendo ao mesmo tempo. Acho que você sabe o que quero dizer.

Vamos tentar de novo. Mas não acho que possa ser na escola. Acho que é demais para mim. Vamos nos encontrar depois. Em algum lugar sem vestígios do restante da minha vida. Só nós dois.

Não estou conseguindo imaginar como, mas quero que as peças se encaixem.

Com amor,

R

Depois de contar tantas mentiras para tantas pessoas, é bom ser sincera com alguém, e saber que a sinceridade vai ser bem recebida. Se A vai ser a única coisa verdadeira na minha vida, tenho que mantê-la verdadeira... mesmo enquanto me pergunto se posso tornar isso real.

Capítulo Vinte e Sete

Estou disposta a encontrá-lo onde e quando eu tiver que encontrar. Mas, quando finalmente recebo um e-mail de A na manhã seguinte, é para me contar que ele acordou no corpo de um garoto cujo avô morreu. Ele tem que ir ao funeral hoje. Não vai ter jeito de nos encontrarmos.

Quero digitar e responder que sinto muito pela perda dele. Mas não é a perda *dele*, claro. Na verdade, me sinto mal pelo garoto em cujo corpo ele está, porque não vai ao funeral do próprio avô. Não é culpa de A. Mas ainda assim não é justo.

Não sei por que o fato de não ver A me deixa arrasada, mas faz isso. Eu deveria estar acostumada. Deveria saber que isso sempre vai ser parte do plano — ou a parte que faz os planos desandarem. Mas, com todo o resto estando uma loucura, eu contava com isso. E agora estou me sentido uma idiota.

Ir para a escola não melhora nada. Eu me sinto distante de tudo. Talvez seja autodefesa: ainda dá para ouvir as pessoas falando sobre mim, ainda posso ver que estão me olhando como se eu fosse uma pessoa horrível. Mas também sei que ninguém aqui é capaz de entender o que estou passando. Ninguém aqui está apaixonado por uma pessoa que pode ou não aparecer a qualquer dia. Ninguém aqui sabe qual forma seu amor vai assumir. E, em vez de me sentir superior a eles, em vez de me sentir vaidosa por ter o que eles não têm, me flagro invejando-os. Quero a mesma estabilidade que Stephanie e Steve têm. Ou Rebecca e Ben. Que não é estabilidade — ainda existem brigas, discordâncias e dias bons e ruins —, mas, pelo menos, é mais estável que o grande desconhecido que não-estou-exatamente-namorando.

Tenho 16 anos, me vejo pensando. *Isso é coisa demais.*

A única coisa que não estou fazendo é desejar voltar uma semana no tempo, quando eu ainda era totalmente de Justin. Mas, mesmo isso, pode sofrer um abalo. Porque quando o vejo pela primeira vez desde a história do ginásio, fico mais arrasada ainda. Ele está saindo da aula de matemática e sou apenas outro corpo no corredor. O que vejo não é bonito. É muito mais triste que irritante. Ele sempre odiou estar aqui, e agora odeia ainda mais. Com certeza, se ele me visse, o ódio seria lançado na minha direção. Mas, como ele não me vê, não há para onde direcionar o ódio. Em vez disso, ele gira em si mesmo e morde a própria cauda.

Uma semana atrás, eu estaria correndo para reconfortá-lo. Eu tentaria desfazer a raiva, o ódio, fazê-lo respirar. Era isso que eu fazia. Era disso que ele precisava e disso que sempre se ressentiu.

Dou meia-volta e mudo para a direção que sei que ele não vai, embora não seja a direção na qual eu tenha que ir. Já é ruim o suficiente. Não quero piorar.

No dia seguinte, A diz que pode me ver. Mas o e-mail vem com um aviso.

Não sei bem se este cara é seu tipo. Ele é imenso. Só quero preparar você porque, da última vez que me viu, não foi assim.

Tipo. Subitamente A fica preocupado com meu tipo. Não quero que ele fique pensando dessa maneira. Isso só vai dificultar as coisas para nós dois. E como realmente ando pensando em A como "ele" agora, praticamente quero dizer que, sendo um cara, ao menos ele faz metade do meu tipo. Mas o que isso significa? Estou tão errada assim por pensar desse jeito?

Ame a pessoa dentro, lembro a mim mesma. *Isso só vai funcionar se você amar a pessoa que há por dentro.*

O problema, no qual fico pensando durante as aulas, é que tenho uma imagem mental da pessoa que há por dentro. Quando imagino A, eu o imagino como um garoto atraente, brilhando como um espírito ou um fantasma, e pulando de corpo em corpo. Esta é a pessoa pela qual me apaixonei. E na minha cabeça ele é um cara, e na minha cabeça ele é branco, tem cabelo escuro e é magro. Não é sarado. Nem é bonito-com-cara-de-artista. Apenas o padrão normal de atraente. Consigo até imaginar seu sorriso.

Esta imagem mental deveria facilitar, deveria tornar A mais real para mim. Mas apenas torna mais difícil porque sei que a imagem mental tem a ver com o que quero, não com o que A é.

Ele está esperando por mim do lado de fora da Clover Bookstore depois da aula. Usa camisa social e gravata, que aprecio. Mas não dá para abraçá-lo. Ele é grande. Muito grande. E é difícil lidar com isso. Não porque ele seja feio. Na verdade, tem alguma coisa fofa nele, na gravata. Mas o garoto é simplesmente tão maior do que eu. Estou intimidada. E, sim, é muito difícil passar de Vic-o-garoto--num-corpo-de-garota para o corpo de hoje.

— Oi — diz ele quando me aproximo. Acho que essa é a nossa palavra em código agora. Nosso cumprimento. Mas ainda soa esquisito vindo numa voz tão grave.

— É, oi — respondo.

É ainda pior quando estou ao lado dele. Eu me sinto minúscula.

— O que foi? — pergunta ele, como se este corpo não fosse diferente dos outros.

— Só estou absorvendo sua imagem, acho — respondo. É como um teste. *Vamos fazer A o mais diferente possível da última vez e ver como você lida com isso.*

Não estou com humor para ser testada. Já fui testada o suficiente.

— Não olhe para a embalagem — pede A. — Olhe para o que tem dentro.

Entendo. Mesmo. Mas, ainda assim, não gosto de pensar que isso é natural.

— Pra você é fácil falar — digo a ele. — Nunca mudo, não é?

Meu Deus, não quero brigar. Penso nisso embora seja eu quem esteja querendo briga.

E então dou um passo a mais com essa ideia e penso: *era assim com Justin.*

Não. Não é. Com Justin, eu brigava porque ele me deixava num beco sem saída.

A não está fazendo isso.

Como agora. A poderia facilmente dizer: *pois é, claro que você muda; a garota que conheci era muito legal, e a garota que está falando comigo neste momento está agindo como uma idiota.*

Mas a questão é: A não diria isso. E é por isso que estou aqui.

Em vez de me confrontar, A diz:

— Vamos.

Ele está seguindo em frente em vez ficarmos presos aqui.

— Para onde? — pergunto.

Ele dá um sorriso.

— Bem, já estivemos no mar, na montanha e na floresta. Então desta vez pensei que a gente podia tentar... jantar e ir ao cinema.

Rá. Não era o que eu estava esperando. Mas é muito melhor do que tentar encontrar um deserto.

— Suspeito que seja um encontro — digo, sorrindo para mim mesma.

— Até compro flores se você quiser.

Gosto da ideia.

— Vá em frente — digo a ele. — Compre flores pra mim.

Estou e não estou brincando. E ele fala sério porque, em vez de entrar na livraria, procura uma floricultura e compra uma dúzia de rosas para mim. É meio doido, mas a história toda é; então aceito.

Ele me dá as opções de filme no trajeto, e digo que, se é um encontro, então temos que ver um daqueles filmes de super-heróis que são feitos para tal fim: ação suficiente para os garotos, e piadas maldosas para as garotas. É claro que, assim que digo isso, percebo que a equação não leva em conta pessoas que não são nem garotos nem garotas. E também faz algumas suposições bem sérias sobre o que garotos e garotas querem.

Mas A não me censura. Em vez disso, me diz que é algo que quer ver sem me revelar o porquê.

Quando chegamos ao cinema, está praticamente vazio. As únicas outras pessoas presentes numa quinta-feira à noite são um grupo de adolescentes que evidentemente não se importam com o dever de casa nem com a escola amanhã. Dá para ver que estão olhando para nós e ficam fazendo comentários irônicos — talvez por causa do tamanho de A, talvez porque sou a garota que vai ao cinema com um buquê de rosas, como se fosse dia dos namorados ou coisa assim.

É engraçado porque é evidente que A tem um pouco de dificuldade em caminhar no corpo deste garoto. Faz sentido. Não está acostumado a ser tão grande assim e tem que se adaptar. Ele mal consegue se sentar na cadeira a meu lado, e, embora consiga, é evidente que

273

não vou ficar com parte alguma do braço. Ele tenta passar o próprio braço à minha volta, e é estranho. Estou basicamente presa em sua axila cheia de glândulas em funcionamento. Mas sinceramente? Acho que incomoda A mais do que a mim. No fim dos trailers, ele desistiu e se move para o outro assento, de tal modo que a gente tenha espaço para respirar. Mas isso não é exatamente o que se deve fazer num encontro.

Para melhorar as coisas, ele move a mão para o assento entre nós. Sei o que isso quer dizer. Movo minha própria mão para lá também, e, enquanto o filme começa e o mundo é ameaçado com a destruição, damos as mãos. É bom... mas não é tão bom quanto antes. Em parte, porque sua mão é muito maior do que a minha. Em parte, por causa do ângulo. E também porque sua mão está suada e ele fica se mexendo no assento. Finalmente desisto e ele não tenta segurar de novo. Eu ficaria bem, apoiada contra ele. O corpo de hoje é realmente bom para reclinar. Mas ele se afastou demais. Então ficamos apenas ali, em nossos espaços separados, durante a maior parte do filme. Não me importo, mas não parece um encontro.

Depois do filme, vamos a um restaurante italiano. Ainda não sei o que fazer com as flores e desejei nunca as ter pedido. Por fim, eu as coloco debaixo da minha cadeira.

Ele me pergunta de novo como estão as coisas na escola, e dou as últimas notícias. Também conto que meus pais já sabem e falo que Rebecca o chama de Homem Misterioso.

— Espero que não seja como você pensa em mim — diz ele.

— Bem, tem que admitir que você tem mais mistério do que os caras comuns. Quero dizer, do que as pessoas.

— Como assim?

— Tipo, por que é do jeito que é? De onde você veio? Por que faz as coisas que faz?

— Sei — diz ele. — Mas todos nós temos os mesmos mistérios, não é? Talvez não o de onde veio, mas você realmente saber por que se é do jeito que é? Ou por que faz as coisas que faz? Não sei por que nasci assim, mas você também não sabe por que nasceu do jeito que é. Estamos todos na escuridão. A questão é que a minha escuridão é um pouco menos comum do que a sua. Até onde nós sabemos.

— Mas tem mais coisas sobre mim que dá para explicar. Você tem que admitir.

— Dá pra ficar maluca procurando explicações para cada uma dessas coisas. Não consigo fazer isso. Fico contente por deixar as coisas simplesmente serem o que são. Não tenho que saber o porquê.

— Mas tem que estar curioso pra saber! *Eu estou.*

— Bem, eu não. E para isso aqui funcionar, preciso que me aceite de cara.

— De cara? Sério?

— Ok, ok. Péssima escolha de palavras. De coração. Pelo que há por dentro. Pelo que sou. Não importa como queira chamar.

— Como *você* chama? O que acha que você é?

— Eu sou uma pessoa, Rhiannon. Sou uma pessoa que por acaso habita outras pessoas por um dia. Mas ainda sou uma pessoa.

Levei bronca. Sinto como se o tivesse decepcionado. Caí na mesma armadilha que todos os outros. Não entendi.

Paramos de falar para comer. Mas não posso deixar de observá-lo. Estou buscando.

— O que foi? — pergunta A, flagrando meu olhar.

— É só que... não consigo enxergar você aí dentro. Em geral eu consigo. Tem um lampejo seu nos olhos. Mas hoje não.

Não sei bem se a culpa é minha ou dele. A conexão precisa estar plugada nas duas pontas, e talvez esteja frouxa em mim hoje.

— Juro que estou aqui — diz ele.

— Eu sei. Mas não consigo evitar. Simplesmente não sinto nada. Quando vejo você assim, não sinto. Não consigo.

— Está tudo bem. Não consegue me ver porque ele não tem nada a ver comigo. Não está sentindo porque não sou assim. Então, de certa forma, faz sentido.

— Acho que sim — digo. Mas não é isso que quero ouvir. Nunca ouvi A rejeitar um corpo antes. Nunca ouvi A dizer: *este não sou eu*. Será que é porque se sente assim ou porque o estou deixando constrangido? Ele sabe que estou pouco à vontade, e isso o está deixando pouco à vontade. Ele, que pode se adaptar a tudo, e que tem feito isso durante toda a vida, está se vendo pelos meus olhos e, por causa disso, descobre que está fracassando.

Preciso parar com isso. Mas o que devo fazer? Tentar não vê-lo como este cara imenso? Como ignorar isso? Como não me sentir diferente em relação a isso?

Todos esses pensamentos, e não posso dizer nenhum em voz alta. Porque isso só iria piorar as coisas.

Então conversamos sobre o filme. A comida. O tempo.

É confuso. Confuso porque não estamos falando de nós. E também porque me dou conta que, tendo 16 anos e estando apaixonados, não há muito sobre o que conversar além de você mesmo.

Isso não tem a ver com o corpo no qual você está, é o que quero dizer a ele. *É sobre onde nós estamos.*

Ele não fala nada até irmos para os carros.

— O que está acontecendo? — me pergunta.

— Só uma noite ruim, acho. — Tento cheirar as rosas, mas o perfume já se foi. — Podemos ter noites ruins, não é? Em especial se considerarmos...

— É. Em especial se considerarmos.

Não é só uma coisa, é tudo. Se ele estivesse no corpo da cabana, eu lhe daria um beijo de boa-noite. Se ele fosse a garota-garoto do outro dia, eu não daria. Ou se ele fosse Ashley, a cover da Beyoncé.

Ou se fosse Nathan do porão, eu não daria. E, se ele fosse a imagem que tenho na cabeça, esta noite teria sido diferente. Agora seria diferente.

Não é como deveria ser. Mas é assim que é comigo. Ao menos até conseguir me acostumar. Se é que um dia vá conseguir me acostumar.

Eu não poderia dar um beijo de boa-noite nele nem se quisesse. Nem de leve. Não se ele não se abaixar para ficar da minha altura.

Então, em vez de tentar, levanto as flores e deixo que ele sinta o perfume. Tento tornar a despedida agradável desse jeito.

— Obrigada pelas flores — digo a ele.

— De nada — retruca A.

— Amanhã.

Ele acena com a cabeça.

— Amanhã.

Deixamos assim.

Mas é o suficiente?

Estamos sempre dizendo amanhã. Estamos sempre prometendo embora não seja possível prometer com cem por cento de certeza.

Meus pais já estão dormindo quando chego, mas a casa silenciosa me dá espaço demais para pensar. Jantar e um filme. Os elementos mais básicos de um relacionamento, de um namoro. Mas nós falhamos, não é?

Acho que talvez eu me sinta diferente de manhã.

Não me sinto.

Fico deitada na cama, me perguntando onde A está e qual sua aparência.

Eu me imagino tendo que pensar isso todas as manhãs. Talvez não para o resto da vida. Mas para o resto da vida escolar.

Parece coisa demais.

Mando um e-mail para A.

Quero muito te ver hoje.

Precisamos conversar.

Capítulo Vinte e Oito

A me manda um e-mail dizendo que hoje ele é uma garota que se chama Lisa, e que vai me encontrar na hora que eu quiser. Digo para me encontrar no parque perto da escola depois da aula.

Passo o dia todo pensando no que fazer. Quero A na minha vida. Sei que ele é uma coisa boa e que se importa comigo de um modo que poucas pessoas já se importaram. O que temos é amor. Sei bem que é amor. Mas será que isso quer dizer que pode ser um relacionamento? Será que isso significa que vamos ficar juntos? Será que não podemos amar alguém sem ficar junto?

Depois da escola, me encontro com A num banco do parque — ele está exatamente onde pedi que ficasse. A garota que ele é hoje parece alguém de quem eu poderia ser amiga: estilo de roupas parecido, cabelo parecido. Ainda tenho que me ajustar, mas não é difícil porque me é familiar.

Ela está lendo um livro e sequer percebe minha presença até que me sento a seu lado. Então ergue o olhar e sorri.

— Oi — diz.

— Oi — respondo.

— Como foi seu dia?

— Foi ok.

Não quero começar a falar imediatamente e despejar todas as coisas que andei pensando. Em vez disso, conto sobre as aulas e sobre o jogo de futebol de amanhã, para o qual todo mundo está ansioso, e que Rebecca está insistindo para eu ir mesmo sem vontade. A me pergunta por que, e admito que, em parte, é porque não quero ver Justin e, em parte, porque... bem, é um jogo de futebol.

— Parece que o tempo vai estar bom, pelo menos — diz A antes de começar a falar da previsão para o fim de semana.

Tenho que interromper. Se começarmos a falar se vai ou não chover no domingo, vou gritar.

— A — falo, embora A não tenha terminado. — Tem coisas que preciso te dizer.

A fica imóvel. E não é como ontem, quando ele se sentiu tão distante dentro do corpo. Agora ele está flutuando até a superfície desta garota. Muito nervoso. Com muito medo.

Eu queria poder dizer a ele que tudo vai ficar bem. Queria poder convidá-lo para o jogo de futebol. Queria poder apresentá-lo a todos os meus amigos. Eu queria poder dizer que quero beijar esta garota tanto quanto quero beijar qualquer outra pessoa. Queria poder dizer o que ele quer que eu diga.

Mas eu me recuso a mentir. Essa é a única coisa que nós podemos ter: sinceridade entre nós. Todas as outras coisas, não importa quais sejam, podem ser construídas a partir disso.

— Não acho que eu consiga fazer isso — digo.

Ele sabe o que quero dizer. Ele não pergunta O quê? Ele não parece confuso. Em vez disso, ele pergunta:

— Você não acha que consegue fazer isso ou não quer fazer isso?

— Eu quero. Sério, quero. Mas como, A? Simplesmente não vejo como é possível.

Agora ele pergunta:

— O que você quer dizer?

Eu falo com todas as letras. Dói fazer isso porque eu sei que não é algo que ele possa controlar. Mas ele tem que ver que também não posso controlar o meu próprio eu.

— Quero dizer que todos os dias você é uma pessoa diferente. E simplesmente não consigo amar da mesma maneira cada uma das pessoas que você é. Sei que é você por baixo. Sei que é só a embalagem. Mas não consigo, A. Tentei. E não consigo. Eu quero... quero ser a pessoa a conseguir... mas não dá. E não é só isso. Terminei com Justin há pouco tempo e preciso processar essa história, dar uma conclusão a ela. E tem tantas coisas que você e eu não podemos fazer. Nunca vamos poder sair com meus amigos. Nunca nem vou poder falar sobre você com meus amigos, e isso está me deixando louca. Você nunca vai poder conhecer meus pais. Nunca vou poder dormir e acordar com você. Nunca. E tenho tentado me convencer de que essas coisas não são importantes, A. De verdade, tenho tentado. Mas perdi essa discussão. E não posso continuar discutindo se sei qual é a resposta correta.

É isso. Com todas as letras. Mas ele não desiste quando o forço a encarar a questão.

— Não é impossível — diz ele. — Você acha que não tenho tido as mesmas discussões internas, os mesmos pensamentos? Tenho tentado imaginar como podemos ter um futuro juntos. E que tal isso? Acho que um jeito de eu não ir para tão longe seria morando numa cidade grande. Quero dizer, haveria mais corpos da idade certa por perto e, enquanto não sei como passo de um corpo para outro, tenho quase certeza de que a distância que me desloco está relacionada ao número de possibilidades que existem. Por isso, se morássemos em Nova York, provavelmente, eu nunca sairia de lá. Tem tantas pessoas para escolher. Aí poderíamos nos ver o tempo todo. Ficar juntos. Sei que é loucura. Sei que você não pode simplesmente sair de casa de repente. Mas um dia poderíamos fazer isso. Um dia, nossa vida poderia ser assim. Nunca vou poder acordar ao seu lado, mas posso ficar com você o tempo todo. Não será uma vida normal; sei disso. Mas será uma vida. Uma vida juntos.

Quero ser a garota que acredita nisso. Quero ser a garota que pode escapar da própria vida e fazer isso. Por uma pessoa. Pela pessoa certa.

Mas neste momento, não acho que seja essa garota.

Tento imaginar. Posso me ver morando em Nova York. Tendo um apartamento. Vivendo uma vida ali.

O problema é que, quando a porta se abrir e A entrar para casa, será a minha imagem mental de A. Ele é esse cara. Esse cara que ele nunca vai ser.

Não consigo imaginar isso com uma pessoa diferente todo dia. Assim não parece uma vida. Parece um hotel.

Sei que ele quer muito isso. E acaba comigo saber que não posso dar a ele.

— Isso nunca vai acontecer — digo, tentando manter a voz o mais reconfortante possível. — Queria poder acreditar, mas não consigo.

— Mas, Rhiannon...

Agora estou chorando. São coisas demais.

— Quero que você saiba que, se você fosse um cara que conheci, se você fosse o mesmo cara todos os dias, se o interior fosse o exterior... haveria uma boa chance de eu te amar para sempre. O problema não é seu coração, espero que você saiba disso. Mas o restante é muito difícil. Talvez existam garotas por aí que consigam lidar com isso. Espero que existam. Mas não sou uma delas. Simplesmente não consigo fazer isso.

A também está chorando. Quero dizer, a garota que está sentada comigo neste banco também está chorando.

— Então... o quê? — pergunta ela. — É isso. Acabou?

Balanço a cabeça.

— Quero que a gente esteja na vida um do outro. Mas sua vida não pode continuar tirando a minha dos trilhos. Preciso ficar com meus amigos, A. Preciso ir para a escola e ao baile de formatura e fazer todas as coisas que eu deveria fazer. Sou grata, verdadeiramente grata, por não estar mais com Justin. Mas não posso abrir mão das outras coisas.

— Você não pode fazer isso por mim do jeito que posso fazer por você?

— Não. Desculpe, mas não posso.

E também não quero que ele faça isso por mim. Não quero. Não vale a pena.

— Rhiannon... — começa A. Mas para em seguida. Como se ele finalmente estivesse se dando conta da verdade. E do que ela significa para nós.

Poderíamos ficar aqui discutindo isso por horas. Por dias. Poderíamos ficar vindo a este banco; A num corpo diferente a cada vez. Não importa. Sei disso. E acho que A está começando a perceber também.

Me inclino e dou um beijo na bochecha dele (dela).

— Tenho que ir — digo. — Não para sempre. Mas por enquanto. Vamos conversar de novo daqui a alguns dias. Se você realmente pensar sobre isso, chegará a mesma conclusão. E então não será tão ruim assim. Então vamos conseguir passar por isso juntos e imaginar o que vem depois. Quero que exista alguma coisa depois. Só que não pode ser...

— Amor?

Não.

— Um relacionamento. Namoro. O que você quiser.

Me levanto. Preciso ir agora. Não porque vá mudar de ideia se ficar. Sei que não vou mudar. Mas também sei que continuar tentando e fracassando vai magoar A ainda mais.

— Vamos conversar. — Eu prometo.

— Vamos conversar — diz ele. E é uma afirmação, não uma promessa.

Fico parada ali. Não quero ir embora assim.

— Rhiannon, eu te amo — diz ele, com a voz falhando.

283

— Também te amo.

Sei que isso é alguma coisa. Não o suficiente, mas é alguma coisa.

Aceno brevemente, depois, vou para o carro. Não olho para trás. Tenho que me manter calma. Só dentro do carro, quando boto o cinto de segurança, ponho tudo para fora. Meu corpo precisa liberar isso. Então deixo sair. Me permito ficar no mesmo estado lastimável que a minha vida está. E, quando termino, limpo o nariz, seco os olhos, giro a chave na ignição e vou pra casa.

Capítulo Vinte e Nove

Assim que entro no meu quarto, quero mandar um e-mail para A, a fim de consertar as coisas.

Mas tenho que ser mais forte do que isso. Porque sei que seria uma mentira, e tenho que viver com a verdade.

Não tenho intenção de ir ao jogo de futebol, e Rebecca e Preston não têm intenção de me deixar escapar. Eu poderia resistir a um deles, mas a força combinada é demais para mim.

Eles me chamam no viva-voz na casa da Rebecca.

— Você precisa ir — insiste Preston.

— Não me interessa se o Homem Misterioso está planejando levar você num passeio pela Europa no fim de semana — diz Rebecca. — Isso é mais importante.

— Porque queremos você lá.

— Nós *precisamos* de você lá.

— Mas Justin vai estar lá! — observo.

— E daí? — insiste Preston. — Podemos acabar com aquele bunda--mole se tivermos que fazer isso.

Rebecca suspira.

— O que Preston quer dizer é que não pode evitar Justin pra sempre. Nossa escola não é tão grande assim. Então quanto antes superar essa história, melhor. E vamos ficar com você o tempo todo.

— Além disso — emenda Preston —, você vai enlouquecer se ficar em casa o fim de semana todo.

Verdade. Tudo isso é verdade.

Além do mais, sinto falta deles.

— Está bem — digo. — Mas vocês vão ficar conversando comigo o tempo todo. Não esperem que eu assista ao futebol da escola durante duas horas.

— Fechado — diz Rebecca, e Preston comemora.

Fico superpreocupada com o que vestir. O que nunca foi um problema quando ia me encontrar com A. Acho que eu imaginava que, se ele ia aparecer num corpo qualquer, eu podia aparecer vestindo qualquer coisa. Ou talvez eu não sentisse que ele me avaliava o tempo todo, como acontecia com Justin.

Rebecca, Preston e Ben me pegam de carro, e vamos para a escola. É como se a cidade inteira estivesse presente; embora o time de futebol seja uma porcaria, o jogo é meio que uma coisa importante. Stephanie e Steve estão com Justin e uns poucos amigos, e Stephanie prometeu mandar mensagens de texto com notícias sobre onde estão. Digo a Rebecca que isso não é necessário. Não preciso ser tratada como se houvesse uma ordem de restrição entre nós. Não tenho medo que Justin vá me atacar. Só me preocupa o quanto será triste vê-lo.

Felizmente, as arquibancadas estão lotadas e o grupo do Justin não está nem perto da gente. Como prometido, conversamos durante o jogo — na maior parte do tempo, Preston faz comentários sobre as opções de roupas de várias pessoas nas arquibancadas, e até Ben faz observações, de vez em quando. A certa altura, Preston diz que vai

286

atrás de um pretzel e Rebecca se oferece para acompanhá-lo, deixando eu e Ben sozinhos e juntos pela primeira vez em algum tempo.

Primeiro, acho que vamos ver o jogo até que Preston e Rebecca voltem. Mas então Ben comenta:

— Fico feliz que você tenha feito isso.

Ele não está nem olhando para mim ao dizer isso; está olhando para o campo. Mas eu sei que está falando comigo.

— Obrigada — digo.

Então ele olha para mim.

— Não precisa agradecer. Só que é bom ver você fora da sombra dele. Porque as coisas não crescem à sombra, sabe? Então era frustrante ver você parada ali... e é muito legal ver você saindo da sombra. Não sei quem é o cara novo, mas, quando estiver com ele, faça de tudo para não ficar à sombra dele. Fique num lugar em que todo mundo possa te ver.

A multidão começa a comemorar, e Ben se vira de novo para o jogo a tempo de ver um dos nossos jogadores correndo para a end zone.

— Ah, qual é?! — grita ele, junto ao restante da multidão. O jogador foi interceptado a poucas jardas. — Putz, cara! — Ben suspira. — Dá pra acreditar?

— Foi por pouco — digo.

— É. — Ben comenta, acenando a cabeça. — Foi por pouco.

Eu deveria saber que ia ter uma festa depois.

— Vai ser divertido — promete Rebecca, pegando o meu braço e me levando para o carro. — Não vamos sair de perto de você.

A verdade é que eu não preciso de muito para ser convencida. Estou me divertindo. Divertimento sem complicações com meus amigos. Por muito tempo eu fiquei sem poder ter isso, sempre com o contrapeso de Justin, a obrigação de ser um casal em vez de sair com meus amigos. Essa uma das coisas a respeito da liberdade: não procurar nada nem sentir falta de nada, apenas estar feliz com os amigos ao lado.

— Claro — digo a Rebecca. — Vamos.

Não é tão tarde assim, e mal escureceu. Tem uma festa oficial em um restaurante qualquer do ex-quarterback da escola, mas a multidão que não entende de futebol se reúne na casa do Will Tyler, que, muito convenientemente, fica em frente a uma área da represa que nunca tem patrulhamento contra invasores.

Will Tyler é um cara da série acima da nossa que vendeu um romance de fantasia para uma grande editora aos 14 anos. Há um banner em cima da porta de casa dele que diz FUTEBOL É PARA OS FRACOS; QUADRIBOL É PARA OS DEUSES. Preston comemora quando vê isso.

Se tanta nerdice não é suficiente para afastar Justin, tenho certeza de que a total ausência de álcool será. Em vez de cerveja e vodca, Will e os pais estocaram cada refrigerante que já foi inventado — ou, pelo menos, é o que parece. As garrafas estão alinhadas em pares idênticos na cozinha, como se estivéssemos numa espécie de arca de Noé com gás. Algumas pessoas estão resmungando ou servindo-se Fanta. Mas gostei. Faz muito tempo desde que tomei uma Cherry Coke.

A iria adorar. Com certeza iria. Eu queria que ele estivesse aqui, não para ficarmos juntos, mas para ele provar qualquer um dos refrigerantes que ele nunca provou enquanto pulava por aí na infância.

— Will Tyler não é bobo — diz Preston, brincando comigo e segurando um copo vermelho cheio de refrigerante roxo. — Esta é uma festa da qual todos vamos lembrar.

— Ora, obrigado — fala um garoto atrás dele, a voz com um sotaque levemente sulista. — Fico contente por você estar aqui, Preston.

Preston se vira para o garoto e solta:

— Você sabe meu nome?

Will dá risada.

— Claro que sei seu nome! É um nome muito bonito.

Preston sorri.

Will sorri.

E fico, tipo, *Uau. Isso aí. Vai nessa.*

— Tenho que encontrar Rebecca — digo, embora Rebecca esteja a meros dez passos, servindo-se de um copo de refrigerante Barqs.

— Não olhe agora — murmuro, quando me aproximo dela —, mas acho que Preston encontrou alguém do mesmo time que ele.

Claro que Rebecca olha. Quando ela se vira para mim, os olhos estão arregalados.

— Por que não pensamos nisso antes? — pergunta ela.

— Tudo tem sua hora — respondo.

— E eu diria que a hora é agora!

Ben se aproxima, arrastando os pés.

— Vocês têm alguma ideia do que seja Vernors? Estou tomando, e não é ruim. Mas não sei bem o que deveria ser.

— Sai — diz Rebeca. — Sai, sai, sai.

Nós nos afastamos de Preston e de Will e vamos para a sala de tevê, onde está tocando *Lights*, de Ellie Goulding, no último volume, e a iluminação está baixa. Olhando ao redor, vejo que estamos praticamente cercados por geniozinhos; o grupinho de Rebecca e Ben. Mas não me sinto rejeitada.

Acho que essa seria a multidão de A também. Quero dizer, ele poderia se transformar em qualquer um: babaca, drogado, alpinista social, sociopata. Mas depois de tudo que ele passou, ele é basicamente um geniozinho.

Examino a multidão, tentando reconhecê-lo embora eu não tenha pedido para ele estar aqui. Se estiver, terá sido coincidência. Destino.

Alguém sugere jogarmos adivinhações. Desligam a música, acendem as luzes. Preston e Will vêm da cozinha. É óbvio que eles estão no mesmo time para jogar. E, quando um deles dá as pistas, fica olhando para o outro.

Outras pessoas aparecem — outros geniozinhos que foram jantar antes de vir. A festa oficial só começa às 21h, quando surge uma onda completamente diferente. Algumas pessoas estão bêbadas, e outras, querendo ficar. Rebecca dá uma olhada no telefone, e tem uma mensagem de Stephanie dizendo que eles vão chegar em breve.

— Você quer ir embora? — Rebecca me pergunta.

E digo que não. Estou feliz aqui. Não quero ir embora.

Mas ainda assim é estranho quando a Stephanie entra na sala de tevê, e sei que isso quer dizer que Justin está em algum lugar da casa. É estranho ouvi-lo gritando na cozinha e perguntando a alguém onde a bebida fica escondida.

— Steve vai mantê-lo por lá. — Stephanie me promete.

Mas Steve não consegue, não numa festa onde não há bebida. Justin aparece pulando dentro da sala de tevê, e lá estamos: eu e ele no mesmo cômodo.

A expressão no rosto dele quando me vê é terrível. Como se ele tivesse sido enganado. Como se eu fosse a armadilha.

— Que merda que ela está fazendo aqui? — diz ele. Justin já deve estar a três ou quatro cervejas de ficar bêbado. Dá pra ver. Ele se vira pra Stephanie. — Você sabia que ela ia estar aqui, não sabia? Porra, por que não me avisou?

Agora Steve entra em cena e pede para Justin se acalmar.

— Merda! — grita Justin, derrubando no chão o copo mais próximo dele. Não tem o efeito que ele quer. É de plástico. E está cheio de Sprite.

Fico parada ali, e é como se eu tivesse me afastado de mim mesma por um segundo. Estou observando a cena de longe. Calmamente, me pergunto o que ele vai fazer em seguida. Gritar comigo? Cuspir em mim? Jogar outro copo? Irromper em lágrimas?

Em vez disso, ele olha para Steve e diz, com mais sentimento do que ele ia querer que eu ouvisse:

— Isso é uma *merda*.

Então ele dispara para fora da sala, pela porta da frente.

Steve se move para segui-lo, mas surpreendo todos no cômodo, e a mim mesma, ao dizer:

— Não. Eu resolvo isso.

Steve olha para mim com curiosidade.

— Você tem certeza? Estou com as chaves dele.

— Eu já volto — digo a ele. Depois, vendo a expressão no rosto de Rebecca, para ela também: — Sério. Eu já volto.

Não é difícil encontrá-lo. Na verdade, dá para ver o brilho do cigarro dele do outro lado da rua, na área da represa. Parece que ele foi direto para a placa de NÃO ULTRAPASSE.

Eu deixo ele dar umas baforadas antes de chegar lá.

— Estou indo — aviso. Então dou a volta numa árvore e paro bem na frente dele.

Não consigo evitar. A primeira coisa que sai da minha boca é:

— Você está péssimo.

O que faz com que a primeira coisa que saia da boca de Justin seja:

— Bem, você fez eu me sentir péssimo, então isso meio que faz sentido.

— Sinto muito.

— Vai se foder.

— Sinto muito de verdade.

— Vai se foder!

— Vai nessa, bota pra fora.

— Por que, Rhiannon? *Por quê?*

Isso é pior do que o *vai se foder.* Muito pior.

Porque agora o corpo de Justin é transparente. Vejo dentro dele, bem quem ele é. E está tão irritado. Sentindo-se totalmente enganado. Totalmente surpreso.

O tempo todo eu quis ver o quanto ele se importava. E agora vejo. Agora que acabou.

— Há quanto tempo, Rhiannon? Há quanto tempo você transava com outro cara qualquer? Há quanto tempo você mentia pra mim?

— Nunca transei com ele.

— Ah, isso faz eu me sentir *muito melhor*. O melhor tipo de piranha é aquela que não dá!

Eu o humilhei. Andei tão ocupada sendo humilhada que não percebi o quanto o humilhei.

— Sinto muito, muito — digo.

Eu deveria estar chorando. Mas o que sinto é diferente de tristeza. É horror.

— Está tudo bem se você me odiar — emendo.

Ele dá risada.

— Não preciso da sua *permissão* pra te odiar. Meu Deus! Ouça o que está dizendo.

Eu queria poder botar a culpa em A. Eu queria poder dizer que é culpa dele. Mas tudo que A fez foi me mostrar quem Justin não era. E em vez de lidar com isso, eu fugi. Fingi. E aí fui pega.

— Eu não apenas te odeio — diz Justin —, como te odeio mais do que já pensei que era possível odiar qualquer pessoa. Você sabe o que é pior do que ser destruído? É ser destruído por alguém que nunca valeu a pena. Se quiser que eu te deixe em paz... se quer que eu te diga que estou ok com tudo isso... bem, tudo que tenho a dizer é que espero que você conviva com essa merda de culpa pelo tempo que viver. Espero que você sinta isso sempre que for beijar o cara. Espero que você sinta isso sempre que pensar em beijar alguém. Espero que isso te mantenha acordada à noite. Espero que você nunca volte a dormir. Esse é o tanto que odeio você. Pode voltar pra festa meia-boca pra beber refrigerante e sai da minha frente.

— Não — digo, hesitando. — Não. Temos que conversar. Tenho que te contar...

— Ótimo. Mudança de planos. Vou voltar para lá, encontrar Steve e as minhas chaves e dirigir pra bem longe daqui. Você pode ficar. Eu te dou a custódia desta represa de merda. Não me siga e, por favor nunca mais fala comigo.

Ele joga o cigarro no chão e se afasta. Dou um pulo para frente; não para segui-lo, mas para ter certeza de que o cigarro não cause um incêndio em tudo.

O que foi que eu fiz o que foi que eu fiz o que foi que eu fiz?

Mesmo enquanto penso nisso e repito, também estou pensando que é um pouco tarde demais para perguntar isso.

Quero acordar amanhã em outro corpo, outra vida. Mas realmente não é isso que quero. O que estou me dando conta é que, durante todo o tempo que passei com A, durante todo o tempo em que pensei em A e na vida de A, perdi a parte mais importante: *não cause problemas*. De alguma forma, A consegue lidar com isso no curso de um dia, mas eu não poderia lidar com isso no curso de uma vida real, contínua.

Não posso voltar para dentro da casa, mas também não consigo simplesmente ficar parada aqui, esperando ver Justin e Steve partirem. Por isso, entro mais na floresta, ultrapasso os limites de modo mais claro. Assim que estou fora do campo de luz do poste e da claridade da vizinhança, fica completamente escuro. Caminho entre as árvores, me dou conta que isto é o mais próximo que consigo chegar de não ter um corpo. Apenas uma mente caminhando em meio à noite. Invisível. Incorpórea. Irreal.

Justin foi descuidado comigo. Isso é inegável. Mas não justifica o fato de eu ter sido descuidada com ele. Explica, mas não justifica.

Perco toda a noção de tempo até ouvir chamarem meu nome. Mais frenéticos a cada repetição. A voz de Rebecca. A voz de Preston. Ben. Stephanie. Will.

— Estou aqui! — Grito, e então continuo gritando até me encontrarem.

Capítulo Trinta

Ligo para meus pais.

Aviso que vou dormir na Rebecca.

Então durmo na casa dela.

Na manhã seguinte, Will nos convida de novo a ir até sua casa para um piquenique.

— Tem certeza de que ele não está convidando só o Preston? — pergunto. São onze da manhã, e eu nem saí da cama ainda.

— Não — diz Rebecca. Tenho certeza de que ela já está de pé há uma hora, pelo menos. — Todos nós. Eu e Ben. Steve e Stephanie. Will e Preston. E... você. Quer convidar o Homem Misterioso?

— Não posso — respondo.

— Ah, qual é. Já não está na hora de nós o conhecermos?

— Simplesmente não posso.

— O quê? Você tem vergonha da gente? — Ela está brincando, mas dá para ver que teme que isso seja verdade.

— Não — digo. Porque na verdade tenho certeza que A adoraria ir a um piquenique comigo e com meus amigos. A se enturmaria perfeitamente. Dói saber disso.

— Então por que não?

294

— Porque não sei se vai dar certo — digo. — Com a gente. Não acho que...

Não consigo terminar a frase porque é muito estranho dizer isso em voz alta.

Rebecca senta na cama ao meu lado e me abraça.

— Ah, Rhiannon — diz ela. — Está tudo bem.

Não sei por que ela está me tratando assim, mas acho que estou chorando ou algo assim. Quero dizer a ela que são lágrimas de confusão, não de tristeza. *Será que foi tudo em vão?* Penso em Justin na noite passada. Penso em A, que está em algum lugar. E penso: *Não. Isso não foi em vão.* Mesmo que eu não fique com A, eu precisava parar de deixar Justin determinar a minha vida. Eu precisava encontrar a minha vida. De certa forma, A me levou até ela. E não foi em vão. A e eu ainda temos alguma coisa, mesmo que não seja o tipo de coisa na qual ele possa ir a um piquenique com meus amigos.

Eu me recomponho.

— Me desculpe — digo a Rebecca.

— Não precisa se desculpar. — Ela me assegura.

— Eu sei.

— Quer conversar sobre isso?

Sim. Quero conversar sobre isso.

Não. Não posso conversar sobre isso.

— É só um lance de longa distância. É complicado — digo.

Rebecca acena com a cabeça em solidariedade. Sei que ela quer me perguntar mais coisas.

— Vamos nos arrumar para o piquenique — sugiro.

Ficamos no quintal do Will e fingimos que é o Central Park. Ninguém menciona Justin. Ninguém menciona o Homem Misterioso. A não ser meus pensamentos. Eles mencionam Justin e A o tempo todo.

Fico contente por Justin não estar aqui. Se estivesse, não seria assim. Rebecca e Ben discutem se é ou não é arrogância pronunciar "croissant" com sotaque francês. Will e Preston aproveitam toda oportunidade para tocar o braço, a perna, a bochecha um do outro. Steve e Stephanie estão numa boa. Stephanie pediu a ele para tirar a casca de uma uva, o que Steve está fazendo, e os dois estão rindo por causa da bagunça do procedimento. Se Justin estivesse aqui, ficaria entediado. E deixaria claro para mim o quanto estava entediado. Eu não conseguiria me divertir com qualquer um dos meus amigos porque ficaria preocupada em relação a como Justin estava se sentindo.

Mas se A estivesse aqui. Primeiro, é o A da minha imagem mental. Mas depois é qualquer um dos As. Porque, mesmo que ele fosse uma garota bonita ou um cara imenso, ou até se ele fosse a pobre Kelsea, de volta de não importa aonde o pai dela a enviou, haveria lugar para A. Porque A gostaria de estar aqui. A entenderia o quanto isso importa: passar um dia de bobeira com os amigos, contando piadas internas e me sentindo parte do grupo. A nunca teve isso. Mas eu poderia dar um pouco do que tenho.

Eu poderia mandar um e-mail. Poderia dizer: *Passa aqui*. Mas tenho medo dele não entender por que estou chamando. Ele vai pensar que quero que a gente fique junto. Como um casal.

Além do mais, não seria justo com a pessoa na qual ele está.

Tenho que me lembrar disso também.

Penso em entrar com contato com ele mil vezes. Pelo restante do dia, nos momentos divertidos com meus amigos, ou nos momentos tranquilos quando estou em casa. Na escola, quando vejo coisas sobre as quais seria divertido contar para ele, ou quando os minutos parecem horas e a aula não termina. Quero contar sobre Justin e que agora quando nós nos vemos nos corredores, nos ignoramos, como se fôssemos desconhecidos, embora o modo como ignoramos não seja, de modo algum, o de duas pessoas desconhecidas. Quero contar a A que ele estava certo sobre Justin, mas que também estava errado. Sim, ele não fazia bem para mim. Mas, não, não é que ele não se importasse. Isso é óbvio agora.

Finalmente, na noite de segunda-feira, eu cedo. Em vez de dizer tudo, escrevo poucas palavras, para ter certeza de que não tem problema a gente manter contato.

Como você está?

R

Uma hora depois, chega a resposta.

Foram dois dias difíceis. Aparentemente, não sou a única pessoa assim por aí e é difícil pensar nisso.

A

E, simples assim, é como se eu fosse arrastada de novo para dentro. Começo a escrever uma resposta — uma longa resposta —, mas depois de alguns parágrafos penso: *Não. Pare com isso.* Pensei que haveria distância, mas isso não é distância. Sei que se eu me envolver novamente agora será a mesma coisa que antes. E não pode ser.

Me controlo. Ligo para Rebecca e conversamos sobre outras coisas.

Preciso construir uma vida interior sem A antes de deixar que ele volte para mim.

Capítulo Trinta e Um

Meus amigos se reúnem à minha volta. Na escola. Depois da escola. À noite, pelo telefone.

Will não faz muito esforço para se juntar ao nosso círculo. Ele e Preston parecem tão felizes juntos. E fico feliz por eles. Fico mesmo. Mas também fico com raiva porque Will pode se juntar ao grupo sem fazer esforço, mas A nunca poderia.

Ninguém menciona mais o Homem Misterioso. Rebecca deve ter dito para não fazerem isso.

Parte de mim torce para que ele apareça. Espera que o universo o envie para a sala de aula ao lado da minha. Ou para o corpo de Rebecca. Ou de Steve. Só para dizer oi. Só para ficar por perto.

Mas não consigo pensar assim. Sei que não consigo.

Eu me flagro olhando nos olhos das pessoas mais do que já fiz algum dia na vida. E me dou conta que é aí que deixamos de ser um gênero ou cor. Basta olhar bem no fundo dos olhos.

Sei que não respondi a ele. Isso me incomoda. Sei que não estou sendo justa. Não faz sentido passar todo esse tempo pensando em A sem responder. Tenho que ser sincera e clara em relação a onde isso pode ir. É isso. Simples assim.

Escrever será a primeira coisa que vou fazer na quinta-feira de manhã.

Quero te ver, mas não tenho certeza se devíamos fazer isso. Quero saber o que anda acontecendo, mas tenho medo de que isso só faça tudo começar de novo. Eu te amo, de verdade, mas tenho medo de tornar esse amor importante demais. Porque você sempre vai me deixar, A. Não adianta negarmos. Você sempre vai embora.

R

Fico sem resposta durante todo o dia. E penso, tudo bem, mereço isso. Mas ainda é uma decepção.

Então, na sexta-feira, na hora do almoço, a resposta chega.

Entendo. Podemos, por favor, nos encontrar na livraria hoje à tarde, depois da escola?

A

E digo:

Claro.

R

Estou nervosa enquanto dirijo. Tudo mudou, e nada mudou. Isso vai ser difícil, mas parece tão fácil. Mais do que tudo, quero vê-lo. Falar com ele. Ter A na minha vida.

Todos os outros obstáculos desmoronaram. Até comecei a acreditar, no fundo do meu coração, que, se eu contasse a verdade aos meus amigos, se eles conhecessem A do jeito que conheci, em dias variados, também iam acreditar.

O único obstáculo, na verdade, é a vida dele.

E sei que é um obstáculo grande demais. Mas, na pressa de vê-lo, não parece tão grande quanto deveria.

Chego primeiro. Examino o café da livraria e sei que nenhuma dessas pessoas poderia ser ele. Se ele estivesse aqui, estaria procurando por mim. Ele saberia quando eu chegasse.

Então me sento. Espero. E, no minuto que ele passa pela porta, eu sei. Como se houvesse uma chuva de relâmpagos entre nós. Hoje ele é um cara asiático, magro, que veste uma camiseta azul, estampada com o Monstro do Biscoito. Quando A me vê, seu sorriso é mais largo do que o do Monstro do Biscoito.

— Oi — diz ele.

E desta vez respondo alegremente.

— Oi.

Então aqui estamos. Tento me lembrar de não cair de novo nessa história, de não começar a pensar que é possível. Mas, com ele bem em frente a mim, é difícil.

— Tenho uma ideia — anuncia ele.

— Qual?

Ele volta a sorrir.

— Vamos fingir que é a primeira vez que nos encontramos. Vamos fingir que você estava aqui para comprar um livro e que acabei esbarrando em você. Começamos a conversar. Gostei de você. Você gostou de mim. Agora sentamos para tomar um café. Tudo parece bem. Você não sabe que troco de corpo todos os dias. Não sei sobre seu ex nem sobre as outras coisas. Somos apenas duas pessoas se encontrando pela primeira vez.

A mentira na qual queremos acreditar. Isso parece perigoso.

— Mas por quê? — insisto.

— Para não termos que conversar sobre todas as outras coisas. Assim podemos simplesmente estar um com o outro. Aproveitar.

Eu tenho que dizer a ele:

— Não vejo razão...

— Sem passado. Sem futuro. Só o presente. Dê uma chance.

Eu quero. Sei que quero. Então aceito. Sei que não é tão fácil assim, mas quem sabe ao menos o começo possa ser simples assim.

— Muito prazer em conhecê-lo — digo a ele. E me sinto uma péssima atriz num filme ruim.

Mas ele gostou.

— Também é um prazer conhecê-la — retruca ele. — Aonde iremos?

— Você decide — sugiro. — Qual é o seu lugar favorito?

Ele pensa por um segundo. Não sei se ele está dentro dos próprios pensamentos ou dentro dos pensamentos do garoto. O sorriso de A aumenta.

— Conheço o lugar perfeito — anuncia ele. — Mas primeiro vamos precisar de mantimentos.

— Bem, por sorte, tem um mercado mais abaixo na rua.

— Uau. Que sorte a nossa! — digo, dando risada.

— O que foi? — pergunta ele.

— Uau. Que sorte a nossa! Você é um besta.

— Fico feliz de ser besta pra você.

— Você fala que nem o Preston.

— Quem é Preston?

Ele realmente não sabe. Como poderia saber? Nunca contei a ele.

Então, enquanto andamos até o mercado, eu o apresento a todos os meus amigos. Ele conhece Rebecca e se lembra vagamente de Steve e Stephanie, mas falo mais sobre eles, e sobre Preston e Ben e sobre Will também. É estranho porque sei que não posso fazer as mesmas perguntas para ele. Mas ele parece não se importar com isso.

Assim que chegamos ao mercado, A diz que vamos percorrer todos os corredores.

— A gente nunca sabe o que pode estar perdendo — diz ele.

— E o que vamos comprar? — pergunto.

— O jantar — explica ele. — Definitivamente o jantar. E, enquanto fazemos isso, continue contando suas histórias.

Ele me pergunta sobre bichinhos de estimação, e falo mais sobre Swizzle, o coelho malvado que nós tivemos e que escapava da gaiola para dormir nos nossos rostos. Era assustador. Pergunto se ele teve algum bichinho favorito, e ele me conta que um dia teve um furão que pareceu compreender que tinha um hóspede na casa e dificultou ao máximo a vida dele; embora isso também tenha proporcionado algo a fazer, pois não havia mais ninguém em casa. Quando chegamos na seção dos vegetais, ele me conta sobre a vez no acampamento em que seu olho foi atingido por uma melancia voadora cheia de graxa. Falo que não consigo me lembrar de ter sido ferida por uma fruta, embora durante uns bons anos eu tenha feito minha mãe picar as maçãs antes de eu comer porque alguém na escola tinha me contado sobre maníacos que colocavam giletes dentro delas.

Chegamos ao corredor dos cereais, que, na verdade, não vai nos ajudar com o jantar. Mas A para nele mesmo assim e pergunta pela história da minha vida contada com cereais.

— Muito bem. — Entendo o que ele quer dizer. Começo segurando uma lata de aveia Quaker. — Tudo começa com isso. Minha mãe mal toca no café da manhã, mas meu pai sempre come aveia. Então decidi que também gostava de aveia. Especialmente com bananas. Só com uns 7 ou 8 anos eu percebi como era nojento. — Pego uma caixa de Frosted Flakes. — Foi aqui que a batalha começou. A mãe da Rebecca me deixou comer Frosted Flakes, e, como todo mundo, eu tinha visto a propaganda um zilhão de vezes. Implorei pra minha mãe me deixar comer. Ela disse que não. Então fiz o que toda garota cumpridora da lei faria: roubei uma caixa da casa de Rebecca e guardei no meu quarto. O único problema é que eu tinha medo de que minha mãe me pegasse botando as tigelas na máquina de lavar louça. Então fui guardando todas no meu quarto, mas elas começaram a feder. Minha mãe deu um ataque, mas meu pai estava lá e falou que não via problema com o Frosted Flakes se era isso que eu queria. A graça da história é que, obviamente, assim que ganhei, eles me decepcionaram. Rapidamente ficaram moles. Então minha mãe e eu entramos num acordo. — Eu o acompanho até o Frosted Cheerios. — Não sei por que o Frosted Cheerios é melhor que o Frosted Flakes, mas minha mãe acha que é. O que nos leva ao *grand finale*. — Faço uma grande cena, escolhendo entre noventa tipos de granola antes de parar diante do meu tipo favorito, com passas e canela. — Na verdade, provavelmente isso aqui tem tanto açúcar quanto qualquer coisa com o nome *frosted*, mas ao menos me dá a ilusão de ser saudável. E as passas são gostosas. E ele não amolece rapidamente.

— Eu adorava quando o Frosted Flakes deixava o leite azul — diz A.

— Pois é! Quando foi que ele deixou de ser algo legal e começou a ser nojento?

— Provavelmente na mesma época que me dei conta de que, na verdade, não tinha fruta nos Froot Loops.

— Nem mel no Honeycomb.

— Ou chocolate no Count Chocula.

— Pelo menos o Frosted Flakes é feito de cereal.

— Por baixo da camada de açúcar.

— Exatamente.

Falando assim, estou me esquecendo de que este não é A. Estou me esquecendo de que não estamos num encontro normal.

— Indo em frente... — digo, e vamos para o corredor seguinte e depois o outro.

Pegamos uma quantidade ridícula de comida. Quando nos aproximamos da saída, me dou conta de que não tem como eu chegar em casa na hora em que meus pais estão me esperando.

— Tenho que ligar para a minha mãe e dizer que vou jantar na Rebecca — digo a A.

— Diga que vai dormir na casa dela — pede ele.

O telefone está na minha mão, mas não sei o que fazer com ele.

— Sério?

— Sério.

Dormir. Penso na cabana. No que aconteceu. Quero dizer, no que não aconteceu. E como me senti.

— Não tenho certeza se é uma boa ideia — digo.

— Confie em mim. Sei o que estou fazendo.

Quero confiar nele. Mas ele também não sabe como foi. E ele pode estar achando que a noite vai terminar de uma maneira que não vai.

— Você sabe como me sinto — digo.

— Eu sei. Mas ainda assim quero que confie em mim. Não vou te magoar. Nunca vou te magoar.

Muito bem. Olho nos olhos dele e sinto que ele sabe o que está fazendo. Ele tem um plano. Definitivamente. Mas não vai ser uma repetição da cabana. Ele sabe o que está fazendo, e confio nisso.

Telefono para a minha mãe e digo que estou na casa da Rebecca e que vou ficar. Ela se irrita, mas posso lidar com isso.

A parte mais difícil é ligar para Rebecca.

— Preciso que você me cubra — digo. — Se minha mãe ligar por qualquer razão, diga que estou aí.

— Onde você está? — Ela quer saber. — Você está bem?

— Estou. Juro que depois conto para você... Agora não posso. Mas estou bem. Talvez nem seja pela noite toda. Só quero ter certeza de que tenho cobertura.

— Tem certeza?

— Sim. De verdade. Está tudo bem.

— Ok. Mas espero uma explicação completa desta vez. Não a sua desculpa de sempre.

— Prometo. Vou te contar tudo.

Ela diz para eu me divertir. Acho que é impressionante que ela confie em mim. Mas ela confia.

— Você vai dizer que saiu com um garoto — diz A assim que desligo.

— Um garoto que acabei de conhecer?

— É. Um garoto que você acabou de conhecer.

É estranho pensar nessa conversa. Não mais o Homem Misterioso. Só um garoto que acabei de conhecer.

Se ao menos fosse assim tão fácil

Eu o acompanho no meu carro. Este é o momento em que eu poderia decidir não ir, tudo de que preciso fazer é girar o volante. Tudo de que preciso fazer é pegar um retorno.

Mas continuo atrás dele.

O nome dele é Alexander Lin, e os pais estão fora durante o fim de semana. A me conta as duas coisas ao mesmo tempo.

— Alexander — digo. — Esse nome é fácil de lembrar.

— Por quê? — pergunta ele.

Pensei que fosse óbvio.

— Porque começa com "A".

Ele dá risada, surpreso. Acho que não era tão óbvio, visto por dentro.

A casa é muito boa. A cozinha tem o dobro do tamanho da minha, e a geladeira, quando abrimos, já está bem cheia. Os pais de Alexander não o deixaram passando fome.

— Por que foi que fizemos compras? — pergunto. Eu mal consigo encontrar espaço para guardar as coisas.

— Porque não vi o que tinha aqui hoje de manhã. E queria ter certeza de que teríamos exatamente o que quiséssemos.

— Você sabe cozinhar?

— Para falar a verdade, não. E você?

Isso vai ser interessante.

— Também não.

— Acho que vamos ter que dar um jeito. Mas antes tem uma coisa que quero te mostrar.

— Está bem.

Ele estica a mão para pegar a minha, e eu deixo. Caminhamos assim pela casa. Subimos as escadas até o cômodo que evidentemente é o quarto de Alexander.

É incrível. Primeiro, tem post-its por toda parte: quadrados amarelos, cor-de-rosa, azuis e verdes. E, em cada um deles, tem uma citação. *Não acredito em contos de fadas, mas acredito em você. E deixe os sonhadores acordarem a nação. E Me ame menos, mas por um longo tempo.* Eu poderia passar horas lendo o quarto dele. *Num campo, sou a ausência do campo. — Mark Strand.* A maior parte das citações foi escrita numa mesma caligrafia, mas há outras também. Dos amigos. É uma coisa que ele compartilha com os amigos.

Também tem fotos desses amigos, e o modo com que se ajeitam para tirar a foto parece com o modo que meus amigos se ajeitariam. Não Justin. Nunca Justin, que não gosta de tirar fotos. Mas Rebecca, Preston e os outros. Eles iam gostar daqui. Tem um sofá verde-limão e violões para tocar, além do que parece ser a coleção inteira de *Calvin e Haroldo*. Olho para os discos apoiados na vitrola. Bandas que não conheço, mas das quais gosto do nome. *God Help The Girl. We Were Promised Jetpacks. Kings of Convenience.*

Leio mais post-its. *Todos nós estamos na sarjeta, mas alguns olham as estrelas.* E dou uma conferida nos livros nas prateleiras. A maioria deles têm post-its saindo — páginas para serem relidas, palavras para serem lembradas depois de terem sido esquecidas.

Gosto disso. Gosto de tudo.

Eu me viro para A e sei que ele também gosta. Se ele pudesse ter um quarto, seria este. Que legal que ele encontrou. E que deprimente que ele vai ter que deixá-lo em algumas horas.

Mas não vou pensar nisso. Vou pensar no agora.

Vejo um bloco de post-its quase acabando na mesa de Alexander e o guardo no meu bolso, junto com uma caneta.

— Hora do jantar — diz A.

Ele pega a minha mão de novo. Voltamos para o mundo, mas não muito, e não muito longe deste.

Descubro alguns livros de culinária. Decidimos, depois de pensar muito, ignorá-los.

— Vamos improvisar — diz A. E penso, sim, é isso que estamos fazendo. Improvisando. Vivendo por instinto. É uma cozinha grande, mas, com a gente, parece um espaço pequeno. Nós a preenchemos com a música do iPod de Alexander e com o vapor das panelas ferventes, com cheiros diferentes como o do manjericão tirado do caule e o alho salteado na chama. Não há um plano, só os ingredientes. Estou suando, cantando e não estou estressada porque, mesmo que nada disso possa ser comido no fim, ainda vale a pena simplesmente misturar tudo. Penso nos meus pais e no quanto eles perderam esta sensação de fazer alguma coisa juntos, de pôr suas mãos nas costas da pessoa enquanto se está diante do fogão, de ter uma pessoa começando a fazer o molho e outra assumindo sem dizer uma palavra. Nós somos um time de duas pessoas. E, como não é uma competição, nós já ganhamos.

No fim, temos salada de couve, pão de alho e uma quantidade imensa de macarrão primavera, uma salada de quinoa com damasco e uma travessa de bolo de limão.

— Nada mal — diz A. E o que quero dizer a ele é que agora entendo por que as pessoas querem dividir a vida com alguém. Vejo por que tanta agitação em torno disso. Não é pelo sexo nem por ser um casal quando você sai com outros casais. Não é para gratificar o ego ou por medo da solidão. Tem a ver com isso aqui, não importa o que isso seja. E a única coisa errada agora é que estou dividindo isso com alguém que tem que ir embora.

Não digo essas coisas. Porque a última parte torna todo o restante mais complicado de dizer.

— Devo arrumar a mesa? — pergunto. Os Lin têm uma bela mesa de jantar, e um banquete como este parece perfeito para uma mesa de jantar muito bonita.

A balança a cabeça negativamente.

— Não. Vou levar você para meu lugar favorito, lembra?

Ele revira os armários até encontrar duas bandejas. A comida que preparamos mal cabe nelas. Então A encontra um bocado de velas e as leva também.

— Segura — diz ele, me entregando uma das bandejas. Depois ele me leva para a porta dos fundos.

— Aonde estamos indo? — pergunto. Eu nem trouxe meu casaco. Espero que não seja muito longe.

— Olhe para cima — pede ele.

No início, tudo que vejo é a árvore. Então olho com mais atenção e vejo a casa na árvore.

— Linda — digo, e encontro a escada.

— Tem um sistema de polias para as bandejas. Vou subir e jogo ele para baixo.

Os pais dele pensaram em tudo.

Enquanto equilibro as bandejas, A sobe a escada e abaixa uma plataforma. Não sei bem como equilibrar, mas coloco nela uma das bandejas, e A consegue puxar para cima sem que alguma coisa caia. Fazemos a mesma coisa com a segunda bandeja, e então é a minha vez de subir a escada.

Parece algo tirado de um livro. Nunca me ocorreu que crianças pudessem realmente ter casas na árvore no quintal.

Ao chegar em cima, há uma porta aberta, e passo por ela.

A acendeu algumas velas, então o ar bruxuleia quando tomo impulso para dentro. Olho ao redor e vejo que é basicamente uma cabana de madeira presa em pleno ar. Não tem muita mobília, apenas um violão e alguns cadernos, uma pequena prateleira com uma enciclopédia antiga nela. A colocou as bandejas no chão, pois não tem mesa nem cadeiras.

— Muito legal, não é? — pergunta ele.

— É.

— É tudo dele. Os pais não sobem aqui.

— Adorei.

Pego os pratos, guardanapos e talheres de uma das bandejas e arrumo a mesa que não é uma mesa. Depois de terminar, A serve um pouco de tudo para cada um de nós. Sentados de frente um para o outro, comentamos sobre a comida, que saiu melhor do que seria razoável esperar. O molho no macarrão primavera tem gosto de uma especiaria que não consigo identificar; pergunto o que é, mas A não se lembra. Ele acha que talvez eu quem tenha colocado. Também não me lembro. Foi parte do improviso.

Tem uma jarra de água numa das bandejas, e é tudo de que precisamos. Poderíamos tomar vinho. Poderíamos tomar vodca. Poderíamos tomar Cherry Coke. Daria no mesmo. Estamos embriagados pela luz das velas, intoxicados pelo ar. A comida é a nossa música. As paredes são nosso aquecimento.

Conforme as primeiras velas diminuem, A fica mais iluminado. Não há claridade, mas há um brilho. Acabei de dar a primeira mordida num pedaço do bolo de limão e ainda sinto o gostinho amargo na língua. Flagro A me observando, e imagino que esteja com açúcar no rosto. Faço um gesto para limpar. Ele sorri e ainda olha.

— O que foi? — pergunto.

Ele se inclina e me beija.

— Isso — diz.

— Ah — respondo. — Isso.

— Sim. Isso.

Ficamos ali, esperando que o beijo deixe o cômodo, flutuando noite adentro.

Não faço ideia do que quero.

Não. Não é verdade. Eu sei exatamente o que eu quero. Só não estou certa de que deveria querer.

— A sobremesa — digo. — Você precisa provar um pedaço do bolo de limão.

Ele sorri. Não tem problema deixar o beijo sair.

Eu já sinto que outros beijos batem à porta.

Olho para os lábios dele. O açúcar em seus lábios.

Me lembro que não são realmente em seus lábios.

Não sei ao certo se me importo.

Quando terminamos, recolho os pratos, coloco tudo nas bandejas e então empurro para o lado. Estamos sentados muito longe um do outro. Quero que a gente fique bem mais perto.

Me desloco para a direita, para perto dele. Ele põe os braços à minha volta e tiro o bloco de post-its do bolso, junto com a caneta. Sem dizer uma única palavra, desenho um coração no post-it de cima e então ponho sobre o coração de Alexander.

— Aí está — falo.

A baixa o olhar. Então volta a erguê-lo até mim.

— Preciso te dizer uma coisa — diz ele.

Por um momento, acho que será o *Eu te amo* que é ainda maior do que os outros. Se ele disser, vou responder.

Em vez disso, ele fala:

— Tenho que te contar o que está acontecendo.

Em vez de me inclinar para ele, me afasto para olhar em seus olhos.

— O que foi? — pergunto. Irracionalmente, fico imaginando que ele encontrou outra pessoa.

— Você se lembra de Nathan Daldry? O garoto que fui na festa do Steve?

— Claro.

— Eu o deixei no acostamento naquela noite. E ao acordar... ele sabia que alguma coisa estava errada. Ele suspeitou que algo não estava certo. Por isso, contou a um monte de gente. E uma das pessoas que descobriu... se apresenta como reverendo Poole. Mas ele não é o reverendo Poole. É alguém no corpo do reverendo Poole.

— Era disso que você estava falando no e-mail quando disse que achava que não era o único.

A faz que sim com a cabeça.

— Mas isso não é tudo. Quem quer que esteja dentro de Poole é igual a mim, mas não totalmente. Ele diz que pode controlar. Diz que tem um meio de ficar no corpo de uma pessoa.

Tento manter a mente no que ele está dizendo.

— Quem foi que falou isso? Você mandou um e-mail pra ele? Como é que você sabe que ele é real?

— Eu o vi. Eu o encontrei. Ele usou Nathan numa armadilha e quase me pegou. Ele disse que somos iguais, mas que não somos iguais. Não sei como explicar: não acho que ele use as mesmas regras que eu. Não acho que ele se importe com as pessoas nas quais habita. Não acho que ele respeite o que nós somos.

— Mas você acredita nele? Quando ele diz que pode ficar?

— Acho que sim. E acho que talvez possam haver outros. Pesquisando na internet, acho que encontrei outros. Ou, pelo menos, outras pessoas que foram habitadas, como Nathan ou você. Você, pelo menos, sabe o que aconteceu. E Nathan sabe agora. Mas a maioria nunca descobre. E, se Poole estiver certo, pode haver outros que foram tomados permanentemente. Alguém como eu podia entrar neles e então não sair mais.

— Então você pode ficar? — pergunto, sem acreditar que ele está me dizendo isso. Subitamente qualquer coisa é possível. *Nós somos possíveis.* — Você está dizendo que pode ficar?

— Sim — responde ele. — E não.

Não dá para ser as duas coisas. Não quero ouvir que são as duas coisas.

— Qual delas? O que você quer dizer?

— Talvez haja um meio de ficar — diz ele. — Mas não posso. Eu nunca vou ser capaz de ficar.

— Por que não?

— Porque eu mataria as pessoas, Rhiannon. Quando você toma a vida de alguém, a pessoa some para sempre.

Não. Ele não pode estar dizendo isso. Não pode estar dizendo que isso é possível e impossível ao mesmo tempo.

Não sei lidar com isso. Não sei. Tenho que me levantar. Não posso ficar sentada no chão, no meio de uma casa na árvore e ter essa conversa com ele.

Assim que me levanto, começo a falar sem pensar.

— Você não pode fazer isso! — grito ele. — Não pode chegar assim, me trazer aqui, me oferecer tudo isso... e depois dizer que não tem como funcionar. Isso é crueldade, A. Crueldade.

— Eu sei. Por isso é um primeiro encontro. Por isso este é o dia em que nos conhecemos.

Não é justo. Isso não é um faz de contas. É a vida.

— Como você pode dizer isso? — pergunto. — Como pode apagar todo o restante?

Ele se levanta e se aproxima de mim. Mesmo morrendo de raiva, mesmo sem entender o que ele está fazendo, A passa os braços ao meu redor. Não é o que quero, e tento dizer isso a ele. Mas então sinto a proteção que a proximidade com o corpo dele me traz e paro de tentar me afastar.

— Ele é um cara legal — murmura A no meu ouvido. — Até mais do que legal. E hoje é o dia em que você o viu pela primeira vez. Hoje é o primeiro encontro de vocês. Ele vai se lembrar de ter estado na livraria. Vai se lembrar da primeira vez em que viu você, e de como ficou atraído, não apenas porque você é linda, mas porque ele pôde perceber sua força. Pôde ver o quanto você quer fazer parte do mundo. Vai se lembrar de ter conversado com você, de como foi fácil, agradável. Vai se lembrar de não querer que acabasse e de perguntar se você queria fazer alguma outra coisa. Vai se lembrar de quando você perguntou sobre seu lugar favorito, e vai se lembrar de pensar neste lugar, e de querer mostrá-lo a você. O mercado, as histórias nos corredores, a primeira vez que você viu o quarto dele... tudo isso estará lá, e não vou ter que mudar coisa alguma. A pulsação dele são as batidas do meu coração. A pulsação é a mesma. Sei que ele vai te entender. Vocês têm o mesmo coração.

Não. Não é isso que quero. Será que ele não consegue ver o que quero?

— Mas e quanto a você? — pergunto, minha voz manchada pela tristeza. Não consigo esconder.

— Você vai descobrir coisas nele que descobriu em mim — responde ele. — Sem complicações.

Ele diz isso como se fosse fácil.

Não é.

— Não posso simplesmente trocar assim — digo a ele.

Seus braços me puxam para mais perto.

— Eu sei. Ele vai ter que provar isso a você. Todos os dias, vai ter que provar que é digno de você. E, se não provar, é isso. Mas acho que ele vai.

A está desistindo. Não importa se quero ou não que ele faça isso, ele está desistindo.

— Por que você está fazendo isso? — pergunto.

— Porque tenho que ir, Rhiannon. Para sempre desta vez. Tenho que ir para muito longe. Há coisas que preciso descobrir. E não posso continuar entrando na sua vida. Você precisa de algo maior do que isso.

Sei que faz sentido. Mas não quero que faça sentido. Não quero que nada faça sentido.

— Então isso é um adeus? — pergunto a ele.

— É um adeus para algumas coisas — diz ele. — E olá para outras.

É aqui que me viro.

É aqui que paro de deixar que me segurem e decido segurar.

É aqui que solto meus braços dos dele, mas apenas para abrir meus braços e recebê-lo ali.

Não estou dizendo que sim, mas estou concordando que não faz sentido eu dizer não.

Eu o seguro com tudo que tenho. Eu o seguro tanto que ele vai ter que se lembrar. Ele vai ter que se lembrar de mim, não importa aonde vá.

— Eu te amo — diz ele. — Como nunca amei ninguém antes.

— Você sempre diz isso. Mas será que não percebe que é a mesma coisa para mim? Eu também nunca amei ninguém assim.

— Mas vai. Você vai amar de novo.

É aqui que acaba. É aqui que começa.

Cada momento. Todo dia.

É aqui que acaba. É aqui que começa.

Não olhei o relógio, mas agora olho.

É quase meia-noite.

Onde acaba. Onde começa.

— Quero dormir ao seu lado — murmura ele para mim.

É o meu último desejo.

Faço que sim com a cabeça. Tenho medo de abrir a boca. Tenho medo de não ser capaz de dizer o que ele quer que eu diga.

Deixamos as bandejas na casa da árvore. Não importa se é disso que ele vai se lembrar, de qualquer forma. Descer a escada. Correr para casa. Ir até o quarto.

Vamos nos lembrar disso juntos. Nós três.

Quero que o tempo pare. Sei que não posso parar o tempo.

Dar as mãos. Então, dentro do quarto, parar e tirar os sapatos. Mais nada, apenas os sapatos. Eu engatinho na cama. Ele apaga a luz.

Somente o brilho do relógio. Ele se deita na cama ao meu lado, de costas. Eu me aninho nele. Toco em sua bochecha. Viro sua cabeça.

Eu o beijo, eu o beijo e eu o beijo.

— Quero que você se lembre disso amanhã — falo, quando ele toma fôlego.

— Eu vou me lembrar de tudo — diz ele.

— Eu também — prometo.

Mais um beijo. Um último beijo. Então fecho os olhos. Acalmo o ritmo da respiração. Espero.

Se eu pudesse me agarrar a ele, eu faria isso.

Meu Deus, se eu pudesse me agarrar a ele, eu faria isso.

* * *

Não durmo. Eu queria poder dormir. Mas não consigo.

Em vez disso, fico deitada ali, de olhos fechados, segura na escuridão.

Sinto quando ele estica a mão e toca meu coração.

Ouço quando ele diz adeus.

Percebo quando ele fecha os olhos. Percebo quando ele cai.

Abro meus olhos. Eu me viro.

Busco o momento. Quero ver a mudança.

Mas, em vez disso, encontro alguém bonito, dormindo lindamente. Alguém que foi deixado para trás por outro alguém belo, que agora está adormecido em alguma outra casa, em alguma outra cama.

Quero acordá-lo. Quero perguntar se ele ainda está ali.

Mas não o acordo porque não quero que Alexander pergunte por que estou chorando.

Somente quando me viro para a parede, somente quando decido que quero dormir, é que sinto o post-it na minha camiseta.

O coração que dei para ele.

Ele tirou e o devolveu para mim.

Capítulo Trinta e Dois

Abro os olhos. E lá está a luz do sol.

— Bom dia — diz Alexander.

Em algum momento da noite, devo ter me virado para ele. Porque ele está bem na minha frente e também está acordando.

— Bom dia — respondo.

Ele não parece confuso. Ele não parece surpreso. Ele sabe por que estamos na cama, totalmente vestidos. Ele se lembra da casa na árvore. E se lembra de me encontrar na livraria. Com certeza, não é comum. Não é o tipo de coisa que acontece todo dia. Mas é possível. Num dia de muita sorte, é possível.

Ele parece tão feliz. E sem medo de mostrar isso.

— Por que a gente não faz o café da manhã? — diz ele. — Acho que me lembro de que meus pais deixaram um monte de opções para o café da manhã.

— Café da manhã seria ótimo — falo. Eu me sento e me espreguiço.

— Muito bem — responde ele. Mas Alexander dá qualquer sinal de que vai de sair. Apenas olha para mim.

— O que foi? — pergunto.

— Nada — responde ele, constrangido, depois se corrige. — Não. Não é nada. É o oposto de nada. Só estou feliz de verdade por você estar aqui. E mal posso esperar para passar outro dia com você se você quiser me dar o prazer de sua companhia.

— Primeiro, o café da manhã. Depois pensamos nisso.

— Parece bom — diz ele, pulando da cama. — Fique à vontade e pegue roupas, toalhas, xampu, livros, post-its; o que você precisar.

— Farei isso.

Ele sai cambaleando do quarto por um momento. E parece tão doce.

— Estou adorando isso, seja lá o que for — diz ele.

Não posso deixar de sorrir para ele.

— Sim. Seja lá o que for.

— Nada de aveia, certo?

— Isso. Nada de aveia.

Ele assobia enquanto desce a escada. Presto atenção até ele estar muito longe para ser ouvido.

O laptop dele ainda está na mesa, me chamando.

Sei o que eu deveria fazer. Sei o que A quer que eu faça.

Só que agora estou sendo teimosa.

Gosto de Alexander. Mas eu quero A.

Quero encontrar A.

Agradecimentos

Como normalmente crio um livro enquanto estou escrevendo, sem realmente pensar no que vai acontecer até acontecer, escrever este livro foi um desafio em particular, e sinto a necessidade de agradecer de maneira apropriada.

Primeiro, agradeço aos leitores de *Todo dia* que compartilharam suas reações comigo. Acho que posso dizer, com certeza, que sem o entusiasmo marcante de vocês, a história teria terminado ali.

Como sempre, quero agradecer meus amigos, minha família e os colegas autores de livros para jovens adultos pelo apoio. Sempre fico tentado a arriscar fazer uma lista completa para os agradecimentos, mas morro de medo de, sem querer, me esquecer de alguém. Em vez disso, vou me limitar às pessoas que efetivamente dividiram uma casa, um cômodo, carona e/ou café comigo enquanto eu esboçava o livro: meus pais, Libba Bray, Zachary Clark, Nathan Durfee, Nick Eliopulos, Andrew Harwell, Billy Merrel, Stephanie Perkins, Jennifer E. Smith, Nova Ren Suma, Chris Van Etten e Justin Weinberger. Joel Pavelski teve a distinção de estar comigo em Montreal (quando eu comecei a escrever o livro) e então, um ano depois, novamente em Montreal (quando eu estava quase acabando). Agradeço também a Rainbow Rowell, pela conversa que levou ao título e pelas conversas em geral. E a Gayle Forman, por ser meu ponto de referência nesta aventura particularmente literária de mudar os pontos de vista permanecendo na mesma história. Além disso, pelas conversas em geral.

Este livro também não existira sem a sugestão acidental e o apoio muito deliberado de todos na Random House Children's Book. Um muito obrigado especial a Nancy Hinkel (volto a falar dela em um segundo), Stephen Brown, Julia Maguire, Mary McCue, Adrienne Waintraub, Lisa Nadel, Laura Antonacci, Barbara Marcus e a todos (falo sério, a todos) nos departamentos de vendas, marketing, publicidade, produção, gráfico e jurídico.

Agradeço também a Bill Cleg e Chris Clemens, por serem anjos da guarda. E a Stella Paskins, Maggie Eckel e a todos na Egmont UK; a Penny Hueston, Michael Heyward, Rebecca Starford e a todos na Text Publishing; a todos os editores estrangeiros e aos tradutores que apoiaram *Todo dia* de maneira tão impressionante em todo o mundo.

E quanto a Nancy... vou ficar por aqui, querida, com suas palavras nas minhas margens e cantarei até o amanhecer uma canção nossa, sobre o que e porquê. "O quê" é o livro em suas mãos e "o porquê" é o modo como você se importa.

Este livro foi composto na tipologia Berling
LT Std, em corpo 11/16, e impresso em
papel off-white no Sistema Cameron da
Divisão Gráfica da Distribuidora Record.